2020·北岳·中国文学年选

（丛书主编：王朝军）

《名作欣赏》杂志鼎力推荐　权威遴选　深度点评

中国最好年选

2020年

散文随笔选粹

陈克海◎主编

Selected Prose
in 2020

山西出版传媒集团　北岳文艺出版社
BEIYUE LITERATURE & ART PUBLISHING HOUSE
·太原·

图书在版编目（CIP）数据

2020年散文随笔选粹 / 陈克海主编. —太原：北岳文艺出版社，2021.3
（2020 · 北岳 · 中国文学年选 / 王朝军主编）
ISBN 978-7-5378-6393-3

Ⅰ. ①2… Ⅱ. ①陈… Ⅲ. ①散文集 – 中国 – 当代 Ⅳ. ①I267

中国版本图书馆CIP数据核字（2021）第069828号

书名：2020年散文随笔选粹
主编：陈克海
策　　划：王朝军
项目统筹：赵　婷
　　　　　高海霞
责任编辑：赵　婷
书籍设计：张永文
印装监制：郭　勇

出版发行　山西出版传媒集团 · 北岳文艺出版社
地　　址　山西省太原市并州南路57号
邮　　编　030012
电　　话　0351-5628696（发行部）
　　　　　0351-5628688（总编室）
传　　真　0351-5628680
经 销 商　新华书店
印刷装订　山西人民印刷有限责任公司

开　　本　787mm × 1092mm　1/16
字　　数　246千字
印　　张　16
版　　次　2021年3月第1版
印　　次　2021年3月山西第1次印刷
书　　号　ISBN 978-7-5378-6393-3
定　　价　56.00元

序

/陈克海

又是差不多的一年。

我是说读书。年初，因为疫情，困守室内，终于有整块时间，想的是能沉潜下来，好好读读平时想看而没打开的书。到底集中不了注意力，成天只是刷手机，和人闲说各路消息。书没读完一本，文章却是断续翻了不少。《人物》《每日人物》《GQ报道》《在人间》上的许多故事，是真喜欢，《永失我爱》《上海爱情故事：一个老来单身的女人决定恋爱》《妈妈在武汉隔离病房去世》《在高速公路上漂流》《竹鼠和华农兄弟们的悲伤》，现在还有印象。Sophia 写的《世界把最温柔的一面留给我了》，葛佳男的《陶崇园：被遮蔽与被损害的》，杨宙《张益唐：天才的野心》，"土拨鼠小卖部"里连载的麻风村老人故事，也看得人直想哭。倒不全是因为猎奇，眼见他们深入现场，不虚妄，不空口说教，切实做着力所能及的事，由不得会宾服。从前读梁漱溟晚年口述《这个世界会好吗》，那么多知识分子梦想着"廓然大公，物来应顺"，到底找不到有效的突破口，始终在矛盾中起伏，心底也回旋着悲哀。

有那么几年，时不时就要读汪曾祺，读周作人，读E·B·怀特，好像只是翻几页他们的文字，闲散活着，就已足够，好像浸泡在他们的笔底世界，也能丰富精神，跟着熏染些他们对待生活的达观心态。

这么说来，好像我也一直还算努力求上进。说来惭愧，平日也照着各种排行榜、书单买书，会不会读先不说，反正社会学、人类学方面感兴趣的，也要先搜集占有，事涉宗教与民俗，也有留心比较的兴致，不过更多时候，却是经营些虚构文字，日常看来翻去，都是那几部名著。

一定是哪里出了问题。

这一回，时针拨慢，好像终于能琢磨一些人事，便明白，说些情绪性的话，仍是懦弱一种。幸好这世上到底还有那么多正直的人，他们在积极行动。

也得亏每年编一回散文随笔年选，有机会得以大量阅读。比方说，跟着朱航满，知道了张宗子，黄裳先前也读过一点，这回却是跟着他的梳理，有了要深入了解的欲望。惊喜的是，接着看到了齐如山，看到了邓云乡。他们把学问做得如此通脱，好像没费什么气力，自然就明了一切。但我还是记住了一句话，冯其庸问邓云乡，你文章如泉涌，不掘地而自出，究竟是什么缘故。老人回答：天天写，也天天读。这不是秘诀，却也道出了这些学人的笃定和纯粹。这世上还有什么比坚持和耐烦更能让人心动？不知厌倦的好奇，加上个人的阅历和识见，看似无意道出，却是一篇又一篇活泼文章出世。比方说，跟着杨无锐，见到了米沃什的《乌尔罗地》，见到了陀斯妥耶夫斯的“地下室人”。《乌尔罗地》看了也不敢说自己看懂，倒是有些话印象很深，比如：自从科学真理出现，人类就一直饱受理性逻辑流放之苦，丧失了想象力，没了对神的敬畏，再也回不到伊甸园，回不到黄金时代。过些天再想确证，翻了半天竟然也没找见。我想可能是又误读了。都说要写自己真正知道的事，轮到自己，还是犯了道听途说的毛病。我是说，有些书，以前多少也看过一点，直到读了他们的文章，才约略明白事情的根由。

要感谢的人很多。总是不经意间，又看见孜孜不倦做事的人，不经意间说出了实话，说出了我想说却不敢说的话，说出了我意想不到的话。应该是这样的机缘，才喜欢上W·H·奥登，他的《序跋集》《染匠之手》，他斟酌，怀疑，比较个人的行动，探讨什么更值得记忆。还有布罗茨基，他的《小于一》《悲伤与理智》，让人时时警醒人的丰富多样性，他在用美拯救世界。还有米沃什，他的《被禁锢的头脑》《站在人这一边》，才知道做一个爱提问的人，或者说允许你做一个提问的人，该有多么幸福。我喜欢他们的专注、认真、混沌不可知的一切，在他们的努力下，终于清楚了。

这大概也是把这些作品汇总起来的理由。不说载道，也不提言志，我在他们的文章里，读到了我所匮乏的一切。也是因为他们的热爱与真诚，让我意识到，全身心投入，做个读书人，神游今古，坚持去写，去发见生活的真相，去赏鉴世界的广博与幽微，是一件多么有趣的事情。

2020年10月20日

目 录

辑三

辑四

辑五

辑一

原来你们是这样的老人家

/谢翠屏

肖东和阿好

我在梁叶芬家吃饭，肖东打电话让我过去。

肖东和梁叶芬都是住在金菊福利院的麻风康复老人家，也不知道以前两人发生过什么矛盾，反正就关系很差。我两边都不敢得罪，只好吃到一半小声跟梁叶芬说："我要走了。"幸好梁叶芬大度，他挥一挥手："你去吧。"

端着半碗米饭，我走进肖东的房间。肖东和他的老婆阿好已经坐好在饭桌前面。肖东有点不高兴的样子，阿好安慰他："脆瓶刚才只是应酬。"

这两家的菜大大不同，刚才那边的菜就像农家餐厅，一大盘一大盘的，实实在在；这边就更亲切些，桌上摆着蒸排骨、白灼虾，还有一碟蒜蓉炒青菜——简简单单的，又花心思搭配过，就像普通的东莞人家庭。肖东和阿好都是东莞本地人，他们一个是麻涌镇的，一个是石龙镇的，因为年轻时候得了麻风病，现在一起住在大朗镇这个麻风康复村。饭桌旁边摆着一个紫砂锅，肖东喊阿好给我盛一碗汤，一看，哟，里面还有高级的海参。

他们生活还挺讲究的呢。

我是2010年认识肖东和阿好的。金菊福利院最后一排房子叫"夫妻房"，肖东和阿好就住在这排房子的最后一间。第一次走进他们房间，我很吃惊——这真的是快80岁老人家的房间吗？四面墙贴满五颜六色的风景画，热热闹闹的；最显眼位置挂着一个玻璃相框，里面有肖东在旅游景点拍的纪念照片，也有他们夫妇抱着小狗的合照；客厅中央甚至摆着一个玻璃柜子，里面琳琅满目塞满各种各样地摊风格的小公仔。有俄罗斯套娃，有毛绒动物，居然还有一只拉黄包车的喜羊羊，一装上电池就拉着美羊羊和懒羊羊一圈一圈唱着歌跑过来跑过去。

这些公仔，是肖东每次出去旅游给阿好带回来的礼物。肖东喜欢旅游，他就自己翻报纸去找旅行社的广告，选好路线了，再打电话过去报名。肖东不像很多麻风村的老人家习惯把自己封闭在村子里，他一点都不觉得自己曾经得过麻风病就需要躲躲藏藏。早年为了生活要劳动没有办法，现在生活好了，趁还走得动，他想把想去的地方都去一遍。只是可惜，阿好已经不方便走路了，最多只能拄着拐杖慢慢慢慢走出门口晒晒太阳。肖东知道阿好最喜欢这些新奇有趣的小玩意儿，于是走到哪里都想办法给她带些回来。

这一柜子的小公仔，就是这么来的。

就这个拉车的喜羊羊……

可是肖东说，最开始他跟阿好在一起只是搭伙过日子而已。

20世纪60年代，他们住进同一个麻风院隔离治病。

入院之前，阿好有过一段婚姻。她有一个儿子，儿子3岁的时候，丈夫病死了；儿子5岁的时候，阿好发了麻风病。担心连累小孩，阿好主动离开家乡，申请到泗安医院隔离治疗。

阿好入院的时候，肖东已经在这里住了几年。肖东是自己开电船来的，他16岁那年就发了麻风，眉毛全掉光了，脸上长了一团一团的东西，肿得像猪头一样。那时候他跟养父母住在一起，邻居都害怕他、排斥他，他不愿忍受歧视，就一个人开了条小船在水上生活。他在河上“拿鱼拿虾”，然后托其他渔民拿去卖，平时吃饭睡觉都一个人在船上。后来攒够钱，他换了一条电船。问他为什么入院，他说：“我拿鱼虾的时候偷偷上泗安岛看过，知道这里好。如果住了不好，我还可以偷偷走，我自己有船嘛。”住进麻风院一段时间，他安下心了，电船也不需要了，就卖给附近认识的一位渔民。

年轻的时候肖东跟一个师傅学过建筑，进到麻风院，他开始担任院里农业队的建筑分队队长。也就是这个时间，我们熟悉的老朋友张献在做香蕉分队的队长，刘大见在另一个分队里养鹅呢。建筑队要人做杂工，肖东就组织院里十七八岁的年轻女子来帮忙，让她们赚一点工分日子好过一点。阿好入院没过多久，就编进了肖东的建筑分队。

不过接下来的几年，他们还没有什么交流。

药物治疗起了作用，肖东的脸消了肿，皮肤松弛下来，满脸都是皱褶。泗安的医生帮他做了整容手术，把松松垮垮的皮肤拉到耳朵下面的位置缝起来，肿大的耳垂也做了切除手术。1969年，肖东麻风病完全治好，他可以出院了。同一时间，阿好的麻风病也治好了。

可是阿好不肯回家："我回去会害儿子一辈子的。"那个年代，只要家里出了一个"麻风人"，其他家庭成员都会牵连受人歧视。那时阿好的儿子只有9岁，她想念他，又不愿意连累他，于是主动选择"无家可归"。

肖东也不想回家，他担心自己一辈子孤苦伶仃。家里有养父母需要赡养，他必须回去；可是以后养父母走了，他就只剩下自己一个人了。外面的健康女子，怎么可能愿意嫁给一个麻风人呢？"如果不能结婚，找不到一家人，我死都不出院的。"

于是他们走到了一起。

很难说肖东和阿好有多少感情基础，或者他们的结合不过是互相需要，一拍即合。肖东把阿好带回家乡，养父母看了，嫌弃阿好的手指是"爪形手"（一种麻风病的后遗症），嫌她不能帮家里干农活，肖东马上跟他们大吵一架，吵闹着要分家。

他们约定好，阿好在麻风村多留一年，肖东先回家乡，"我先回去打好基础。"

麻风康复者想融入社会，困难重重。肖东回到公社，一群小孩经常来挑衅："发风佬！发风佬！"肖东忍了一段时间，可是，"这样怎么过日子呢？"他决定要争回尊严。又一天路上遇见这群小孩，他们照样放肆大喊："发风佬！发风佬！"肖东一下子冲上前拎起一个孩子的领口，一直拎到他家门口："这是谁家的孩子?！"孩子妈妈匆匆跑出来："他做什么了？"肖东不再忍耐："我没有得罪他也没有打他，可是他每天看见我就惹我，我早医好了，他为什么要这样子打击我？如果下次再这样子，我就……”肖东做了个凶狠的表情。这位妈妈吓坏了，一把把孩子按到地上：“你跪下来给阿公道歉！”

不过，小孩子都是从大人那里受来的教育，只是小孩子敢张扬，大人的偏见更隐秘。在公社里，肖东要劳动才能赚到工分。可是，没有人愿意同他同一组，肖东还记得，打禾机那组的排斥最是激烈。

幸好公社队长为他做主：“你会用算盘，你就负责写工分。”这样一来，大家就没办法躲他了。他们每天晚上到肖东的屋子里，逐个登记自己今天的工种和工分，一屋子都是人，也没有谁顾得上害怕了。

这时候，肖东才敢把阿好从麻风院接回来。1970年，肖东带阿好到公社正式登记结婚。走进公社，这个人也看，那个人也看，连办公室的人都走出来看他们。他们的脸上、手上还留着麻风后遗症的痕迹，大家十分惊讶，“麻风人”也来结婚？肖东不理他们：“你们要看就随便看吧。”他知道自己堂堂正正，没做什么亏心事。

队长给夫妇俩安排了田间管理的工作，肖东负责给耕地排水、放水，阿好看见哪里田埂塌了就用石粉或者泥土补回去。队长让人在农田中间搭了个棚子，他们可以住在这里，远离人群，就可以避开很多不友善的目光。

白天做队里的工作，晚上，两个人另有安排。肖东熟悉附近的水域，他们半夜就到河里找鱼、找虾、找田鸡，趁天没亮，偷偷拿去卖。这样辛苦了三年，肖东说：“我们的生活有了翻天覆地的变化。”

一开始，他们的家当只有一张棉被，连被单都没有。三年后，他们回家把泥砖房子拆了，用钢筋水泥重新建起来两间房子，自己住一间，养父母住一间。肖东还记得，那时候水泥3块钱一包，一担钢筋30多元。肖东砌房子，阿好就打下手，那时已经分田到户了，他们专门做了天台，方便以后晒稻谷。

房子建好了，还有一些钱剩下来。肖东拿去买了只机艇。那时候公社里几千人，也就只有两三个人买得起机艇，有人想搭他便船到另一个河岸做工，肖东就说：“你害怕就不要坐我的船。”那人只好客客气气：“不害怕，不害怕。”这时候，再没人喊他“发风佬”了。

1989年，他们把房子卖了。房子卖了6000元，机艇卖了700元，他们请了个货车，把全部家具搬到金菊福利院。

那时候阿好53岁，肖东52岁。养父母已经过世，他们无儿无女，是时候该为老年考虑了。

金菊一开始叫“金菊老残院”，专门收留无家可归的麻风病康复者。80年代末，这里改叫“金菊福利院”，由市民政局直接管理，院里的康复者每个月可以领到一笔生活补贴。在当时而言，重新搬进麻风康复村是一场赌博，因为这里的条件没有他们家乡好。而后来证明，他们赌对了。

现在金菊福利院的老人家每个月都能领到一笔不少的生活费，哪里不舒服了，院里就有医生；还时不时有志愿者进来送礼物，甚至有一次一个老板给老人家每人发了一箱子苹果，肖东和阿好一个都咬不动，劝我整箱搬回学校去，分给同学吃。

他们还养了一只叫“唧唧”的长毛宠物狗。肖东在门前的空地种花，还用铁皮给“唧唧”搭了个狗窝，这些小工程对以前做过建筑工的肖东来说简直是小意思。冬天的午后，阿好就拄着拐杖慢慢走出门来，坐在狗窝前面，陪着“唧唧”一起，一个人一只狗舒舒服服地晒太阳。

可是肖东在哪里呢？肖东这个时间在娱乐室呢。几个喜欢打牌的老人家总是聚在娱乐室玩牌，肖东也是其中一个。

除了打牌，肖东最大的乐趣就是旅游。去了北京去西安，去了西安去上海，79岁那年，肖东报名了新马泰的旅行团，他要趁80岁之前出一次国——旅行社说，满80岁就不敢接受他报名了。肖东骄傲地说：“我是不给人生留遗憾的！”

护照办好了，钱交好了。临出发的前一天，阿好摔了跤。

我去福利院看他们那天，阿好已经出院了。客厅乱糟糟的，床铺和桌子改了布局，阿好就躺在客厅中间的护理床上。阿好瘦得我都认不出来了。肖东话里都是抱怨：“我说不要出院你非要出院，回来找谁照顾你？”

福利院太偏僻了，外面的护工不愿意来。虽说有医生护士，可是整日整夜的贴身照护医生护士也没法做到。阿好在医院的几个月时间里，肖东就陪在身边，晚上睡在隔壁的空病床上，医院的护士可怜他，也尽量不安排新病人住进阿好的病房。肖东留意着学习护工怎么照顾人，又学习换床单换尿垫的方法，因为回到福利院这些都要靠他做了。可是回来以后，一次肖东抱阿好下床吃饭，阿好一时没扶稳，两个人一起摔在地上。肖东痛得大声喊救命，喊了好一会儿才有人来。

这一摔，肖东做过两次手术的腰骨又痛起来。腰侧边的骨头也痛，照了片子，医生说骨头开裂了，没法手术，只能慢慢静养恢复。于是，照顾阿好更难了。

我在的时候，肖东要把阿好从轮椅抱回床上去。他不耐烦地对她喊："脚放下去！收起来！手扶这边！叫你抓稳听到没有！翻过去！翻过去！你聋了是不是!"

阿好被急急催促着，手忙脚乱。她向我求助："你来扶我一下啊……"肖东呵斥她："今天能扶你一次，明天还不是要靠你自己？你快点!"

照顾阿好躺好了，肖东告诉我接下来的打算。他的腰骨一天比一天痛，万一他也起不来床，两个老人家怎么办？他想送她回去住院，医院有护工，照顾什么的都方便些。

阿好听见了，小声哀求："我不去啊。肖东，我不想住医院……"

肖东用命令的语气："你不去医院怎么办？不去也得去!"

阿好好可怜："那你去哪里啊?"

"我能去哪里?！我还不是陪你一起住医院!"

后来有一天清晨，我接到肖东的电话。"脆瓶啊，裤子不用做了……阿好昨天走了，今天送去火化……我只是告诉你一声，你千万不用来。我没事，她儿子可能来帮忙。"

我那时候在上服装裁剪的课程，答应要给阿好做几条宽松的裤子。卧床的老人家需要很多裤子的，因为他们躺在床上下不来，大小便都不方便，还可能有褥疮。阿好还提出要求："要几条薄的，要几条厚的，厚的先放柜子里，等冬天穿。"

裤子还没做好，阿好就走了。

肖东搬出了"夫妻房"。福利院给他安排了社工办公室隔壁的房间，他也老了，要是出什么事，住这个房间喊一声就有人听见。从套间换成单间，肖东只好把旧房子的家具扔掉一些，只留下来少数一部分。

我看了下，原本挂在墙上的玻璃相框还在，里面只剩下肖东自己的照片，阿好的一张都没了。

问他，他语气消沉：“人都走了，留来有什么用，不要了。”

又问他：“那些公仔呢？”

他说：“全部扔了，不要了。”

我看了一圈，只有床头挂着的公交乘车卡上还留着阿好的笑容。

他也不到娱乐室打牌了，一整天坐在树下发呆，似乎做什么都提不起兴致。这几十年来，看似一直是阿好在依赖他，但其实，阿好走了，肖东也失去了可以依赖的人了。

我想起以前阿好悄悄告诉我的话。

我陪阿好在门外聊天，冬天的阳光暖洋洋的，小狗趴在阿好腿边睡觉。我问她：“肖东呢？”阿好悄悄告诉我：“他在那边打牌呢。他们是赌钱的，不敢让我知道。肖东总是偷偷拿走抽屉里的零钱，我也假装不知道，从来不问。都这么老了，也不知道还有几天了，没关系的。”

华仔和阿崧

阿崧六七岁就帮家里做农活了。大夏天她到田里收眉豆，热得一身都是汗，傍晚回到家全身发痒，脸上又红又肿。她想：都怪眉豆壳绒毛太多。

可是过了好几天，红肿都没消下去。家人带她去看赤脚医生，又去庙里求神拜佛，全都没用。好几年过去，才知道这是麻风病。

听说阿崧得了麻风，亲戚家人都避开她，怕传染给自己。1959年，听人说石龙镇与石碣镇中间的岛上有一家新洲医院，专门收麻风病人，爸爸把阿崧送了过去。

新洲医院有一千多个麻风病人，有残疾严重的，也有年轻手脚好的。医院设了个砖厂，除了治疗，病人还可以到砖厂参加劳动，增加一点收入。阿崧入院时是20岁，她到砖厂做工，很多女人都在那儿抬泥、推车。过了一段时间，一个在饭堂工作的女人治好出院了，她提议阿崧去代替她，说在饭堂工作不用晒太阳，也没那么累。

阿崧开始在饭堂帮人打饭。在这里，她经常看到那个看水闸的小伙子，小伙子叫李锦华，大家叫他“华仔”。

阿崧去砖厂做工，每天都要路过水闸。大清早开始，这里就吵吵闹闹的——很多年轻大姐把单车停在这儿，叽叽喳喳跟看水闸的小伙子聊天，又笑又闹。

华仔比阿崧先入院，他有智慧、好学、风趣，无论是医院领导还是病人，甚至是岛外梁家村的健康人，都喜欢与他交往。华仔负责管医院的电，排电站、机械、医生区的用电都归他管。阿崧说："有很多广州来的女子，有的还是大学生，她们到新洲医院来治病，好多都喜欢华仔。经常有梁家村的大姐，买了新单车就踩去华仔那儿，说：'华仔你帮我修一修这里，修一修那边。'修完也不走，华仔就留下他们吃饭。每逢节日，好多人送来东西，他自己也不吃，装在大缸里面请别人吃。我那时候还不认识他，路过看见他的一口大缸装满了糖环、饼干、禄堆。"

阿崧觉得这些城市女子又大方，又开朗，自己只会远远地看。

我问华仔怎么注意到阿崧的，他说："她在饭堂帮人打饭，每次都特意打多一些菜给我。"阿崧气得打他，说他胡说，那时候她才不认识他，甚至没有主动跟他说过一句话。

在新洲医院治疗了几年之后，阿崧做了个检查，确定身上没有病菌了，麻风病治好了。医院让她出院，家里人却还是怕，死活不同意她回家。阿崧无处可去，十分难过，一直哭。华仔看到，上前问清原委，他拍胸膛向阿崧保证："我帮你给领导说！"

最终，领导同意让阿崧留下来。她心里都是对华仔的感激。

华仔邀请阿崧去石龙镇逛街："你去不去呀，我带你去逛街，你喜欢什么东西就给你买什么东西。"

阿崧不太好意思："买什么啊，我什么都不要。"

在商店，华仔选了一件衣服给阿崧。售货员说："好看，合适！"

那是一件淡淡的咖啡色格子纹衣服。阿崧想，华仔赚钱也不多，这件衣服要十几块钱，不便宜的。她不肯要："不好看，我不要。"

华仔劝她："好看，要吧，买了吧？"

阿崧："你买给我？"

华仔："哎，很便宜的，你不要管多少钱！"

他欢欢喜喜去付钱了。

然后去吃东西。阿崧不好意思："我不吃，你自己去吃吧。"

华仔："哪有自己去吃东西的！走！"

华仔点了一桌菜，阿崧真的一口都不吃。华仔一边吃一边说："唉，你不知有多好吃，你不吃浪费了。"

最后，只好把剩菜打包回去。店里没有胶纸袋，服务员也为难："不如给你两张报纸包着回去？"

隔壁桌有个好心人看到了，招呼他们："哎，我这里有胶纸袋，来给你！你们吃不完干吗点这么多。"

阿崧说："就是，他傻的。"

阿崧把带回去的菜分给一个阿婆，阿婆就明白了："哇，原来今天跟华仔拍拖啊。"

1975年，新洲医院正式解散。阿崧收拾了行李，跟华仔一起搬到大朗金菊农场。金菊农场招揽了很多手脚健康的麻风康复者，他们无家可回，集中在这里搞农业，养的兔子可以出口到外国去。才住了一个月，泗安医院的院长曾维畴就来邀请华仔到自己那里去。泗安医院位于东莞麻涌镇，是省级的麻风病医院，曾院长曾经在新洲医院当手术医生，而华仔又经常到医生区修理电器，俩人从那时候开始就结下了友谊。

华仔问："我可以带多一个人来吗？"院长说："当然好，你找到女朋友就带来，这是好事。"

华仔去问阿崧。那时候俩人还没确定关系，金菊也不想放阿崧走。而她有自己的考虑："在金菊吃饭常常没菜，有时候就着咸菜、豆豉酱就是一顿。听说泗安伙食好，养了好多鸡和鹅，有糕点，又有广州的大师傅负责做菜，什么都可以随便吃。"一个月后，阿崧来到泗安。

一个说普通话的，"肥肥大大"的院长给他们送来大床和蚊帐，就这样，阿崧和华仔开始正式住到了一起。

华仔刚开始是帮医生开电船，后来调回来做电工，而阿崧继续做饭堂的工作。80年代开始，夫妻俩跟朋友一起承包了个鱼塘。

承包鱼塘是很辛苦的工作，每天需要割鱼草喂鱼。说起这段往事，阿崧有一肚子的牢骚："那个华仔，做事很慢很慢的！他割鱼草要一根一根选，我都割两篮了，他都割不了一篮。"

"但是我叫他不要去割了，他非要去。"

"他这个人，连锄地都不会！我说怎么修电灯那么难你都能学会，锄地就不会了？他说，修电灯很容易的啊。"

我故意问："你中意华仔什么？"

"我没什么中意他的啊，只是他会修电灯之类的东西。那时候我问他，我是农民头，又不认识字，你中意我做什么啊？他说，我就是中意你这样子啊。"

阿崧和华仔坐在田埂上乘凉。有一对夫妇走过来，他们是外面村子的健康人，承包了这里几亩香蕉田。

那男的上来就问："你有钱可以借给我吗？2000元也行，如果有3000元最好，有香蕉砍的时候我会马上还给你，不信可以跟我们到田里看，我的田就在那边……"

他们很困窘的样子。阿崧在岛上经常能看到这对夫妇，他们样子老老实实的，不像坏人。这年的台风打坏他们几亩香蕉田，眼看收成无望，重新买香蕉苗要钱，买化肥要钱，现在连两个小孩的学费都交不上……

香蕉成熟的时候，东明叔果真来还钱了。华仔说："我们不要，算了，你家庭困难，当是送给你孩子读书吧。"阿崧偷偷跟华仔说："你这么大方的？"华仔是真的不要的，他可怜他们。从那以后，东明叔就决定用一生来报恩。逢年过节，家里做了什么菜他们都要送一份过来；华仔和阿崧年纪大了，不方便出去买菜的时候只要给东明叔打个电话，第二天就什么东西都买齐了送过来。把钱塞回给他也总是不肯要。阿崧追出门去，他们就骑上摩托车，快快开走。

2008年，开始有大学生志愿者进村来了。

这些大学生是放假来村里住一段时间，他们有时候表演，有时候做工程，每天都到老人家房间里聊天。泗安村里现在住的全部是麻风康复者，没有新的麻风病人了，村里剩下的这些康复老人们逐年老下去。

志愿者住的地方跟阿崧家只隔一条小路，很近，在二楼就能听到她爽快的笑声。华仔睿智幽默，阿崧快乐活泼，年轻人们很快就跟他们交上了朋友。大家把阿崧叫作陈婆婆或华夫人，有关系好的志愿者来，她就会在早晨煲一锅老火汤等着。她给东明叔打电话，让他买新鲜的鸡脚和猪骨来，再配上花生、瑶柱、党参之类的食材，全部放进瓦煲里，她拄着拐杖走到屋子后面去。阿崧家的汤是用柴火煲的，东明叔帮忙在屋子后面搭了个棚子，以免炉灶淋到雨。她时不时走过去看一看，这煲汤，至少要煲上两个小时。

我也是能喝到花生鸡脚汤的志愿者之一。后来，我开始在村里工作。莞香青年农舍的社工莫文春也长期住在村里，我们经常受邀到阿崧家喝汤，跟这对可爱的夫妇聊天，还有吃他们家冰箱里的晨光凉粉。

阿崧好几次向我抱怨莫文春。她请他来家里吃饭，明明碗里的饭吃光了，莫文春还是一块接一块把整碟排骨吃完，原本她的排骨是打算留到下一顿继续吃的。还有，莫文春拆了阿崧的一盒曲奇饼，坐着吃了一块又一块，居然还问她能不能一整盒带回去吃。她有点气愤："那么喜欢吃，你自己不会买?"其实阿崧也不太喜欢吃曲奇饼，不过为了不让莫文春吃完一整盒，早上她故意吃了两块。

说是这么说，下次煲了汤她还是一样站在楼下喊："文春，下来饮汤啊!"

2013年，华仔住了一次院回来，说话开始变得混乱。阿崧很担心："华仔傻佐啊。"

是阿尔茨海默病，阿崧更熟悉的名字是"老年痴呆"。原本睿智的华仔，慢慢回答不出来问题了。他说话颠三倒四，有时心里有话想说，张张嘴，又什么都说不出来。

然后，性格变得急躁。

更糟糕的是他又患上癌症。阿崧怪他抽烟太多，华仔发了脾气。他每况愈下，医生在他家客厅中间放了个病床，这样随时都能照顾他。

阿崧坐在轮椅上，给他喂饭，料理他的大小便。阿崧截肢的地方磨出伤口，没办法穿假肢，神经痛也一直折磨着她，痛得受不了的时候她只好央求医生打止痛针。她在医疗室里委屈到流泪，一边哭一边求护士把药水调快一点再快一点，她要赶回去给他做饭。周末有志愿者来表演节目，请她去看，她也不肯走开："怕华仔有什么事喊不到我。"

她有时候抱怨："华仔动不动就骂人，粗言滥语，很难听。有时还要打人！"我说："那你不要理他了。"她叹气："怎么舍得他呢，人又会心软的，看他那么惨。"

有一天我推华仔出来散步，一边走一边教训他："你知不知道你老婆照顾你很辛苦？"

他点点头。

"你知不知道她每天打吊针要调快点就为了回去给你煮饭？"

他点点头。

"摘一朵花你送给她好不好？"

他点点头。

我在办公室楼下摘了一朵红玫瑰，他慢慢用两只手捏住花枝。我教他："等一下你就这么说：'多谢你，阿崧。'会说吗？"他点点头。让他学着说一遍，他终于不情不愿开口了："会的啦……"

回到家，把他们两个轮椅靠着，他颤颤巍巍把玫瑰花塞到她手上。阿崧捂着嘴巴笑："华仔谁送给你一朵花？你谢谢人家没有？"

华仔喉咙呼噜呼噜，把话说成一团。

"华仔你给我的？是你给我的吗？"

我们贪玩，想拉他们去民政局登记，再办个婚礼。

阿崧说什么都不肯："坐车要晕车的，不去！"

"医院都承认我们了，拿不拿证都无所谓啦。"

"那时一个说普通话的院长给我们做过证明啦，他送过来大床、蚊帐，还拿来几样菜，还说给我们照张'孖头相'，我'怕丑'（害羞），那时候就没影。"

我们天天去劝，好不容易哄成了。我问阿崧："开心吗？"她急了："哪里有开心！心里不知道怎么办。"

医院派了车，去洪梅镇拍"孖头相"，又去麻涌镇民政局领结婚证。还有最重要的婚礼，我怕阿崧临阵退缩，提前一天去找她：“明天你就放心去，只要讲‘我愿意’三个字就好了，其他我搞定。你也要讲，华仔也要讲。”

阿崧笑：“华仔都傻了，他不会讲的！”华仔在旁边听到，不高兴了：“我什么不会？”阿崧教他：“那你讲来听下，说你愿意。”华仔说：“我愿意！”

第二天，果然两个人都顺顺利利说了他们愿意。这是2016年，他们在一起41年了。

在华仔的笔记本里，我看到一个记录：

崧2005年1月26号上午截肢手术
行程
1月 21号从泗安—马洲医院
22号从马洲—泗安
25号从泗安—马洲
29号从马洲—泗安
30号从泗安—马洲
2月 5号从马洲—泗安
23号从泗安—马洲
28号从马洲—泗安
3月 20号从泗安—马洲
26号从马洲–泗安
4月 15号从泗安—马洲
20号从马洲—泗安
5月 8号从泗安—马洲
11号从马洲—泗安
2007年4月29号莊（装）假肢
2008年10月19号抽出线头
2009年3月20号抽出线头

2005年，阿崧到顺德马洲医院做了左脚的截肢手术。可能是哪次割草时受了伤，麻风病导致的皮肤麻木让她没有及时留意到，伤口的溃疡越来越严重，没法愈合，她的左腿只好截去。

手术以后，她在马洲医院住了5个月。那时候华仔隔三岔五就去一次电话，担心她照顾不好自己；还一次次搭车过去，路费都花了差不多1000块钱。

我读给阿崧听，她笑了："真的吗？这些都写了？这个华仔……"

我翻笔记本，是为了找华仔外甥女的电话号码。华仔病得很重，躺在洪梅医院的病床上，靠营养针维持着生命。

阿崧去医院看华仔，回来说："他好似一只鸡仔啊。"

他身上连着监测器，东明叔每天去看好几次。最后的日子里，阿崧彻底没了主意。什么事她都找人喊我过去商量，问我这怎么办好，那怎么办好。

华仔有个姐姐在广州的养老院，还有个外甥女嫁到了香港。我想给外甥女打电话，阿崧才说，其实他们跟外甥女从来没见面过，华仔不让她来。

华仔不想外甥女知道自己住在麻风村。他只说在东莞做电工的工作。外甥女想来，他就编个借口说自己住的是茅屋，没有房间让她住。

我躲在房子后面，给萍姨打电话："华仔一直瞒着你……他们以前得过麻风病，可是你不用怕的，早就治好了，现在很多大学生都过来，不怕传染的……"

她也很难过："都治好了，舅父怕什么不敢说？就算有病也不怕啊，我们是亲人……"

第二天一早，萍姨和丈夫从香港搭车到东莞总站。他们和阿崧一起，体面地送走了华仔。

阿崧说："我也不知道他去哪里啊，他说他不要去天堂，去天堂太无聊了，他的牌友都在地狱。他说个个都说去天堂，天堂早住满了，他才不去跟人挤。"

护士们每天包扎完伤口就去阿崧房间陪陪她，聊天的时候，她不经意间给华仔的事情带上了“生前”两个字。

外甥女几乎每天从香港打电话来，她办了通话套餐，让阿嵡别担心电话费。

阿嵡有点后悔：“唉，要是几年前就知道她不怕麻风，请她来坐在这儿跟华仔聊天，多好。”

我问：“华仔最近有没有回来看你？”

她说：“有啊！”

华仔刚走那段时间，她说华仔有回来看她。她挺惊讶的：“华仔，你现在能站起来了？你在那边过得好不好？”

阿嵡说：“最近华仔也来过两三次，他叫我年纪大了想吃什么就随便买。我问他要不要煮点东西吃，他说不吃了，他吃饱了。我问他怎么知道我搬来这里了，他说他本来也不知道的，就是去旧房子那里看过，发现没人住。”

“他不吃饭，就要走，我问他你现在去哪里啊？他说你不要理。我就醒了，见不到他了。”

“我就想，哇，昨晚做梦我又见到华仔啦。”

一台手风琴流落在麻风岛上

一辆小汽车停到楼下。司机从驾驶座下来，走上二楼。老人家嗤之以鼻：“看余宏，又要出去购物了。”不一会儿，司机搀着余宏下楼梯，十分殷勤的样子。余宏一手扶着木拐杖一手扶着司机，颤颤巍巍慢慢挪着步子，站不太稳，仿佛下一秒钟就要跌倒。不怕，有司机在。司机扶他上车，扶他进商场，耐心地在商场外面等，大包小包买的东西也是司机提回来。这也是大家不屑的地方——哼，还不是因为给钱多。

他跟岛上其他麻风康复者不一样，大家拿的是民政补贴，而他拿的是以前单位发的“工资”。得麻风病之后，他以前在的采茶剧团仍有义务给他发生活费，每个月准时打到存折里的，这让他比村里的别人都阔绰。

再早几年时间，这个麻风岛还没有桥搭进来，想出岛只能走到码头坐渡船过去。经常看见余宏推一辆单车出岛买东西，单车是不骑的，他用它来稳住身体，以免摔跤。有一次我下渡船回来，穿过香蕉林的时候看见他推着单车走在前面，心血来潮打算陪他慢慢走回村里——然后很快用尽全部耐心。他太慢太慢了，就像一只犹犹豫豫的蜗牛在饭后散步，慢得让人服气。不过，反正他多的是时间，走到日落都没关系。

有一天赵主任在莞城的百佳商场买东西，一看，余宏在这里！余宏推着购物车慢慢、慢慢走，全部不顾别人的眼光。从岛上来这个商场需要50分钟车程，余宏对附近的商场不够满意，嫌它卖的种类不够多，又没有新意。他付钱请司机带他到隔壁镇商场，这一次，赵主任看见他来到更远的市区。他赶紧上去扶。

他买东西随心所欲，看到贵的巧克力也买，看到不认识的调味品也买，海鲜味的合味道杯面一买就是一整箱。开始在岛上住的那段时间，我看见那箱子合味道忍不住两眼发光，他大大方方让我拿两个回去。他房间堆满东西，厨房里就有好多个砂煲，灶台上一个，地上堆着好几个——揭开一看，里面是腐坏了正发臭的剩菜。他满不在乎，不想洗就不洗，反正花钱买个新的就行。客厅更糟糕。一堆红薯正在墙角浑身发着芽，什么蔬菜的叶子瘫在地砖上化成一摊脏水，垃圾桶更不用说了，惨不忍睹。

满屋子都是邋遢。那个证明他曾经有过风光的德国产的手风琴，他用报纸包着，高高放在衣柜顶。

村里有个简陋的阅览室，也兼做麻将房。有一天我看见余宏从里面慢慢地慢慢地走出来，手里提着一个红色塑料袋，袋子里面是一本书。他拿出来，是《莫泊桑短篇小说集》，他表扬作者：“嗯，写得不错。”

他跟这里格格不入。可能是体态，可能是脸上的斯文，他显得高傲又矜持，一看就不是习惯挥锄头的农民样子。

我在彭伯房间看见一本画册，是汉达康福协会印的麻风康复者的字画作品集。翻到一页，有几幅炭画，上面写着作者叫余宏。这个人跟余宏一样的名字哎！不过，再仔细看，原来就是他。原来我们村里不只有彭伯招伯两个画家，余宏也是画家！而他从来没有提起过。

没有人问，关于过去的荣耀，他是一个字都不说的。要是直接问他呢，他倒落落大方，不遮不掩，就像谈起昨天在超市看见什么蔬菜一样谈他的青年时期——

“韶关军分区的文工团要招几十个人，单位让我去面试，表演了一两个节目就让我通过了，可能是我形象好。

“在文工团我是舞蹈队队长，而且手风琴拉得好，还表演手风琴独奏的。

“那些舞蹈动作我看两三遍就能学会，不但是男士的动作，女士的动作我也很快记住，学会就去教他们。

“检查出麻风病是1972年，我把手风琴带在身边，想着以后会有用。

“我原本名字是‘庾宏’，后来把‘庾’改成‘余’了，这里的人不认识这么难的字。

“你去韶关的时候可以到采茶剧团看看，我以前就在那里的，要是不让进，你就说你认识我。”

在麻风院，这台手风琴和他都没有了表演的机会。他把它收起来，用报纸包了一层又一层。年久失修，风箱漏气，就算想修理，更换的零件早就无法买到了。

我好奇又八卦，问他年轻时候有没有交女朋友。

他说那时候有个很厉害的女声独唱，“每次演出都要唱好几曲才能谢幕”。可是，年轻的他真心想专注事业，好几次机会送到眼前，他都不愿主动去牵对方的手。

后来跟余宏更熟悉了，他就肯再多说一些：“那时候有几个女孩子喜欢我，表面跟我好的，同时背后又有一个人。我知道了，就成全他们。”说完叹口气：“为什么你们女人都这样啊？唉，女人很复杂的。”

这个说女人很复杂的余宏，在80多岁的某一天鼓起勇气请别人把自己的轮椅推进阿崧房间。那时候华仔刚去世不久，余宏对阿崧表明来意：“华婶，你过来给我煮饭吃，互相帮助，两个人可以聊聊天。”阿崧又恼又羞，气得把他轰出去。

他老了，上不了楼梯，医院安排他住进张献空出来的房间。力气越来越弱，站都站不起来，只能坐在轮椅上。张献曾经擦得发亮的地板，现在脏纸巾扔得满地都是，阿崧知道了又多唾骂一句：“如果张献回来看自己房间变成这样，一定会掐死余宏!”

以前余宏矜持的傲气，现在全变成趾高气扬。他对谁都不信任，谁跟他待在一起都不得愉快，教会姑娘好心帮他收拾房间，他一口咬定人家偷他5块钱。黄建文随手帮他捡起地上一条裤子，他炸开了刺：“裤袋里面有东西，你是不是要偷我东西?”邓主任是分管卫生的主任，不得不管，只能找他好好商量，余宏终于大发慈悲大手一挥：“好，就只有你邓主任，还有院长可以收拾我房间！别人我都不相信。”

没有朋友没有关系，有些事情钱可以办到。想去散步，没人愿意帮他推轮椅，没关系，5块钱就可以使唤“傻仔”李振芳出力。想到岛外买东西，依旧给包车司机打个电话去，司机可以把他推进商场慢慢推他陪他慢慢挑东西。只是，司机越来越不愿意过来了。

没过多久，他手上没有钱了。

银行账上是有的。彭伯建议让他信任我，我到镇上办事可以顺便帮他取钱回来。他不肯。看准彭伯人好，余宏问彭伯借1000块钱，彭伯有些犹豫，打开钱包给他看：“我没有1000这么多，只有800。这样吧，我400你也400，一人一半。”

余宏给彭伯写了个借条，说：“以后我死了，你凭这个借条叫他们还钱给你。”

黄主任出岛办事答应顺道把他带上，麻烦是麻烦了点，可老人家有些固执，是要理解的。临出发前一个小时余宏突然变了卦，不肯去了。他说有东西要准备，要不就明天去，要不就不去！黄主任也气，不去就不去。

黄老师决定出马，他自信满满：“我跟他是知音，他最最信赖我。”他们都会拉手风琴，经常有音乐的交流。想不到余宏没给一点面子，一口咬定必须亲自去，必须自己输密码。黄老师大受打击，一气之下也跟他闹掰了。

某一天他心肌梗死，送医院抢救去了。

“那天，我买回来一条鲤鱼。”这句是开场白，余宏在餐厅给大家分享他抢救的经历。他说自己差点死了，又说：“不过死而无悔，我都80岁了。”

这次住院让他有一个收获，那就是，住医院里挺舒服的。

早晨就打电话，叫一辆的士来接他到洪梅镇，喝完早茶再慢悠悠回去住院。医院有护工，一天付200块钱就能照顾妥帖。村子也不回了，房间的门紧锁，里面有垃圾和脏纸巾在发酵。有护工可以任他差遣，可以看电视，有人陪聊天，不用在岛上受气（虽然是自己给自己受的气）。在这里，他感觉很体面。

怕住院无聊，他把一本《学日语》小册子也带上，有时间就拿出来学一学。第一次看他学讲日语是在2012年，他在望牛墩镇的地摊上买回来这本小书，花了5块钱。书的封面写着："实用！应急！速成！"里面用中文字标注着读音，他跟着一句一句念，说等日本志愿者来的时候可以跟他们打招呼。三年过去了，日语书换了一本新的，他的学习还没放弃。

心情好，也就不那么执拗了。黄老师有时候把自己的手风琴背去医院，陪着他唱歌拉琴。听见音乐声，路过的家属病人都要往病房里望一眼，看看这里面住的是什么大人物。

后来有一天，我回村子里，听见余宏在医院过世的消息。

原载豆瓣"小呀呀"日记 2020年

评鉴与感悟

不知是哪一天百无聊赖翻豆瓣，本是想看人读什么书，又有哪些好电影推荐，结果就看到了谢翠屏的文章。一篇又一篇，都是关于麻风村老人的生活记录。倒不是他们的命运多奇特，罹患疾病，被周遭人排斥，就已足够痛苦。只是这痛苦，旁外人未必能感同身受。作为志愿者，谢翠屏能听他们说话，且耐烦记录下来，尤其让我敬服。有那么几年，我对生活的现状不满意，也想去骑行，想去偏远的村子支教，许多念头也只是一想。不像她，正在身体力行。谢谢她把这些看似平凡又普通的故事分享出来，我这被庸常封堵的肉身仿佛也得到了一回清洗。（陈克海）

上海时光记

/陈蔚文

或者，我在上海的生活真正开始要从租住在徐汇龙漕路135弄凯翔小区算起。从厨房窗口望去，万体一带霓虹闪烁，“上海光大会展中心”的灯牌彻夜通明，“宜家”就在近旁，我从那儿陆续搬了些东西回去——租房的厨卫像给兔子用的，偌大的卧室却够一只河马居住：细木地板，高屋顶，夏天搬进也有秋天的冷清，如同矜持单薄的少女，吃多少东西都不能使她看起来丰满些。

此前，我住在杨浦区同济大学附近，常穿过这座学府到赤峰路轻轨站，“同济文化周”时，我听了马原、格非、孙甘露等人的讲座。有爱好文学的学生传条上来问写小说有意义吗，开宝马的马原建议干什么也最好别干这个。但多年后，我在云南碰到马原时，他仍然在干着这个，笑呵呵地和我们谈论国外小说大师，包括海明威、奈保尔，马原自己还跨界写起了儿童长篇小说，写了好几部，《湾格花原》，还有11万字的长篇《三眼叔叔和他的灰鹅》。

晚上在同济大学食堂吃面，盆状红碗，盖浇上一勺油花花的菜，看着就饱了。随后在同济看电影《一个陌生女人的来信》。同济电影院不可想象地老旧，20世纪80年代的礼堂，即使观众像草丛里的动物般支棱起耳朵，屏幕上的声音仍模糊难辨。老教授们纷纷退场，我和一个陌生男人坐在一块看《一个陌生女人的来信》，我们的同伴——我的女友Y和他的女友嫌听不清，分别奔去前座了。

散场后我和Y去她住处闲逛。华东政法大学，前身即圣约翰大学。1942年，张爱玲与好友炎樱曾在此就读。这是第一次去到有张爱玲气息的地方，虽然知道常德路195号的爱丁堡公寓，但从没去过。

苏州河畔，空气中有浓重的灰尘味。回到中山公园，沿路有流动卡拉OK摊，每个摊前都有人在唱。想起N年前，深圳夜晚的那些流动卡拉OK摊。当街唱歌的人多么自由。不就是唱首歌吗，谁认识你，无论好坏，想唱就唱吧，我和Y相互鼓励怂恿还是没唱。我检讨，“太爱惜自己的羽毛了”。“其实根本就没什么羽毛。”Y说。是的，其实没有，但幻觉中的羽毛总会禁锢妨碍人活得更自在。下回也许应当从唱路边卡拉OK摊开始，让神经更粗大。

住在同济附近时，我每周去往工作地点徐汇的漕溪路三次，每次历时一小时左右。刷卡，上扶梯，在露天站台等候，展开报纸，塞紧耳机，所有人保持整齐划一的动作和表情。轻轨启动，在楼群之间穿梭。有人戴着耳机念英语，发音听起来磕巴，滑稽，断续的，脱离语境而存在，突兀地被剥离，他听不见自己的声音，执着地念下去——没有比上海更需凭借英语而通行的城市。不只是这个戴耳机、头发松蓬的男人，还有蔻丹发亮的本埠女孩，握着袖珍单词手册反复默念，把音节当早餐消化。这座海上的城，想要畅行，必须掌握由二十六个字母构成的咒语，才能更顺畅地进入。

路途长得让人几乎丧失到达终点的信心，好在有读物和耳机，这是一名长期轻轨或地铁乘客的必备行头，还有短信，拇指飞快摁出小小的光，短暂地忽略时间在车轮下正被辗挤。车厢内，我们建造各自小小的临时隔离带，用一张报纸的厚度，一段短信的温度，将它们当作掩体，遮挡身体之间挨近带来的不安。如果是高峰期，掩体的搭建也变得困难，胳膊被另一条胳膊挟持，手掌被堵截袋中无处脱身。还有最后一个办法，只需把眼皮合上——用这世上最轻薄牢固的帘布，把世界挡在外头，在补偿睡眠不足的梦境里开花结果。有几次我坐过站，不过没关系，轻轨永远循环往复，它带着我们在城市的体内左奔右突，转身寻找下一站出口。

搬到龙漕路单位附近后，不大坐轻轨了，更多时候乘地铁，1号线或2号线。有次去很远的浦东机场，早上六点不到，地铁里熟悉的气味：潮湿，燠热，长期不通风沉积的庞杂的人的体味，刘德华在对面广告灯箱中不服老地微笑，挽起袖子露出代言的腕表。

喜欢地铁进站那刻，气流鼓荡起大风，站台上女人们的头发和裙裾纷纷扬起，幽暗站内——平素它像颗年久失修的心脏，此刻如同正打开的花朵，焕发刹那诗意。我喜欢站得更近，接近候车区黄线，这样风来得更激荡些！危险同时抵近——除去自杀者，曾有精神病患者在地铁进站时将乘客推下站台，这消息使地铁多了些未卜的沉重。

地铁车厢门玻璃又换了内容，前阵子是“幸福就是煲了一下午的汤”——看到这句，我小小吃了一惊，它在冗闷车厢里显得那般家常，香气袅袅，让我想起猪骨炖黄豆，好久没心情煲个汤了。再看，还有下句，“幸福就是煲了一下午的汤，却只花了一点点气”。原来是则燃气灶广告。

想起我曾过了N年悠闲的生活，闲到有年冬天快过春节，外面街道的人群如蚂蚁班师回朝，而我在电暖器旁读诗集，心旷神怡。那一刹那的幸福感很真切，以至于多年后还记得。这样的日子多久没来了？也许读首好诗只需要几分钟，但这几分钟，真正进入的几分钟，要数以百倍千倍的情绪来成就。慢的、个体的、阻隔而恍惚的几分钟。总在忙乱，生活持续膨胀，各种琐碎事塞满人生每个角落。泥沙俱下的生活，从上游进入中游，湍急的转弯与激起浊浪的水面。但也是好的，浊才开阔。我接受，故我在。

这次玻璃窗上的广告内容换成两幅漫画，左侧“加班时他当你超人”，右侧，“加薪时他当你隐形人”。不知多少白领心有戚戚焉——这是座白领密集的城市，上周“麦克学摇滚”的万体演唱会，每首歌台下都和者众多，主唱兴奋地又临时加唱了若干首歌。

在地铁上，我通常看随身带的读物。刚到上海不久，有次带的读物是《小王子》，看入迷，坐过了站。《小王子》使那段往返多次的上班路途突然变得美好，书中明朗而旷远的时光，小王子与狐狸，星球与玫瑰花——他们可不仅是童话的创造，更是为乏味的成人世界打开的一扇门。不过放下书，那扇门又已紧关……

在地铁站，你会碰见各式各样的人，他们步履匆匆，携着各自的命运与故事。有次我的身边站了对男女，看着像打工者。女的矮个头，面庞有着微胖女孩特有的一点甜。男的高出她一头，不怎么吭声。

“昨天有个客人来店里打牌，前天也来了，喊我和他搭边，你晓得我又不会打，他说输了请客算他的，又不要我出。”女孩絮叨道。

“你们店生意好不？”男孩闷了半天憋了句。

“开张时一般，现在蛮好。小王那个莘庄的朋友丑死了！请我们蹦迪唱歌，又去麦当劳，后来还请我去玩，我说有事不去了，才不想和他出去呢！”

“你把你二哥介绍到火锅店，开心吧！”又过了一会儿，男孩问。

“没啥开心的。我还不一样上全班，天天待在店里无聊死了，我不想同他们打牌，那些客人老叫我，小刘小刘的，烦死了！”

“你老板给你二哥开几多钱呢？”

……

女孩有意思，她要他关注她，要他知道她有行情、有人气，虽然人气里包括一个好丑的莘庄男人。而他，对她话中出现的男人不以为意。她小小地不甘，一次次提请他注意，注意那些男人热情背后可能隐藏的动机，这动机在她的话里已颇为明显，可他完全不解风情。

他们说起回老家过年的事。女孩提到她碰上她姐夫家一个侄子，在苏州打工，那人喊她有空去玩，说介绍她去苏州一家电子厂做事。

“那里薪水挺高的，就是累点儿。苏州离这里很近的，坐车一会儿就到。”

“是很近，我老乡上周去了，他妹在那儿念书。”男孩说。

“我说我考虑下，哪里说去就去，不过那儿可能也累不到哪儿去，工资还高。”

男人还是没接话，没有挽留女孩的意思。

女孩的脸黯淡下去，不过很快她又笑着和他说起了别的。此刻她是高兴的，她同他站在一起，同一条地铁，同一个站下，可能约着去同一个地方。不过她肯定有点着急，他对她话中的男人竟一次也不追问，一次也不露出紧张且警惕的神情——世上还有他这样扫兴的人吗?!

搬到龙漕路后，我不像住在同济附近一样频繁坐地铁了，更多是一人去附近随便走走。

有个夜晚，漕宝路地铁站附近，1号出口旁有个烤肉摊，夫妻档外加一个七八岁的小女孩，小推车上还有个孩子，是他们的老二。夫妻俩手脚麻利，女摊主戴副眼镜，这使她和其他摊主看上去有那么些不同。

更多时候，我在小区里走走。上海夜晚总是有风，秋天的风最惬意，一阵阵从灌木和树梢上刮过，夹杂着桂花香。小区门口饮水机亮着灯钮。每隔一天，我就要抱只四升的净水瓶去打水——自来水管里出来的水有股漂白粉味。有次打水，有个女孩在旁边小声嘟囔，肠子都漂白了脸还没白！我笑了，她黑得其实挺好看，小麦色，听口音是外地人。

我租住的六号楼在小区最里面，楼高十八层，从卧室窗口望出，四周全是楼间距窄到望不见顶的高楼。早上，在小区门口遇见一个穿暗花绸缎旗袍的女人，伊真隆重啊，高跟鞋，开叉旗袍快盖至脚面，梳着工整而复杂让人想起“爱司头”的大发髻，夹着包在马路边等出租。一刹那，我觉得她不像这时代的人，像百乐门时代、金大班时代，她正赶往繁华舞场，那里有不少她相熟的舞搭子。乐队三步音乐一响，他们滑入舞池，鞋底下木地板略微发着颤。这个女人，盛装站在秋天的龙漕路上，显得有些失真。马路两侧是扬州包子店、福建沙县小吃、重庆水煮、北方煎饼以及苏州羊肉馆，离她不远处，贩子在叫卖一筐东海带鱼。

另一次，我在这条路上碰见一大一小蹲在路边。大的是人，小的是狗。一个橙色饮料瓶盖，小狗舔几口水，男人加一点儿，小狗再舔几口，男人又添上点儿。两个生命，细水长流。这是早上九点二十分，马路上到处是车和人。周一，新一轮奔忙开始。这一大一小蹲在路边，像是什么都比不上一只小狗喝水重要。

那只狗小小的，略卷的棕黄毛，温良，舔水的样子说得上文雅。男人其貌不扬，不过肯定是个有爱心的人。不是每个有闲的男人都有耐心在周一早上为小狗喝水的瓶盖一次次添水。

过个小十字路口，漕东支路上的气息就不同了，两旁是叫“××花园”的楼盘，我就在里面办公。前几天，路口有人支个自行车，一块牌子插在龙头上：亏本出售。那个房价，高山仰止。多少人奋斗一辈子也不可能买得起。

前面一点就是高架，轻轨站。夜晚，长列亮灯的轻轨在半空飞驶，像一排移动的小房间，很美，让人想起淡水码头地老天荒之类。有次谁家孩子放焰火，正好轻轨驶过，灯光映衬焰火——使我想起台湾导演陈果的片子《去年烟花特别多》，好像亦舒也用它做过小说名，无来由地，热闹与时过境迁的冷清，两人仰头在人群中看满天焰火腾空，转瞬，它们就成了一地残骸。

当初来上海，这份媒体工作对我的吸引包括可以去采访形形色色的人，确切说，他们是些艺术家、明星。有次是去建国西路采访某位女艺术家。她拍了许多上海女人，做编织“软雕塑”，最近DIY一堆很有风格的项链，她的人生美学是性感、个性、有风情。她的居所和她的人生美学也相符。老石库门旧房，陈旧木地板，旧家具（不是古董的旧，是被琐碎日子磨旧），房内氤氲着咖啡与茶香。是她独创的泡法，咖啡煮好，加入立顿红茶一袋，加炼乳，或再扔进几片苹果，煮好即是浓醇的咖啡红茶，可配小点心。

平价的成本也可以诞生艺术——这是她让人感受最深的。艺术不是品牌店的特许经营，是随时随地可发生的事。几根毛线针，她编织了一批作品，颠覆了编织活的家常性，表达了些想法，它们成了可上T台的作品。

为人妻母的她，有些不足为外人道的不易，这不易她也拿来成全作品了。“所有好的小说家都不可能是纯洁之人，他必须心中有鬼。”一位作家说。艺术家也一样，这个“鬼”是那些坑洼、褶皱，太光滑的内心对艺术是不具抓力的。

她带了本近期摄影集来，黑白片，皆是沙滩与泡沫。她说年轻时，只爱海浪疯狂的呼啸，如今更敬慕那些柔软又富有张力的泡沫。礁石海风里堆积的泡沫，在黑白的光影中奔涌。

香水隔着冷气弥散。她身上总有香水味，即使去腥污的小菜场也要喷点儿。香水多是朋友送的，今年生日她收到“兰蔻”和“洛丽塔”，有关这款香水的描述是“无邪又纵欲，纯真又弥贵”。对这位半百女人，这其中有种秘密情怀。

她眼角有不浅的皱纹。不是每个有了皱纹的女人都还能收到“洛丽塔”。

另一次采访香港词人林夕。在大厅等，咖啡喝到一半，一个戴帽子的男人走过，走过去了我才意识到他就是林夕。

听了太多他填词的歌，王菲的《当时的月亮》《寒武记》《流年》《红豆》《美错》《笑忘书》，陈奕迅的《十年》《K歌之王》《富士山下》《明年今日》，梅艳芳的《似是故人来》……还有张国荣的许多歌——林夕说他自张国荣跳楼后不再听他的歌，今年，他说希望能克服这阴影。

二十年，他创作了三千多首情歌，在各大排行榜独占半壁江山。他包揽香港电影金像奖“最佳电影歌曲奖”的提名与获奖，从第十一届到二十七届。评论说，“他的词从意象与文学性的结合上，到达中文词作的一个高度”。林夕擅用比兴，很少明修栈道，更爱暗度陈仓，词中总有一份别样的缠绕迂回，颇合现代人纠结的情感乱码。

在采访前被告知，唯情感不能涉及——江湖上有关他和黄耀明的种种不提了，他曾对张国荣在个人演唱会上把《月亮代表我的心》送给爱人唐唐深为感动，觉得是独立于“主流世俗观”之外的宣言。说到底，林夕爱她或是爱他，干卿何事？感受音乐里旖靡或暗涌的情怀才最重要。

他是1960年代生人，烟雾后他的脸看不出年龄，说更年轻或更苍老都行，像静止在时间的某一点。他有个称号“夕爷”。一张从不愉快的童年一直长进成年的脸，“我的童年一滴快乐都没有，常常活在惊心动魄里……”，他在烟雾后慢慢说出这句话，他写下的那些歌词也就有了由来。

龙漕路离黄陂南路的“新天地”不远，外地朋友来，最常去的就是“新天地”。此地是最能代表上海腔调的地方，石库门穿插着现代建筑，青砖步行道，清水砖墙，厚重的乌漆大门和雕着巴洛克风格卷涡状山花的门楣，使得观光客仿佛置身于20世纪二三十年代的上海。然而一步跨进每个建筑内部，又非常现代和时尚。

据说当年地产商为动迁这个地块上居住的近两千多户、逾八千居民，花费了超过六亿元人民币。经过改造，淹没在弄堂内一座漂亮的荷兰式屋顶石库门建筑便跃然而出。拆去违章建筑，市区不多见的弄堂公馆便重见天日。这样，被保留下来的旧建筑各有特色，仿佛一座座历史建筑陈列馆。

整旧如旧，一个“旧”字，代价远远超过了新砖新瓦，地产公司专门从德国进口一种昂贵的防潮药水，像打针似的注射进墙壁的每块砖和砖缝里。屋顶上铺瓦前先放置两层防水隔热材料，再铺上注射了防潮药水的旧瓦。由此，有了现在风情万种的“新天地”。

如果有外地朋友来，我有时会带他们去看北外滩的夜晚。作为外滩的延伸，它坐北朝南，面水朝阳，西南处外白渡桥、吴淞路桥两桥与老外滩相连，南面隔江与陆家嘴金融贸易区相望，绵延起伏的古典建筑群和对岸的摩天大楼尽收眼底，坐在“哈根达斯”门口看一江灯火，通体透明的船只在江中交汇，天上像泼下杯鸡尾酒，到处流光溢彩。

有次带父母来，母亲觉得一杯冰激凌卖一百块实在贵了。我跟她说，这不仅是冰激凌的价格，还有为这么美的夜景买的单呢，这么想就觉得不贵。

常去的还是“新天地”，离我住处近些，我喜欢那里的小众风情，酒吧如迂回院落，七进八厅缠缠绕绕，离了哪间都不完整，只有簇拥一处才合成丰美的欢场。不确定的灯光，如聊斋中吸附了精魂的鬼魅，闪耀，暧昧，乐不思返的常客如同被勾魂的书生，一天必须在音乐、骰子和玻璃杯中结束。

空气中浮着香水味，中国女人挽着人高马大的老外，一拨拨旅行团——这里好像适合成群结伙。一个女人坐在那儿多少有点复杂的诱惑意味，一个男人独坐呢，就有甘愿被诱惑的意思，飘荡着酒精与香水的空气着实太撩拨了。

酒吧内传出喧闹的乐队声，有人在二楼露台唱歌。驻唱歌手多唱英文歌或爵士风老歌，黑裙黑袜的中年女人摇摆着，一把略沙的喉咙，如有年头的芝华士，黛色眼影，看客人的眼神仿佛个个都有一肚子知心话要同他们吐露。只有她们压得住今夜阵脚！《上海滩》也只有这把嗓子能唱得波澜不惊而又风浪暗涌，她们不年轻了，因此才练出强大的胃，够从容对付瓶中液体的度数。

那些散坐着的年轻女人，她们是新鲜生啤，是兑冰的朗姆酒，口感奇异。这液体喝下去，你就会懂得上海的夜晚有多么值得冒险，懂得那些外表松弛内心偾张的男人，他们杯中酒的下沉速度与热望的眼神让你想起一句上海女人的诗：

热爱她，就憧憬着死在她的刀口下！

读到这句诗的几年后，女友Y带我去那位女诗人家吃了顿晚饭。同座还有位写科幻（或是魔幻）主义小说的长发男人，沉重的金属耳环让我替他的耳朵担心。他盘腿坐在椅子上眉飞色舞地讲他在卢浮宫看画的经历，说波提切利的《春》近看原来构图透视有问题，而《蒙娜丽莎的微笑》用绳子围住，实际毫无看头。男人在家大公司任一个时髦职位，他说到要在静安寺的对面开家闹安寺，说到要搞支电子乐队时，兴奋得差点儿从椅子上摔下来。后来收到他电邮的一个小说，里头的确有许多奇思妙想。

那时女友Y还没搬，住在万体附近的天钥新村，与我走动频繁。她住处的浴缸与灶台一帘之隔，外头是公用走廊，洗衣机发出间歇性轰鸣，这样的情调显然不适于泡澡，浴缸于是被充当巨大的洗菜池。从卧室窗口望去是人家的窗户，黄昏中的夫妻怒气冲冲地为葱蒜小事争吵，油烟味四溢——这城亦是一样的人间烟火，不只是最新时尚发布会以及新锐派对，这城一样有它的简陋、颓唐，并非全都华丽如海上花开。

当我自己在万体附近找房时，才明白在这个地段找房的不易，那些在外省会自卑到脸红的老公房，在这儿却开着骄傲的价格，一室几乎没有低于一千二三的，并且租出极快，几乎像抢。

我们在万体馆台阶上坐着。风从高高的万体台阶刮过，近旁球场上灯光明亮，我们聊些乱七八糟的话。她借给我三本书，刘小枫的《走向十字架上的真》，里尔克的《亲爱的上帝》，还有裘帕·拉希莉的《疾病解说者》，前两本是她一直随身携带的行李，无论走到哪儿她都带着，近乎是为信仰找到的依靠与安慰。书堆叠在床边，她甚至没一个正式点的书架安放它们——但书绝不比搁在堂皇的架上更感到委屈。

……

我们看碟，用她新添置的DVD（晚餐的盘碟她都还没置全）。《时时刻刻》，一部妮可·基德曼向女作家伍尔夫致敬的片子，优雅的妮可扮演一个游走于疯狂与清醒边缘的女人，片子充满光影与挣扎。

夜深了，还有堆碟来不及看，《樱桃的滋味》《十戒》《天堂的颜色》——Z，那时她的日常工作是为少女读者提供风花雪月的爱情故事，兼采访大S们的美容秘籍以及流行资讯，教导读者如何泡玫瑰花浴（虽然Z自己的浴缸用来洗菜）。

次晨，在走廊等Z。阳光中，对面花影盛大：怒放的夹竹桃，高大的石榴花树，还有广玉兰，院里泊着辆大红炫目的进口车，衬着周遭灰暗的楼房，有种奇诡的戏子般的艳。

夏天快完时，她搬到延安路高架附近的江苏路，多了间阳台，卫生间也大了不少。秋天，周末我去她那儿，我们去花店买了棉纸荧光笔等一块儿做手工贺卡，用各自的美术底子把卡片做得很美丽，不过似乎没有什么人可邮寄：这样一份手工的心意，在这么忙的时代仿佛有些不合时宜。她说，我们在网上开店，六七元一张卖掉，新年就要来了，兴许供不应求，万一将来不工作，依靠这手艺还可以在上海待下去。

后来，她总算在上海中山公园一带有了自己的蜗居，她总算能在自己家听Eagles（老鹰乐队），盘腿与朋友谈论纳博科夫或理查德·福特之类了，或者，还能聊聊她一直想实践的类型电影梦。

作为她新房第一位留宿者的我，如此喜欢这房间的气息：放松，艺术，简练而迷人。房里有她四处行走的见证，那些来自旅途中的纪念物。墙上是一位上海女诗人赠她的自绘油画。梦境的湖蓝。重要的是，宜家的若干书架装下了她的那些书，她单身生活里最重要的伴侣。一副书架无疑是一个人的精神版图，在这版图跟前，一间房的面积与窗户的多寡无关。茨维塔耶娃不是说过吗，“有这样一类你走近大城市时最初看见的房子：窗户很多，但住在里面的生命却不可思议的全是瞎子”。

有回我们和一位摄影师朋友去唱歌。我唱了《千千阙歌》。Y很喜欢这首歌，觉得它代表着一个青春高度以及某种时间向度，就像她每次去歌厅总要唱王杰的《安妮》一样，每回唱它，她便觉得自己会重回十九岁，记起阶梯教室那些有着许多褶皱的阴暗。

2020年冬天，我偶尔看到《千千阙歌》的原唱陈慧娴出现在某档综艺节目里，穿着排场很大的华服，染着金色短发，站在炫目的舞台，唱的依旧是当年的几首成名曲，包括《飘雪》《千千阙歌》，但此时的面庞与年轻时已全然不同。她老了，胖了不少，眉眼已无当年痕迹。从她的老去，我清晰地看见自己与整个1970年代的老去。

看着电脑屏幕上的陈慧娴，我忽然想起已远去异国的Y。某年深秋，我们有一次东北之旅。她鼓动我上路的理由是，她会带我去那些不寻常之地：滩涂、湿地、边境、无名村落……比起A级的景区与团线，她更愿去往边缘之地。

在哈尔滨，某个岛上，我摄下她逆光的背影。

落叶铺满空旷悠长的道路，一袭黑衣、背着大包的她向前走去。前方是她未知的路，也是我们都未知的路。

这个城市的属性或许是秋天，有着油画的丰富色泽和光感。

“好的画，迫近神而和神结合。它是神的完美抄本，神的画笔的阴影，神的音乐，神的旋律。”米开朗琪罗如是说。好的季节也如此，如秋天。

植物宁和，云朵宁和，远山宁和……历经九九八十一难、向西天取经的何止玄奘四师徒。谁都在自己命运的路上向天竺跋涉，证果，得道。

自涩而熟，但又不至熟向萧瑟，天凉得刚好时，就是秋了，良乡栗子满街的秋天，我习惯在恒丰路一家小店前买栗子，收钱的是个短发的外乡女子，圆脸，端正白净。几麻袋栗子堆在屋子后半截，男人在那大力翻炒，不时从中拨拉出劣的。有顾客等得急，催他别挑，赶紧炒。他不理，埋头一粒粒拨拉，顾客急得跳脚，复催，他冷张黑脸：“你不买就算，我就这么卖！”吵架的口气，短发女子竟也不劝，笑眯眯的既不怕他上火得罪顾客，也不怕顾客走掉。顾客竟也等下去，有点讪讪的。

柜内的她略丰满的身材，像一枚饱满的良乡栗子。她老笑眯眯的，可能和身后炒栗子的黑脸男人在一起很安心。栗子季一过，他们不知要上哪儿去，来年秋天也不知还会来吗？

吃着热栗子，给一位采访对象发去提问的邮件。她的介绍是“从欧莱雅到LV的她，一个时尚从业者，优雅出现在各大时尚Party中，而她又脱下华服，出现在支教广西的队伍中，拿起粉笔，在山区的孩子面前做位普通教师……”

这是她曾经的一段经历了。她在博客上写，“爸爸在重症监护室里伸出手来做OK的手势，教会我懂得放什么，拿什么。放心，爸爸的慧眼看着，我的人生会重新排序。中午，同仁堂二楼，看到店堂里额匾上的话，‘修合，无人见，存心，有天知’。轰隆仿佛惊雷过顶，尔后，豁然天明……”三十三岁的她也提到“豁然”二字。觉得有这感受的人多幸运！像走着夜路乍望见灯光，然后明了方向，朝着光走下去。“豁然”给人定力，这二字原出自《怀素自叙帖》，讲怀素幼而事佛，经禅之暇颇好笔翰，然恨未能远睹前人之奇迹，所见甚浅。遂担笈杖锡，西游上国，之后“豁然心胸，略无疑滞”。我是至今没有豁然，也不知何时能够豁然，那应是顿悟之境，我在开悟方面向来磨蹭，有时混沌，眼前老遮着七零八落的树影。有些人一辈子也不得悟，执念于中，跳不出那身欲望皮囊。得悟有多难啊，一旦得了，那真是幸运啊……

去外面散步。过天桥，远远的，一轮皓月光晕温存，像插图中的月亮。下天桥，过十字路口，前面有人竟牵着匹马。矫健温良的马，尾巴向地下垂着，默默跟着主人靠路边走。倘在乡间，万籁俱静，会听到石子路上哒哒的马蹄声。

一棵树，一轮月，一匹马，就是秋了。

秋日的天很高，不过也就到鸟的翅膀。

我在秋天离开了居住五年的城市。

这个秋天一如既往，同样金黄的银杏树，阔大的梧桐，叶子在风里翻飞，许多的落叶铺垫在人行道旁，并不萧瑟，倒有种来去从容的劲儿。秋天是有景深的季节，像早期的俄罗斯油画。还有攀爬的藤蔓，一些偎着栅栏的红叶。死如秋叶之静美。

这个秋天的雨夜，电脑放着女歌手邝美云的歌，我喜欢的女歌手。她的粤语歌尤其动人，明亮而有厚度，像前一阵子去森林公园见到的盛开的广玉兰，碗大的皎洁花朵藏于枝繁叶茂间，走到近前，才被那一壁的雍容江山小小地一震。子夜，听她的《离别的摇篮曲》，云层后的思慕，忽高忽低的飘浮，夏日的积雨云，二十年前的河川自成一派情意世间……这个在香港小姐选美比赛中获得亚军的美人1963年出生，我在一个访谈节目中看到她依旧风韵卓越。有的人无所谓光阴，光阴对他们只是类似酒的发酵。

他们不论保质期，只论年份。

歌声里徒步回走，泥沙俱下的青春五味杂陈。不觉人到中年，往昔已是团模糊水汽。

打开电邮，回复白天收到的F的信，她又碰上一场感情变故，很接受不了。这些年，她总在不同的男人与爱情间载沉载浮。

我在灯下给她回复电邮，告诉她今天读到胡因梦的一句话，如不戒掉爱情的毒瘾，那她内心就始终是个小婴儿，不能自给自足，更难以焕发出内在的生命能量。我告诉她，前几天和她也认识的周聊天，周说，这段时间我知道原因了：痛苦源于自私，快乐源于奉献。一个人试着多给出就快乐了。我们只学如何放下自我，对自我不执着不判断不批评，只是接纳。心理学会教你分析自我，这并不能解决问题，反倒有时带来问题，因为它的视角还是围绕我。所以，我觉得真正的修行是放开那个我，去看见更大的世界，这才是真正的解脱和超越。

在给她回信前，我得知我的前任主编走了，才三十出头。我是她博客的常客。她患有恶性肿瘤，一直在写博客，分享积极乐观的抗争经历，在西医化疗与某位中医间下赌，她和我最好的女友西西住同一个小区：广州祈福。她的儿子八九岁，叫牛牛，她在生命最后还养了条叫朋朋的狗。她心平气和地谈到许多生死的问题。她的博客里能遇见不少癌症患者，以及癌症患者家属，求生是他们平日里最最重要的事。

“真后悔浪费了太多大好时光。好像老觉得有充足的时间似的。事实上，从一个看起来还算正常的人，到出门都困难，原来这么快。许多身后事都没处理。今天下午决定硬着头皮出门剪头发。精力有限，还是剪成短头发更易打理。对俺好不容易留起的长发，还真恋恋不舍呢。”这是她最后的博文。

关上电脑，我收拾行装，准备开始下一段的旅程。

原载《西部》2020年第4期

评鉴与感悟

怎么形容呢，读她的文章就像某个理想的下午，只是随便散步，是乱看一气，里面的万种风情，人间烟火，又被她摆布得缠绵起伏，有着习焉不察的精雕细琢。看起来不合时宜的人事，处处都见证着她们对待生活的热情。她迂回穿梭，就像她的文字，一点点掘进，打理，却也时时闪耀，有着非比一般的通透，超拔。（陈克海）

鼠患之年

/向迅

一

雨下了七天七夜，仍没有停歇的迹象。如果有陌生人恰巧在这个时间来到村子里，你对他谎称，雨已经下了三个月甚至是三年之久，他肯定也会毫不怀疑。整个村子都被雨水浸泡着。屋檐下古老的椽木，不是长出了耳朵，就是抽出了新芽。就连被洪水冲出地表的石头，也显现出某种发酵的征兆。我们全身上下都已发霉，连骨头缝里都爬满了霉斑。我们每天昏昏欲睡，呵欠连天，无精打采，几乎忘记了时间的存在——即使是白昼，天色也晦暗得可怕，而夜晚则像是掉进了深渊——食欲也不好，吃什么东西都没有胃口，好似患上了可怕的厌食症。

一个上午，父亲满脸怒容地站在客厅里一言不发。他褐色的手臂上爬满了青色的蚯蚓，脖子上爬满了蚯蚓，眼神里也爬满了蚯蚓。我们远远地惊恐万状地望着他，谁也不敢吭声。他在跟一个看不见的人生气。也有可能是在跟他自己生气。如果我们在此时招惹他，他一准把那股怒气发泄到我们头上。刚刚，闷气沉沉的房间骤然闪现一道炫目的闪电。那是挂在客厅中央的灯泡“嗞”的一声自己亮了起来。没有谁拉动灯绳。正是无数乱石从屋顶滚过，整栋房子都跟着震动摇晃之时，那颗二十五瓦的灯泡在一片骇人的电光石火中炸裂于地，钨丝急遽燃烧后的刺鼻味道，迅速在空气中弥漫开来。我们像几只受惊的小鹿，尖叫着从椅子上跳起来，逃离房间。父亲独自站在原地，消化着突如其来的恐惧。

我们都已受够了这样的日子，再也无法忍受，但又能怎样呢？好似永远也不会停歇下来的雨水，让村子里所有的道路都消失于未曾散去片刻的迷雾中，邻居们也已多日不见踪影。他们好像都漂移到了别的什么地方，连同他们的房子、看家的狗、打鸣的公鸡。公鸡脑子里祖传的那面时钟肯定已经生锈。

母亲开始诅咒没完没了的雨，诅咒那些肆无忌惮的，跟强盗没有什么两样的狂风。在那些个如同深陷于沼泽地带的日子，我们时常在昏昏欲睡的状态中，猛地被一声来历不明的霹雳惊醒。那个犹如象骨或山体断裂时发出的巨大声响，穿透了厚厚的墙壁和长满层层叠叠青苔的梦境，令人心颤不已。不是田野里一棵泡桐粗壮的树枝被大风给劈断，就是一棵漆树被整个撂翻在地。给一些人留下噩梦般记忆的七命蜂，早已占卜到这一切。它们把葫芦形的巢穴筑在高不可攀的树顶。但我们不可能把房子建到树上去，更不可能把庄稼种到上面。

母亲惶惶不可终日。我们家的玉米地，迎风，而且容易积水。她担心正在吐须灌浆的玉米和玉米林里还未来得及挖的土豆。即使在半寐半醒的梦呓中，她依然惦记着它们。她对玉米和土豆的关心，远远超过了她对三个营养不良的孩子的关心。那是她忙碌了一个春天和一个夏天的成果。她不能忍受即将到手的粮食，被坏天气洗劫一空。待雨势稍小，她就急不可耐地和父亲到玉米地里去察看难以估量的灾情。他们各自戴一顶用麦秸编织的旧草帽，身披一张透明薄膜，手握一把刃口雪亮的镰刀，消失在雨雾中。几个小时之后，半身湿透的他们从玉米地里带回我们早已预见的坏消息："玉米大量倒伏，土豆也烂掉了一大半。"他们疲惫的脸上飘过一阵阵愁云。好不容易遇见多日不见的邻居，他们最先谈起的，也总是前途未卜的玉米和土豆。他们都在为未来的日子发愁。

总得做一点什么。过了两日，天气刚刚好转，不及雨水完全歇住脚，母亲和父亲就手持镰刀前往雨雾缠绕的森林，砍回一捆捆湿漉漉的山竹和灌木，然后将那些倒伏于地而根须没有完全断裂的玉米小心翼翼地扶起来，为它们拄上拐杖，祈祷奇迹的出现。这是一年之中最后的机会了。但总有一些可怜虫活不了了，只得将它们抱回家扔进畜栏。连日阴雨，味道苦涩的芭蕉树已经砍光，草料无处可寻，猪和牛都饿坏了肚子，忽见青翠欲滴的玉米梗和玉米叶，眼中泛出道道绿光。

瘟疫般的雨季终于结束。可怕的热浪重新扑来。知了暴雨般层层叠叠的叫声覆盖了村子。玉米地里野草疯长。母亲不得不顶着烈日拔草。已经被雨水泡烂的土豆，就埋在野草之下。黄豆细长的藤蔓缠绕着玉米梗。母亲粗糙如剪的双手得避开它们。挖完土豆，母亲趁热打铁，栽上红薯，一刻也不耽误。没有更多的时间可供耽误。母亲干这些活的时候，我们看不见她。她的身影，被高过头顶的玉米林吞没。直到暮色降临之时，她才从玉米地归来，一身的臭汗味。“先前干活的时候，一条长虫盘在草丛里一动不动。怎么赶也不走。大约是一条懒蛇。”吃晚饭时，她给我们讲述一些可怕的经历。属虎的母亲畏惧冷冰冰的蛇，我们都知道这个秘密。而那个时候，她似乎已经在梦游。她太疲惫了。

八月下旬，村子里的玉米地一片金黄。怀着某种侥幸心理的母亲，与父亲郑重地定下一个天气晴朗的日子，带领我们去掰玉米棒，一副兴师动众的样子。可无论我们如何仔细，我是说，我们时刻像长着四只眼睛和三个鼻子的猎狗一样保持着视觉的锐利和嗅觉的灵敏，不曾放过任何一株可能结着一个或半个乃至三分之一个玉米棒的玉米，最终运回家的玉米棒——虽然它们也在墙角堆成了一座小山——都让人兴奋不起来。注定了这是一个歉收之年。

九月间，村子里出现了几个面黄肌瘦的外乡人。肩上挂着一只底部簌簌作响的帆布口袋，手中拎着系有红绸的铙钹乐器。他们声称来自遥远的平原地区。他们挨家挨户表演空中抛刀的绝技。在人们的阵阵惊呼声中，一位中年妇女如同传说中的魔术师，把三把明晃晃的尖刀在手中来回抛着，竟没有一次失手。他们一边表演，一边用婉转低回的声腔诉说着他们的不幸遭遇——平原遭了水灾，粮食颗粒无收，不得已远走他乡卖艺行乞。母亲听了摇头叹息，从粮缸里舀出半升玉米，倒入其中一个人的口袋。他的口袋里簌簌作响。

十二月，赶在大雪封门之前，父亲想方设法买回几袋玉米。为了防潮，他把它们整整齐齐地码在客厅一角的两条长凳上，就像小心翼翼地码着一堆金条。

二

三月里的一个黄昏，堂伯母悄悄为我们挑来两筐土豆。她用两件旧衣裳覆盖着装土豆的筐子。她怕邻居瞧见在背后指指点点。那时，我们家储存土豆的那个房间已经变得空空荡荡，储存红薯的地窖也已变得空空荡荡。地窖入口挂满了白雾般的蛛网。母亲惆怅地说，这都是因为我们家的地太少，而嘴巴又太多了。她说的嘴巴，还包括了狗的嘴巴、猪的嘴巴、牛的嘴巴。后来，还包括了猫的嘴巴。

那些年，我们家的粮食总是不够吃。玉米不够吃，土豆不够吃，红薯也不够吃。只有西红柿和黄瓜吃不完。玉米地里随处可见西红柿碧绿的身影。炎热的夏季，拎一只小竹篮钻进湖水般摇曳而又密不透风的玉米地，出来的时候，手中就是满满一篮子殷红殷红的野西红柿，嘴角还淌着西红柿鲜红的汁液。种在红薯地里的黄瓜，一直可以吃到秋天。但它们到底只是餐桌上的点心。

某个夜晚，母亲和父亲在餐桌上做出了一个重要决定：花点时间把位于玉米地和森林之间的那三条长满了灌木丛和茅草的山丘开垦出来，种上土豆和红薯；把两块临近菜园、荒凉多年的土地也开垦出来，种上红豆。同时决定在玉米地的背阴地带种上高粱——那年底，母亲为我们烹饪了一顿棕栗色的高粱粑粑，味道相当可口。我们家自这年起，开始了轰轰烈烈的垦荒运动。

村子里的人莫不如此，没有几户人家拥有富余的土地。常年在头顶缠着一条青色头巾的祖母，不仅在苹果树的阴影里种满了魔芋、紫叶苏、辣椒和茄子，而且把马路边狭窄的空地悉数开垦了出来，种上了四季豆、豌豆和扁豆。如果允许，她还想把整条铺满了石子的马路挖掉。根据人们恶意的揣测，她甚至还想把土豆种到云朵上去，种到梦里去。遗憾的是，谁也没有掌握那样的本领。

事情甚至脱离了原有的轨迹。一个上午，祖父在玉米地里劳动时，意外地发现那条古老的地界线向他们家的地里移动了三寸。他大吃一惊。起初，他不敢相信自己的眼睛。待把眼睛擦亮核实了三遍之后，他才确信那不是因为眼花，更不是白日梦，而是地界另外一边的玉米地的主人施行了挪移乾坤的魔法。祖父也会这样的魔法。他强压住内心熊熊燃烧的怒火，默念咒语将那条地界线挪回了原位。

村子里因地界问题引起的纠纷，层出不穷。邻村一个平日里沉默寡言的人喂养的一群雏鸡，没有经过任何允许，私自越过木槿花栅栏，跑到他兄弟家的玉米地里捉虫子吃，两兄弟为此大打出手。他兄弟在斗殴中失去了一只眼睛，而他被警察逮捕，蹲了好几年监狱。类似的事情也差点发生在父亲和他的兄弟身上。

雨季的一个清晨，也有可能是秋天的一个上午，父亲和叔叔为了一棵树的归属权，在众多邻居的围观之下进行搏斗。母亲闻讯从玉米地里赶来。她手里提着一个篮子，篮子里恰好装着两把刃口被磨得雪亮的镰刀。叔叔从母亲手中抢起一把镰刀，向父亲挥去；父亲为了自卫，抄起了另外一把……祖父和祖母也从玉米地里赶了回来。他们拉偏架，祖父要棒打父亲，祖母也用最恶毒的语言诅咒父亲。

母亲慌忙跑回家，用一把锁把我们锁在房间里。我们脸色苍白，浑身发抖，牙齿打战，声音被卡在喉管里。我们被一种不祥的预感牢牢缚住。

紧绷的空气，如暴风雨过境，终于松弛下来。那条湿漉漉的小径上，父亲带着一个失败者特有的气息回来了。像一只刚刚在斗鸡场上落败的公鸡。我们站在墙角的阴影里，神色忧戚地望着他。但他并不看向我们，而是用半个身子撞开门。门哐当哐当作响，像是散了架，要倒下来。他冲进光线晦暗的工作间翻箱倒柜。陈年灰尘的味道，机械润滑油的味道，环绕着我们的鼻子。

我们从未见过的一把带柄的尖刀，出现在父亲手里。他怒气冲冲地坐在磨刀石前，霍霍地磨着那把锈迹斑斑的尖刀。刀的刃口，渐渐闪现出一片冷森森的雪。父亲把刀举起来，刀刃对着自己变形的脸。他用右手的食指，拭了拭雪亮的刀锋，然后又将嘴巴卷成筒状，吹了吹……母亲阻止了父亲即将展开的行动。

中午，我们围坐在餐桌旁，小心翼翼地咀嚼着母亲烹饪的食物，尽量不让嘴巴发出任何声响。父亲忽然停止咀嚼，满怀期待地问我和哥哥，以后会不会给他报仇？我和哥哥被这突如其来的阵势吓蒙了，低头沉默不语。

父亲失望地扔掉手中的筷子，脸色铁青而沮丧。他独自舔舐着内心的伤口。

或许正是从这一刻开始，父亲便陷入了某种无以排遣的情绪之中。这种只有抑郁症患者才会滋生的情绪，始终像我们常见的那种藤蔓植物一样，紧紧地缠绕着他，直到多年以后，他半卧在一把躺椅上失去呼吸才得以解脱。

另外一个上午，为了捍卫一丘荒地的归属权和作为男人的尊严，被恶言恶语激怒的父亲，抄起手中的扁担迎向他嚣张跋扈的叔父；几天之后的一个黄昏，当他们在村子里另外一条路上狭路相逢时，毫无防备的父亲被他的叔父偷袭……

世界重归平静。我们家一下子多出了不少土地。但母亲仍觉得不够多。我们都不知道她要拥有多少土地才算满意。事实上也是，那多出来的一点土地，一年也就多收四五筐土豆而已。对于那么多张嘴巴而言，那些土豆只够塞牙缝。

正在此时，村子里的H先生同意将他家的玉米地租给我们耕种。H先生和他的妻子都已年迈得走不动路了。尽管我们家离H先生家的玉米地很远，要翻过一座山冈，穿过村委会广场，再沿着乡村公路步行一段时间才能到达，但父亲和母亲毫不犹豫地答应了。他们兴高采烈地在那块地里种上了玉米、土豆和红薯。

我们把H先生家的玉米地租种了多少年，我不得而知，但是从此以后，母亲相继租种过村子里好几户人家的玉米地。她对那些肥沃的能分娩玉米和土豆的土地，怀有近乎宗教般的热诚。尤其是玉米抽穗扬粉的那段日子，她恨不得整日整夜地把自己置身于玉米地，直至渐渐饱满起来的玉米棒垂下金色的头颅。

密不透风的玉米林，有一股神秘的力量吸引着母亲和村子里所有的母亲们。我有幸目睹过这样的画面：母亲将粗糙的双手背在身后，长久地站立于两块玉米地中间狭窄的小径上，翕动着爬满雀斑的鼻翼，沉浸于某种不为外人所知的甜蜜幻象里。她的脸上浮现出难以察觉的微笑。

早冬，父亲赶着黄牛犁地之时，我会拎着一只篮子，像影子一样跟在他身后。闪烁着银光的犁铧时不时地从泥土里捎带出夏季没有挖干净的土豆和秋天没有挖干净的红薯。我弯腰把它们拾进篮子。土豆黑色的眼睛里已经生出白色的芽，但水分充足，用指甲剥掉没长皱纹的土豆皮，塞进嘴里，淡淡的甜味在舌尖弥漫。

父亲将所有的地犁完，我已拎不起手中的篮子。

三

我和哥哥睡在二楼的一个房间。同一张紧挨着窗子的床上。我们像父亲和母亲那样，各睡一头，互不打扰。棉被下边铺着厚厚一层睡上去时会沙沙作响的干稻草。干稻草上余留许多空稻壳，偶尔还能找到一两粒完整的稻谷，但剥开稻谷，里面并没有白玉似的大米娃娃。稻谷是瘪的。

母亲用针线缝制的被子，总是扑朔着阳光干喷喷的香味。那是白日里的阳光，还藏在被单的褶皱里和晒得跟云朵一样蓬松的棉花上。躺在床上，我们就可以看见在树梢上跳跃的月亮和钴蓝色画布里像鱼群一样若隐若现的星星。

我们头顶的阁楼上，堆放着无数个已经被剥掉玉米壳的玉米棒。它们毫无规律地躺在一起，就像熟睡的玉米人。有时，我会胡思乱想，那些玉米人是会在梦中生孩子的。灰尘在金色的光束中狂舞。我们能够从它们的细微变化中，感受到玉米沉甸甸的重量。父亲已明言禁止我们在楼板上跑动或者蹦跳。他担心楼板承受不住骤然增大的重力。事实上，那些楼板是他亲手铺上的。他应该相信它们。

但我们不是时时刻刻都会想到玉米。我们甚至非常讨厌玉米。因为我们天天都要吃母亲做的玉米面饭，或玉米面糊糊。尽管村子里在我们家做过客的人，都夸赞过母亲非凡的厨艺，但天天吃，谁也受不了。我们宁愿天天吃土豆，也不愿意偶尔吃一顿玉米面饭。可母亲坚持着她独特的一套理论。她说，不吃一点玉米面饭，干活就没有一丝力气。我们身上的力气，都是玉米面变出来的。

只有在夜晚，尤其是冬日与墙壁一样冰冷而又坚硬的黑漆漆的夜晚，我们才频繁地想到玉米。但这也并非因为我们睡在玉米下边自然而然地想到了玉米，而是在黑暗中将玉米啃噬得咔嚓咔嚓作响的老鼠，让我们想到了玉米。

老鼠可不是一般的多。好像只要黑夜吹响隐秘的口哨，抑或以我们拉灯为信号，它们就迫不及待地从各自的洞穴里悉数溜出。黑夜是它们的乐园。每个晚上，它们啃噬玉米的声音都吵得我们不得安宁。刚刚躺下，那种细碎的密密匝匝的声音就从头顶涌现。偶尔从有老鼠出没的噩梦中惊醒，我都不敢摸自己的耳朵和鼻子。我怕摸不到自己的耳朵和鼻子。就像睡觉前用手指过月亮一样。

黑夜是一个声音放大器，任何细微的声响，都会被它敏锐地捕捉到，并成百上千倍地放大。老鼠们在我们的头顶叮咚叮咚地奔跑——“活像一群响马强盗”。父亲总是会在第二天清晨神色夸张地说——咯吱咯吱地唱着歌，偶尔还会为了某件事情争吵不休，甚至打上一架，发出局促而尖利的叫声。

因为吃得太饱，每个晚上总会有一只得意忘形的老鼠从滑溜溜的玉米棒上摔倒。那个声音，如同一小袋面粉忽然侧翻在地时发出的声音，沉甸甸的。

我们不时学一声猫叫，企图唤醒老鼠古老的记忆。那遗传自祖先的对猫的恐惧。不知是突如其来的声音惊到了它们，还是那声足以乱真的猫叫在它们小小的头脑中迅速形成了一只猫的形象，它们哗啦一声从黑暗中逃匿得无影无踪。阁楼上腾起一阵声音的烟尘。但不一会儿，它们又会从各个角落汇集到我们头顶。

我们也会在黑暗中大吼一声，或响亮地持续拍手，或扔一件随手可即的东西——一只鞋子，一个也不知什么时候滚落在角落里的土豆——到阁楼上，但收效同样甚微。它们的胆子越来越大，几至有恃无恐的地步。更令人恐惧的是，它们的队伍越来越庞大。它们在阁楼上留下了密密麻麻的粪便和无数玉米的碎屑。

母亲采取了措施。她把客厅四个墙角的洞口与缝隙全部用泥巴堵死了，门缝处也搁了一块挡板，严防老鼠出入。客厅的一角存储着玉米面。但依然有不速之客从密道溜进来。它们在昏暗的灯影里拖着一条铁线似的尾巴，滴溜着两只黑豆般的小眼睛，沿着墙角无声无息地奔跑，像一团团虚幻的影子。

如果行踪暴露，那将是它们的终结之日。我们会放下手中的一切活计、饭碗，或正在做着的什么事情，手持鞋子或木棍，群体而攻之。光那阵势就吓得老鼠四肢打战。我们一边追赶一边高声恫吓，同时瞅准时机，将手中的武器狠狠地掷向老鼠。房间动荡起来。奋力逃窜的老鼠，最终不是被一根棍子结束了性命，就是被一只鞋子击中脑袋。也有侥幸逃脱的。母亲会诅咒好一阵子。

我似乎还漏掉了一件事情：另外一个房间也晾晒着金灿灿的玉米棒。那是老鼠出没的黄金地带。下午，我们跟随母亲来到这个房间，把厨房用的火钳坐在屁股底下，然后拿起玉米棒，借助火钳的钝口挫下玛瑙般的玉米籽。玉米籽落到簸箕里，咚咚咚的，发出奇怪的响声。像是密集的雨点敲打在梦中的玻璃窗上。

我们意外地发现了一只小老鼠。它偷偷摸摸地，藏在两个玉米棒之间的空隙里，两只玻璃球般的眼珠子，骨碌骨碌地转动着。可能是突如其来的一阵饥饿，让它不惜以身犯险。也可能是来不及逃走，我们就已经来了。母亲眼尖，将握在手中的那个玉米棒，对准了老鼠藏身的位置。玉米棒飞了出去，像一枚手榴弹。

我们听到一声尖利的惨叫。我停下手中的活计，走过去，缩手缩脚地扒开那堆玉米棒——我担心老鼠还活着，咬我的手指。老鼠已奄奄一息，但还在喘息，灰色的毛茸茸的肚子，有气无力地起伏着。母亲命令我，“把它扔进鸡群”。

父亲从集市上带回一包鼠药。

我见过那个兜售鼠药的老头。来自河那边一个专门配制鼠药的家族。他常年戴一顶鼠灰色鸭舌帽，下巴上蓄着一撮鼠灰色胡子，爬满可疑斑点的鼻梁上，架着一副鼠灰色眼镜。背佝偻着。像一只上了年纪的老鼠。他的摊位位于集市上一棵古老的灯笼花树下。摊位的一角，摆着高高两堆圆滚滚的老鼠，仿佛只要用手指戳一下它们凉飕飕的肚皮，它们即刻就会翻身而起，骨碌着两只小眼睛逃跑。

肚皮圆滚滚的老鼠，都是购买鼠药的人带来的。十只成年老鼠，可以兑换一包鼠药。据说那个外貌与老鼠无异的老头把老鼠带走后，会从它们粗壮的尾巴里拔出一缕缕银丝，然后托人捎到遥远的省会，可以卖一大笔钱。我们觉得不可思议，捉一只老鼠做实验，果然从它的尾巴上拔出了韧性十足的银丝。但不知其用途，随即扔在了花园里。我们一点也不觉得可惜。

那个老头的鼠药很有力道，放倒一大片老鼠。每天清晨，都会见到父亲从阁楼上拎下来一串老鼠，跟猫崽一般大小。它们灰色的肚子圆滚滚的，装满了来不及消化的玉米，但四肢冰凉，总让人想到它们被摆在集市上示众的样子。

可没过多少日子，父亲就宣告鼠药失效了。因为接连两三个清晨，他都是空着双手从楼梯上走下来。他没有找到一只老鼠。而夜间，老鼠们依然在阁楼上生龙活虎地偷食玉米。我们猜测，不是老鼠在黑暗的洞穴里梦见了解药的配方，就是它们在误食鼠药的同胞身上吸取了教训，它们鬼精得很。

宣布这个消息的第二天，父亲就拎着两串老鼠——像拎着两袋沉甸甸的玉米，到集市上换回了一包新鼠药。据那个身世神秘的老头声称，这是他最新配制出来的一款产品，堪称猛虎之药。他还立下誓言：如果见不到立竿见影的效果，他不仅把退还给他的鼠药全部吃掉，而且从此不在集市上抛头露面。

投放鼠药的同时，父亲还购回了好几只捕鼠夹。他像一个经验丰富的猎人，在老鼠出没的必经之地布下天罗地网，设下重重陷阱。他在捕鼠夹的机关前放上几颗玉米，作为诱饵，引诱贪心者上钩。晚上，但凡听见刺耳的吱吱咕咕的尖叫声在黑暗中撕开一道道声音的裂缝，我们就知道有倒霉蛋失去了自由。

那些不幸者，会在黑暗中挣扎很长时间，但改变不了什么。它们因为疼痛和绝望而发出的声音，终究会在黎明到来之前渐渐衰弱，直至与体温一道消失。

我们想过如此多的办法，试图将老鼠赶尽杀绝，也一度收到了不错的效果，可鼠患依然严重。它们就像在捕鼠夹上标注了记号一样，会巧妙地绕过这些精心布置的圈套。它们的鼻子，不会轻易被鼠药的气味迷惑。

父亲说，老鼠是世界上最聪明的动物。

四

另外一间阁楼上，总有一些什么神秘的东西，吸引着我们爬上楼梯。

但当我们真正爬到黑黝黝的楼梯口，却又有些犹豫。

阁楼上光线暗淡，墙角挂满了大大小小的蜘蛛网。腿脚细长的黑蜘蛛虎视眈眈地盘踞蛛网中心。它们天生一张令人恶心的巫婆脸。如果被它们咬上一口，心跳肯定会在瞬间快得数不过来。不过也没有什么好担心的，我在窗台上见过一只棕红色的小瓶子，里面装着半瓶棕红色药液。父亲说，被黑蜘蛛咬了，伤口也会长出一只黑蜘蛛，但只要涂抹一点小瓶子里的药水，那只蜘蛛很快就会消失不见。

父亲藏了许多宝贝在这里。我们幻想用木头制作一辆自行车，需要两个滑轮；幻想制作一匹可以在轨道上奔跑的木马，缺少几个关键的零部件；幻想制作一对能带着我们飞翔的翅膀……父亲的百宝箱从来不会让我们失望，可我们既没有制作出自行车，也没有制作出木马和翅膀。我们的想法一直在变。

五月的一个上午，我们在阁楼的一角赫然发现了两条长长的缀满易碎鳞片的蛇蜕。根据蛇蜕的长度估计，是两条我们从来没有见过的大蛇。我们立即屏息凝声，倒退着，猫手猫脚地逃离阁楼。我们不敢抬起眼睛四处打量，我们担心冷不丁地在某个墙洞里撞见一双冷森森的眼睛和一条猩红的蛇信子。

我们及时把这一信息告诉给了父亲，希望他早点采取行动，但他表现得相当坦然。“是家蛇，在房间里捕捉老鼠的。”他几乎是笑着对我们说的。也就是这一天，我知道了我们家的阁楼上住着两条蛇，但是谁也没有见过它们，除了它们脱下来的已经风干的衣服。我不知道这是好事，还是坏事，只是从此之后，我就很少独自去阁楼玩耍了。晚上去这间阁楼下的房间，也总是心神不宁。

仲夏的一个午后，大人们顶着烈日在玉米地里忙碌。玉米林里繁衍出大块大块的阴影，炫目而炽热的阳光堆满了院子，像是火焰在燃烧。我迷迷糊糊地向父亲和母亲的卧室走去，可能是他们的床吸引着我越来越沉重的身体，也有可能，我是在某种意识的驱使之下，情不自禁地走了进去。

刚刚推开卧室的那扇门，睡意昏沉的我竟隐约瞥见床榻里侧的墙壁上有一根黑色的小木棍在晃动。我以前从未见过，有些好奇，我用手背把眼睛揉亮，凑近床头一看，心里猛地咯噔一下，整个上半身都跟着弹了回来，身体里的疲惫和睡意顿时消失得无影无踪。我跑到烫脚的院子里，哭着嗓子大声呼喊父亲。

我的声音颤抖，充满了无言的恐惧。我看见了一条蛇的尾巴，那条布满了黑色斑纹的尾巴，从墙壁上一道狭长的缝隙里露出来。房间没有粉刷，那条尾巴缓缓地倔强地蜷曲着，像是在痛苦地挣扎。我看见了无形的力，藤蔓植物的力。

父亲从玉米地里匆匆赶了回来，额头上淌着一片闪着光的汗珠，脸颊上也是。他不知道发生了什么事，黑着脸把我训斥了一番。我说不出一句话，词语挤在紧缩的喉咙里，乱成一团。我把父亲引到他们睡觉的卧室，那条布满黑色斑纹的尾巴还在那里蜷曲着，它的存在，证明我没有说谎，而且有理由叫父亲回来。

父亲的脸没有先前那样黑了，但依然紧绷着，像岩石一样坚硬。我猜不透他的心思，可能是担心打草惊蛇，也有可能是这样的事情不宜声张。他小心翼翼地挪开床，不让床脚发出一丝声响，他把可能产生的声音，摁灭在手心里。

那条布满黑色鳞状斑纹的蛇尾巴，完全暴露在我们面前。一条异常粗大的尾巴，可以想见令人害怕的蛇身尺寸，让人想到蟒蛇，想到龙一样的脸和麒麟的角，想到古老的传说。奇怪的是，它听见了动静，并没有立即逃走。

父亲拿起一根木棍，试探性地碰了碰那条尾巴。它就像被滚烫的开水淋到了要害一样，反应激烈，极力扭动。我又看见了藤蔓植物的力，它要把空气中的所有东西都打碎，它正在努力地往墙洞里缩去。正是这时，父亲果断地伸出他那双铁钳般的大手，抓住了那截滑溜溜的扭动着的尾巴，那截尾巴越来越短。

蛇被卡在了墙洞里，要把它拔出来，否则整条蛇都要腐烂在墙洞里，那样的话，我们就得把整面墙敲掉。父亲终于说话了。

父亲的脸、脖子以及两条手臂，都涨得通红，脖子和手臂上，爬满了青色的蚯蚓，我想他正蹲在地上以使重心下移的两条大腿也爬满了青色的蚯蚓。他试图将那条倒霉透顶的蛇从墙洞里拔出来，可是蛇露在外面的那截尾巴太滑了，而且也不够长，使不上劲，也有可能是它被死死地卡在了缝隙里。蛇尾在父亲手中像激流中的波纹一样挣扎着，它在与父亲的手舍命搏斗。

父亲临时改变了策略。他紧紧抓住那截尾巴，让我帮他解下衬衣纽扣，他用衬衣下摆裹住了那截滑溜溜的尾巴，并把尾巴的末端递进嘴里，用两排牙齿死死咬着。这一招很管用，蛇身终于被拔出来一点，但它往墙洞里边挣扎得更厉害了，黑暗才是它的归属。我和父亲都听见了噗噗作响的摩擦声，在墙洞里旋转。

父亲需要一个帮手，可房间里除了我，再无他人。他吩咐我用双手抓住那截滑溜溜的尾巴，他好找来锤子和钢钻，撬开构成墙洞的石块。我的心怦怦跳动，就像被黑蜘蛛咬过一样，我怀着恐惧走近那条尾巴，我迟疑地伸出颤抖的右手，却始终不敢触摸那些黑色的诡异的斑纹，忽然，一股浓烈的鱼腥味，攀着一根无形的绳索，钻进了我的鼻孔，午餐在我的胃里翻滚。

父亲的眼里缓缓升起怒火，那些尚未成形的火焰，迫使我战胜对未知事物的恐惧。我再次迟疑地伸出右手，我的中指肚触到一道冰凉的闪电，我差点失声叫了出来，那股令人不寒而栗的凉意，瞬间传遍身体的每个角落，每根神经。我迅速抽回受惊的右手，实际上，是右手在那个瞬间自己缩了回来。

父亲生气了，像一头狮子那样对我怒目而视。我几乎是闭上眼睛，屏住呼吸，在一阵陌生的战栗和慌乱中，抓住了那截光滑、潮湿而又冰凉的尾巴，就像是抓住了一个噩梦的尾巴，一个魔鬼的尾巴。来自黑暗洞穴中的力，来自藤蔓植物的力，来自河流的力，来自神灵的力，通过我冰凉的双手，噩梦般缠绕着我。

我的心跳越来越快，快得都快数不过来了，就像是被无数只黑蜘蛛咬过一样。我爬满腥味的双手上，已长出了一只只巨大的黑蜘蛛，它们都有一张巫婆般丑陋的脸，它们沿着手臂向我爬来，它们纤细的长脚抓得我皮肤发痒。

父亲敲掉了墙洞外围的石块，再次抓住了光滑斑斓的蛇身。

这条神秘的大蛇，终于在一阵持续的噗噗声中，从父亲的手中，从我的手中，渐显真容，但还有一部分被牢牢地卡在黑黝黝的墙洞里。是闻讯而来的叔叔帮忙撬开了墙壁上最关键的两块石头，它才被完整地救出。它的长度超过了我们所有人的想象，它滑溜溜的带着闪电的皮肤，被墙洞中尖锐的石块刮伤。

这条神秘的大蛇已奄奄一息，但那股无形的力，许多年后还在我的手中挣扎。它的食道，鼓鼓囊囊的，好像有什么东西在里面移动。父亲说，那是一只老鼠，话音刚落，立即就有老鼠吱吱叫唤的声音，从看不见的幽暗角落隐约传来。

它是为了追捕那只老鼠，才让自己身陷险境。

父亲将这条大蛇倒拎着，扔到了指甲花开得正紧的花园里。最终，它是回到了万物葳蕤的田野，还是没有从这个意外事件中挺过来，我早已忘记结局。

一个夏日的雨夜，母亲早早地睡下了，父亲和哥哥不在家，妹妹离开客厅前往卧室时，忽然失声尖叫起来。巨大的恐惧爬上了她即将哭起来的脸庞和瞳孔放大的眼睛，我以为她看见了鬼，或者忽然间精神崩溃，像那个夏日午后的父亲不分青红皂白地训斥我一样，我也对她进行了一番训斥。她的尖叫声吓到了我。

我犹豫着来到客厅门口，把目光投向湿漉漉的雨夜，什么也没有看见。我催促妹妹去睡觉，可她站在原地，一动也不动，仍然保持着刚才的表情，恐惧还没有离开她的脸庞和眼睛。我这才耐心地问她看见了什么，但她只是一味地摇头。

我在那面潮湿的墙上漫无目的地检视起来，没有任何异象，可就在我准备把目光从墙上挪回妹妹脸上时，我就像撞见了鬼一样，整个人都差点从地面弹起来。那个爬满阴影的墙洞里，一双冷森森的眼睛，正像仇人一样盯着我；一条猩红的蛇信子，像一朵邪恶的火焰，在灯光的反射弧里闪烁。

五

三月的时候，父亲身上长满了隐形的羽毛，还有一对巨大的翅膀，他要出远门了，一个十分遥远的地方。临行前的那几天，他把楼上楼下检查了一个遍，他给空洞的窗子钉上了木条，给空洞的门钉上了木条，给二楼阳台空洞的两端钉上了木条，他想把房间外部所有空洞的地方都钉上木条。

家里的煤烧完了。母亲联系了村子里的一位马夫，马夫和他的儿子，在暮春的一个上午，各自赶着一匹黑黝黝的马，从另外一个村子为我们驮来作为生活必需品的煤。下午，他们和他们的马，再次出现在我们家的院子里，一匹马吃去年的玉米壳的时候，忽然停下来，卷起尾巴，拉下一摞冒着热气的马粪，另外一匹马，打了两个漂亮的响鼻。母亲拿不出现钱，把账赊着。

父亲也认识这位马夫。正是他嘱咐母亲这么做的，他在一封字迹工整的信中对母亲说，家里没有煤了，就去找马夫，账先赊着，等我寄回来了，再给他。以前，马夫给我们家驮过煤，父亲和他相谈甚欢，他认为马夫是一个信得过的人。

马夫跟他那匹马肚子上发光的皮肤一样黑，甚至还要黑一点，整张脸，从额头到下巴，都像是被太阳烤焦了。他戴一顶破旧的皮帽子，可能是由于常年赶马，他走路的时候，两只脚上各自镶了一只马蹄，嘚嘚的马蹄声从他的脚下响起。

马夫给我们讲述过他们家的故事。一年秋天，他们家和邻居家发生纠纷，双方动起了拳脚。邻居家人多势众，他们家吃了亏。他那如同小马驹一样冲动的儿子，冲进屋子，拖出一支火枪，上了膛，砰——一发子弹向邻居射去，邻居的一只耳朵瞬间没了。警察来了，带走了他的妻子，他的儿子还没有满十八周岁。

马夫离开后，父亲还在为他不幸的遭遇感到惆怅。他叹息着对母亲说："他的身边要是有个二把手，家里不知道过得几多殷实，一张俏皮嘴巴，能把死的说成活的。个狗日的。"我记得马夫在讲述故事时说："快了，还有两年就出来了。"

夏季的一个雨天，马夫来讨账，母亲正在厨房忙碌。马夫歪着脖子围着母亲说了一堆话，我在院子里瞧见马夫把手臂搭在母亲的肩上，母亲手里拿着锅铲，挣脱了。母亲对马夫说："你不是叫他哥吗？"马夫盯着母亲说："是的，没错呀。"他又准备把手搭到母亲的肩上，母亲像一条光滑的鱼，滑向了另外一个角落，对他说："既然你叫他哥，你还这样？"马夫一愣，脸上更加黑了，悻悻然离去。

另外一个雨天，母亲蹲在房间里挑选土豆，她根据个头的大小，把土豆装进不同的篮子。那时，我们家的房间里堆满了土豆，那时，正值土豆收获的季节。马夫冒雨来了，他浑身湿漉漉的，散发着马身上的气味，刺鼻的气味。正是在那个堆满土豆的房间，马夫嬉皮笑脸地企图对母亲动手动脚，被母亲严词拒绝了。

我站在马夫身后，拳头捏得咯吱咯吱作响，喉咙冒烟，嘴唇打战。我紧张得说不出一句话来，我的脑海里，始终闪烁着同一个画面：他的儿子从屋子里拖出一支火枪，砰——他邻居的一只耳朵不知去向。可惜我们家里没有火枪。

八月，玉米成熟了。玉米总是在八月成熟。祖母吩咐叔叔帮我们掰玉米棒，母亲负责在地里把玉米棒掰下来并装进筐子，叔叔则负责把玉米棒运回家里。

天气燥热，年轻的叔叔只穿一条白色背心，肩上披着一条蓝白条纹的毛巾。他回家歇脚的间隙，我看见他的双臂上长出了两只圆滚滚的小猪，两只爬满了青色蚯蚓的小猪。叔叔的额头爬满了汗珠，他的目光，落在一个虚无缥缈的地方，他已经二十多岁了，但还没有说媳妇。也请媒婆说过媒，但都没有下文。

母亲做好了晚饭，祖母也在我们家。饭毕，大家围着飞利浦牌黑白电视机，与村子里其他人家一样，我们也把电视机当成宝贝，藏在父亲和母亲的卧室。母亲忙碌了一整天，浑身的骨头散了架，早早地睡下了，她当着我们的面，爬上床，钻进被窝，再褪下裤子。我们依然看电视，电视里正播放着一部功夫片。

窗外响起树叶发出的簌簌之声。晚风阵阵吹来，我们都打起了长长的呵欠，祖母吃不消，要回家睡觉了，她催促叔叔也早点回去。叔叔坐在椅子上打瞌睡，脑袋像一只结在藤蔓上的葫芦瓜，一下接一下地往地面坠落，他坐在那里，既拉不动，也推不动，他的脚长在了地上，屁股长在了椅子上。祖母只好留下来，继续看电视，不一会儿，她也打起了瞌睡，并发出老猫一般浑浊的呼噜声。

电视机的屏幕变成了一片呲呲作响的雪花，雪花中间，闪烁着一个黑白相间的球形图案。叔叔终于起身离开房间，眼睛红红的，像个醉鬼，祖母跟在叔叔身后，像他臃肿的影子，缓缓移动。即使是夏天，她也穿着两件盘扣衣裳。

祖母和叔叔，迈着梦游症患者的步伐，漂浮在小径之上，消失在月光里。那夜的月光跟太阳一样亮，村子被月光照得发白，村子里没有秘密。

母亲把玉米棒晾晒在我们曾经杀死过一只老鼠的那个房间。这个房间的前边没有门，空洞洞的，父亲没有时间做门，也没有时间钉上木条。为了玉米不被强盗偷走，也为了耳朵听得更远，譬如说猪圈和牛圈的动静，母亲把床搬到了这里。一条被子垫在玉米上，玉米和骨头一样坚硬，母亲在玉米上睡了很多年。

十二月的一个黄昏，父亲回来了，可屁股还没有坐热，就被母亲轰了出去。母亲坐在炉火边，把这一天刚满三十六岁的脸埋在手心里，低声抽泣。父亲的口袋瘪瘪的，没有带回我们的学费。

深夜，父亲再次回来了。他坐在炉火边，沉默地抽烟，他的口袋里，装着我们的学费。

父亲身上的羽毛不见了，那对巨大的翅膀也不见了。

父亲变回了原来的父亲。

六

父亲在梦里养了一只小猫，一只相当机灵的小猫。它浅黄的毛皮上缀满老虎的条形斑纹，脑袋棕黄，四只脚纯白，虽然才五个月大，但它的嘴唇两边已经长出八根银色的胡须，父亲已经教会了它奔跑和爬树的本领。它第一次爬到高高的树杈上时，恐高症发作，颤巍巍地立在那里求救，父亲还通过意念把老鼠的形象和声音植入了它毛茸茸的脑袋。只要一听见虚拟的老鼠的叫唤声，它就会条件反射般地进入战备状态，经过半个月的训练，它成功地捕住了第一只老鼠。

父亲十分疼爱这只小猫，准备寻找一个恰当的时机把它带到现实生活中来。他已向一个极有可能认识的长者请教过将一只动物带离梦境的方法，可是有一天，为了追捕一只老鼠，这只小猫从他的梦中失踪了。他失魂落魄地寻找了许多日，也没有结果。他事后分析，是小猫在梦境错综复杂的迷宫中迷失了方向——尽管它有着异常灵敏的嗅觉，但再也找不着回到主人身边的那条小径。那天，父亲因小猫失踪而从梦中惊醒，迷宫也就随之坍塌了，它被困在了另外一个空间。

正当父亲计划再在梦中养一只一模一样的小猫时，他在他的一位远房表弟家遇见了失踪的那只，父亲一眼就认出了从墙角一闪而逝的它，但或许是穿越了梦境，它已不认识昔日的主人，它遗忘了梦中的事情。父亲的表弟答应将那只小猫送给他。晚餐后，父亲猫手猫脚地向它靠近，试图一把抓住它的后颈，可不及父亲靠近，它就从一扇洞开的窗子里一跃而出，像梦中那样消失得无影无踪。

两个月之后，一个落着春雪的日子，父亲的远房表弟将那只小猫成功诱捕。“这只猫性子野，喜欢打鸡群的主意，而且不捉老鼠，像只野猫。”表叔将它送到我们家时非常抱歉地说。我们用一根长长的绳子拴着它的脖子，它认生，藏在餐桌底下，只要听见我们的脚步声，它就向光线更暗的地方躲去。实在无处可藏，它便弓起后背，周身毛发直竖，嘴里呜呜直叫，向我们发出严重警告，时刻准备着扑过来，或是给我们吐上一口唾液，它像老虎一样令人害怕。

在这只猫到来之前，我们还养过好几只猫。一只猫的肚子被伯母家的狗咬破，冒着热气的肠子落了一地。村子里的兽医为它缝上伤口，还为它注射了两剂消炎药，但它没能再站起来。一只猫忽然在清晨挂满鼻涕，不再呼吸，父亲用干稻草把它包起来，放到一棵漆树的树杈里，那棵漆树长在一块墓地里。一只给我们带来无数欢乐的小猫，不是被一盆小鱼撑破了肚子，就是误食了鼠药，还有一只伯母送给我们的老猫，成天打呼噜，即使老鼠咬掉了它的鼻子，它也无动于衷。

这只猫并非如表叔描述得那样顽劣，时间唤醒了它的记忆，它很快就把自己当成了我们这个家庭里的重要成员。它不是很喜欢让人抱，它喜欢独自坐在一把椅子上，像夏天的叔叔一样，把目光望向一个虚无缥缈的地方。母亲时常努着嘴巴对我们说，你看，它一个人坐在那里，有时一天也见不到它的影子，只听得到楼上传来猫脚噌噌跑动的声音和老鼠吱吱嘎嘎的叫唤。它在履行自己的职责。

母亲叮嘱我们，不要偷看猫吃老鼠，否则猫的牙齿会酸，可我们还是偷看了好多次。猫是天底下玩心最大的动物，逮着了老鼠，并不急于吃，而是要逗上好一阵子。老鼠装死，猫把它放到地上，蹲坐一旁，心不在焉地望着花园里的一朵喇叭花，喇叭花紫色的边缘歇着一只蝴蝶。老鼠以为机会来了，骨碌一下爬起来，匍匐着小跑，却又落到了猫锋利的爪子下，如此反复，老鼠彻底放弃了逃跑。

猫发现有人躲在门后偷看。两只耳朵是它的眼睛，全身每一根可以在瞬间竖立起来的毛发，也是它的眼睛。估计是担心古老的预言变成现实，它便叼着老鼠鬼鬼祟祟地跑到一块无人之地，继续玩弄那与生俱来的天敌，直到肚子发出咕噜咕噜的响声，它才下定决心，结束这场无聊的游戏。

猫来到我们家的那一年冬天，父亲从乌鲁木齐回来了。他多出了两只脚，他是拄着两支拐杖回来的。春天的时候，他从二楼的外墙上像一袋水泥重重地坠落于地，脚手架发生了断裂，他的右脚脚踝，被摔成粉碎性骨折，三根脚趾头，失去了知觉。他在医院昏睡了三天三夜，才睁开疲惫的眼睛，他发皱的皮肤下，埋着几颗钢钉。雨天到来之前，那几颗钢钉会在他的骨头里旋转，他疼得直不起腰。

我们家陷入了前所未有的困境，就像陷入了长满水草的沼泽地带，所有人的脸，都像雨天一样忧郁。只有那只猫像往日那样活泼好动，它已经无师自通地掌握了捕捉松鼠和麻雀的本领，甚至连小蛇也成为它独自享用的美餐。天气晴朗的日子，它会在院子里给我们表演“玩狮子”的节目。父亲的脸上浮起笑容，牙齿露了出来；我们的脸上也浮起笑容，牙齿露了出来。我们笑得合不拢嘴。

母亲租种了更多的玉米地，养了更多的猪，猪可以兑换成钞票，潮湿的猪圈成为我们家的银行。为了喂饱猪巨大的拖在地上的肚子，过一会儿就会哼哼直叫的肚子，母亲成为村子里最忙碌的农妇。她恨不能生出三头六臂，也恨不能一天二十四小时都是白昼，玉米地里的活永远也干不完，猪的肚子永远也喂不饱。

母亲总是踏着暮色归来，而我们都已离开村子。哥哥在外省，我在县城，妹妹在镇上。我们和那只猫一起长大，却只有猫留在家里。父亲每天坐在空荡荡的房间里和猫交谈。猫有时会钻进他的怀里，接受他双手粗糙的抚摸，他的右腿，绑在笨重的石膏里，他像机器人一样笨拙。他在房间里移动的时候，不得不拄着拐杖，地面笃笃笃地发出沉重的响声，像是有人在下面用棍子捅着天花板。

父亲奇迹般地站立了起来。只是他的右脚掌，被医生固定成了一个直角，既不能弯曲，也不能旋转，行走的时候，他的背影有点滑稽，像是一只跛脚的螃蟹。他不能再像以前那样大步流星地走路，以前的那个父亲，偶尔在我们的记忆里闪现。他把那对日后还将派上用场的拐杖，藏到了那间出现过蛇蜕的阁楼上，噩梦重现之后，母亲说，那对拐杖是可怕的预言，当年扔掉就好了。

父亲的身上又长出了隐形的羽毛，还有一对隐形的翅膀。只不过，它们不再像几年之前那样充满光泽和活力，而是灰突突的，病恹恹的，像淋过一场细雨。父亲六十岁那年，它们完全消失了，再也没有出现过。

父亲六十一岁那年春天，母亲在电话里给我报信："那只猫走了。可惜了……这十多年来，我们家里连老鼠儿都见不到一只，我从来没有见过这么避鼠的猫……"母亲的话还没有说完，就有一种不祥的预感在我的脑海里像烟雾一样盘旋。我莫名其妙地联想到了父亲，但我没有对任何一个人透露。

我的预感得到了证实：一年后，父亲离开了我们，而这时，我们家的土豆已经多得吃不完。母亲每年都要卖掉许多土豆，五毛钱一斤。"太廉价了。"我们对母亲说，我们在更远的地方对母亲说。

现在，母亲独自生活在村子里。村子空了，我们家的花园和父亲的墓地，在春夏两季，都会开满姹紫嫣红的格桑花。父亲从新疆玛纳斯带回来的种子。照料花园的母亲，被孤独的群山包围，皱纹在一夜之间爬上她的脸庞，即使常年使用廉价的染发剂，也难以掩饰两鬓最新钻出来的点点白发。

没有多少人种地了。村子里整块整块的玉米地被撂荒，长满了灌木和野草。我们叮嘱母亲也少种点玉米和土豆，可她不仅把我们家的地种满了，还租种着堂伯母家的一块玉米地。"只有忙碌起来，才不会沉浸在往事里。"她说。

母亲还养了一只猫，三条狗，一群鸡，数头猪。

我们管她叫动物园园长。

原载《散文·海外版》2020年第3期

评鉴与感悟

有许多场景是我熟悉的，饥饿的记忆，鄂西贫瘠的土地，甚至因为争夺生存空间，亲属反目……那些沼泽一般的困境，一经作家重新讲述，变得陌生，像被大雨淋湿的梦境。我知道他肯定不是在重温拉美作家的魔幻现实。关于那片土地，挣扎求得一口生气的父亲母亲，他有瞬间凝固的深情观照。（陈克海）

不认命的东北女人

/唐小雁　口述

我是唐小雁，1975年我出生在东北农村。当时我妈难产，差点丢掉两条命。来到世上的第一步就难，注定我的人生要吃更多苦头。我有仨哥一姐，家里穷得叮当乱响。降生为农民，命定被套牢在土地上。可我不认命，死死抓住机会。

作为农民，世界的变化跟我们没多大关系，我们只关心春天的到来，好有新一轮播种。可交完公粮，家里剩不下什么。对大多数那时候的农民来说，一生的艰难奔波，到头来基础的生活都完成不了。

农忙季节，刚上小学的我就跟着下地干活。我八岁上学，推着二八大车叫卖冰棍儿，挣学费，上到初一，家里供不起，只有辍学。爸妈早巴不得我回家添个劳动力。

没书读，我开始下地干活。穷人的世界一成不变，这是宿命！我在家里最小，却最受气。棒打鞭抽是常事。我不听我爸的，他就破口大骂，如果我胆敢回他一句，他举起凳子就砸我，我妈从不拦着，她没发言权。我受不了逃出家去，家里从不找我，正好少一张嘴吃饭。我爸骂我不帮家干活，可我一回家，他又找碴儿揍我。家就是个噩梦，我没法待下去，只想尽快找个出路。

我先去山里帮人打木耳椴，打一趟三分钱，干得快一天能打三百趟。

我在山上住，三月份的原始森林冷得要命，可冻死我也不想回家。一天，在下山去讨工钱的路上，我被一人拖到田里强暴了，那时我只有十七岁。没告诉家人，告诉有什么用？说不定还遭到嫌弃。

不久，我看到电视上说北京来宏源宾馆招收服务员。因为一只眼睛斜视，我自卑不敢报名。旁人劝我去试试，第二天去试，就被录用了！还有几个小姑娘一起。我妈一听就说，“别被人骗了”，骗又怎么样？我宁可让人骗，也不能在家待，被骗我也认了！家里没钱给我治病，我天天对镜练习纠正斜视，终于自己治好了眼睛。

1993年开春，来宏源宾馆还在装修，我们四个人坐火车去北京的另一家饭店谋生。

老板很色，别人都睡地下室，唯独把我和一个小姑娘安排住办公室。扣掉砸碎的碗碟钱，第一个月工资只有一块钱，老板给我五十块钱说是“奖励”。他夜里拿钥匙来开门，吓得我们在里面安了插销，他没得手，就把我调到另一房间。我一看就知道没好事，偷出身份证离开那里。我交了一个北京男朋友，他在甘家口开地下小旅店，我当收银员，他家是北京人，瞧不起我这个农村人，搅散了我们。

回老家待了一段时间，我又回到北京。我马上开始找活干，通过开服装厂的人，我认识了一个搞装修的香港人。我和他好上了，就开始在恒基中心里的香港公司学画图学设计，可惜，这个好机会我没抓住，不久我们闹分手。

在这期间，我去迪厅跳舞，认识了一个斯文的男人。我跟着他去“喝点东西”，一到地方，他就拿出刀，顶着我脖子逼我脱衣服，他说他是杀过三个女孩的通缉犯，为了活命，我只能顺从。回到住所，我吓得整宿一直在发抖，心里恐惧得要命，却没人可以诉苦，只好又回老家待了一段。很显然，那个家还是待不下去，我不得不再次回到北京。

这次到北京，我遇见了前夫，他也是无业游民。我们一起上石家庄学了一阵做洗衣粉，没挣到钱。1997年结婚后，我们又被村里一个邻居带到湖南搞传销。刚干了半年，传销就被取缔，我们只好又回到北京。接着，我们认识了一个搞建材的大哥，跟着他卖油画、卖软包、卖地板。2001年，我们有了儿子。

即便成了家，我也好像一片飘零的叶子，没有哪个地方让我有归属感。他出轨了，越来越不着家。我在东宁县坐车时认识了一个佳木斯大哥，因为东宁县就在中俄边境，互贸区可以合法开赌场，我通过佳木斯大哥找到了一家“码房”打工。刚干到第十二天，公安局就冲进来抓走了我们。第二天出来，宿舍里已被洗劫一空。除了一条命，我已经一无所有。

我从最好的姐妹手里借了一百块钱，2005年，三十一岁的我在东宁县办妥了离婚手续，孩子归了他。即使这么惨，骨子里的我还是倔得要死，不愿低头。那段时间在东宁，我又结识了形形色色的各路人。

很多道上混的或者衙门里做官的，都觉得自己是大咖，觉得我应该巴结他们。我心里想：“你能帮我什么？到头来我还不是得苦头哈脸地自己去挣钱？是朋友咱们就一视同仁，什么这局长那局长的，在我这一律不好使!”对于弱者我反而会心软，看到活得更惨的人，我就帮他们一下，哪怕是给路边的乞丐一点零钱，或者帮捡破烂的大妈攒一堆瓶子。

人走投无路，就要抓救命稻草。急于谋生，我求佳木斯大哥再帮我找个活干。没去判断这人可不可靠，我就跟着他一路到了佳木斯。一到佳木斯，他就让手下的兄弟把我带到按摩房，我立马明白了怎么回事。我推说自己没干过这行，先待两天，等适应了再干。这当然是我的缓兵之计。

后来我才知道，很多人都是被诓到那“先开了眼，再入的行”。那两天，我认识了一个珠海人，他说“这生意珠海好干”。于是，我说服了按摩店里的一个女人，三个人一起去了珠海。到了那儿，珠海人就想把那个女人卖到步行街去，我当场拦住了他，我说这种事情只能自愿，人家不愿意就不能逼着。然后我就和那个女人回到佳木斯。

这样来回折腾，不知道什么时候能混出头。遇到什么人，碰上什么事，是好还是坏，只能老天说了算。我也很想安安稳稳地活！我也很想做好人！想到老爸老妈翘首期盼我回家的时候，我能带回一堆钱，那更叫我激动不已。可是，那些激动又有什么用呢？只要老爸一个嫌弃的目光就把它给浇熄了。

2006年年末，我回到东宁。拿着离婚时分到的几万块钱，我和人合伙开了一个烤串店。忙活了一段，仍然没挣到钱。就在这时，珠海大哥打来电话说“你过来吧，这边开串店才赚钱呢”，我带着开串店的家什再次去了珠海。为了有出路，“只要有一线希望我就去”。社会的水太深，一不小心就得淹死。每次出门时，我都会提前把路费钱藏好，一有个风吹草动就准备随时逃走。

到了珠海，我才发现他压根就不想开串店，他开的是按摩房。他只是想让我投资去买越南小姐，再把她们弄到珠海来。我一听就觉得这事没把握，不能干。可我又走不了，既然来了，就得找到挣钱的路。

这座靠近赌城的城市里，金钱和欲望都被放大到了极限。笑贫不笑娼的世界，没有人关心“谁更高尚”，没有人在乎抓钱的手肮不肮脏。待了两个月，我又认识一个开按摩房的福建大哥，他告诉我干按摩房来钱最快。为了尽快摆脱这潦倒的生活，我决定铤而走险，和福建大哥合伙干起了按摩房。

像我们这种混的人，为什么非要走“偏门”？因为被逼无奈！尤其因为没文化！我们脑子里只有一个念头：什么挣钱又多又快？偏门嘛！其实，偏门非常艰辛非常危险，说白了，就是在鱼龙混杂的模糊地带干违法的事。这是我和魔鬼做的第一笔交易，等我明白过来想抽身时，魔鬼是不会随便答应的。

灯红酒绿之下色情业暗潮涌动，我整天提心吊胆，黑道白道都得防。有一次，一个客人想赖账，还跟我叫嚣他“曾经拿着冲锋枪把谁突突了”，我跟他说：“你有没有搞错？你以为你在演电视剧？你今天不弄死我，给我留半口气，我缓过来你就死定了！”他得知我的背后有人罩着，就乖乖回去结了账。

我通过东北哥们找来很多小姐，还是没挣到什么钱。正当我想撤出时，有一个东北姐妹跟我说“你别走，在我这待着就行了，我去哪都带着你”，我早就听说她心狠手辣，心想：我哪敢跟你！你这么狠，哪天没准儿就把我卖了！

不久，去北京一起打工的一个姐妹来珠海帮忙。按摩房实在干不下去了，我们就琢磨着回东北干夜场。我哥们说东宁压根就没夜生活，开什么夜场？干歌厅还差不多。于是，我就兑了一个歌厅。2007年，开始干歌厅。

没干多久，我的姐妹因和人打架就离开了，我只好自己单干。从早忙到晚，歌厅还是没挣到什么钱，而我已经熬得只剩一副皮包骨了。

2008年夏天，福建大哥打来电话说“你来北京干按摩房吧”，当时歌厅生意惨淡无比，我还有什么别的选择？我做不了高尚的人，干不了正经的事。没有文化，体面的工作永远和我无缘。

为了生存下去，我只能再次铤而走险，赌王说过“中国人血液里流着的就是赌性”，此时让我金盆洗手，根本不可能。魔鬼不会轻易放过我，他逼着我做第二笔交易。就这样，在福建大哥的撺掇下，我们在双桥找到了一个地方，开始仨人合伙干起了按摩房。

我什么都感受过了，什么都忍受过了，什么苦都吃过了，什么都失去过了，什么都哭过了。我再也不躲避了，我再也不怕什么了。这些年，我见过太多赤脚汉、穷光蛋、可怜虫……面对庞大的世界，我和他们一样，只觉得它冷酷无情，我们像是狂风中摇曳的烛光一样，挣扎起来那么微弱，随时都能熄灭。我听说过干这行的太多人被抓，太多人没好下场。可无论是谁，伤不伤心，难不难过，都必须承认一点：我们这种人命如草芥，不管少了谁，生活都得继续。

不吃就得被吃——做牙齿总比做草料好。这里容不下半点同情和柔弱的泪水。生活已经把我逼得不像女人，像一只“咬牙切齿，茹毛饮血”的困兽。大炮顶我脑袋我也不会哆嗦。碰到上我店里胡搅蛮缠的地痞，我会自己操起大木棒子打跑他们。合伙人看到有钱进账就红了眼，变着法儿地挤对我。我找来一票哥们，关上大铁门就暴揍他们一顿，直接让他俩滚蛋回家！按摩房变成了我自己一人单干，我决定死撑到底。

暗地里我经常哭着对干女儿说，“我特别需要一个人抱着我，我非常需要安全感，没有人保护我，我只能靠我自己。哪怕一个月只挣六百块钱，有一个很好的老公，穷也好富也好，他关心你，疼你，就是女人最大的幸福，而我没有”。

孤苦无依，最容易迷信。当时，我去河北燕郊找了算命老头。报上生辰八字后，他掐指一算，就说我是个“孤单命”。接着他又说，要想扭转我的命，就得“在名字上做做文章”。好吧，听他的！我把名字改成了唐小雁。

我的命运真的会改变吗？我不知道。对我来说，人生就好比两间屋子，第一间是暗的，第二间是黑的。出路是没有的，怎样选择都没有光明。今天的我才知道，生活的真相是：我们这种人仅仅靠努力，是很难改变命运的。底层游民并不是不努力，而是因为长期贫穷，失去了摆脱贫穷的智力和判断力，这种状况不变，再努力也是白费。如能遇上引领你的人，借助适当的外力，你就可能脱离原有的轨道，开启另一种人生。谁会想到，在我熬不下去的时候，这个人真的出现了！

他叫徐童，当时正拿着DV在燕郊拍算命老头。我跑来算命，正巧走进了他的镜头。

我不知道他的身份，只拿他当个朋友，就想着把心里话和朋友唠唠。后来，他又来我的按摩房找我聊，还是一边聊一边拍。拍就拍吧，我对自己的身份没有什么避讳，我不偷不抢，挣的都是辛苦钱，我怕什么？

有一次，一个无赖在我店里死活不走，我找人过来收拾他时，过来的大哥带着弩就冲了进来，见到徐童，直接就把弩怼他头顶上，“妹子，是不是他？干他！”要不是我及时拦住，差点误伤了他。一天，徐童告诉我，他要带着他的作品去参加电影节，这时我才知道他是一个纪录片导演。可当时的我也没觉得那是个多大的事，也没觉得他是个多牛的人。我朋友一大堆，过了这个村再到下个店，谁还记得谁。今天聊得好，没准儿明天就分道扬镳了。因为这份不用讨好别人的松弛感，我和他聊了很多我的过往。

2009年3月，按摩房被仇人点了炮，店里的小妹给抓了现行。干女儿扛不住电棍，当场把我给“撂了”，随后我也很快被抓。在朝阳看守所里，我突然想起徐童，好在他的电话号码好记，我就托出去的姐妹捎信给他来救我。

其实我也没抱什么希望。徐童一接到电话就从云南火速飞到北京，当下抵押了自己的车子，凑足七万块钱，在我被押的第十三天把我捞了出来。我记得，那天小喇叭喊我名字的时候，我还吓得要死，结果仔细一听却是喊我“出来”。出来后，我想办法把干女儿也救了出来。我的朋友说“你真够意思，她把你整进去了，完了你还给她整出来”。干女儿的姑姑还打电话来跟我讹钱。这就是江湖险恶！恩将仇报的人有的是！可我唐小雁绝不会做这种人！见到徐童，我的第一句话就是“你让我干什么都行，你要我的命我也给”。

他当然不会要我的命，只告诉我说把我的镜头不打马赛克剪进了纪录片《算命》里。江湖上有句话“仗义每多屠狗辈，无情最是读书人”，可他不一样。我们刚认识两个月，他就出面捞我，那么讲义气，就算我心里不愿意，为了报恩，我也得答应。

这是2009年徐童在河北燕郊拍《算命》，就在当时我遇到了他。

不久后，我就把按摩房兑了出去，2009年8月，我回到了东北老家。生活还得继续，我跟哥们开起了小煤窑。没过多久煤窑就被举报，我们把“举报人”给干了，然后躲了一阵风声。我们这帮游民都想混个人模人样，却始终逃不过狗命。

我心里一直惦记着我的恩人，2009年10月，我打电话邀请徐童到东北来玩，他是个爽快人，坐上火车就来了。被我接到家里后，立马像个老乡一样开始和我爸唠上了。没想到我爸浑身是戏，嬉笑怒骂，出口成章。他脑袋里装着八十年的故事，一股脑儿全倒了出来。从伪满洲国讲起，絮絮叨叨地讲了自己的一辈子。徐童听得入了迷，当时就觉得这个老头儿是上帝赐给他的一个礼物，不拍都不行。

我不理解，这老唐头有啥可拍的呀，千年谷子万年糠地，抓住人家没完没了地唠，跟个录音机似的，一个段子讲好几遍。可徐童要拍那就拍吧，我必须全力支持。没想到老唐头太能唠，徐童很快用完了带来的两盘带子。他赶回北京准备了一下，带着设备又开车回到东宁，那个冬天他就蹲在我老家拍摄。最后，整部片子下来，我们一大家子都出镜了。

有意思的是，我爸没拍够，还抱怨为什么拍的是他，别人却都来抢他戏。2010年春天，徐童拍完就离开了东北，躲过风声的我又和哥们一起干了一阵放贷和货车物流。我还是在我的圈子里，按照原来的轨迹，摸爬滚打地继续讨生活。

没想到，我的命运正在悄悄发生剧变。

2010年底，徐童打电话叫我一起去参加《算命》的放映会，我欢呼雀跃：“太好了！你以后是不是打算把我推成一个明星？”那是第一次和观众见面。临去前，我突然觉得片中呈现了我不堪的往事，心里开始犯怵。在那种场合，和那种身份的人交流，我肯定很紧张，肯定不会说话。可是，出于报恩心理，我还是去了。和观众交流时，我才发现有文化的人思维很特别，我那鸡飞狗跳的家庭尽是家丑，在他们眼里却是“老唐头嘴皮子耍得很可爱，老唐家一家子很有意思”，慢慢地我心里一点不紧张了。结束时，我收获了无数掌声。这掌声来得太突然，我被震撼了！

我的生活本是一个泥塘，除了暴力就是粗言秽语，我从没被人认可过，更没尝过被人夸奖的滋味。那个瞬间，我人生中第一次体会到“尊严”是什么。这种感觉太陌生，我都来不及细细体会。接着我又去了《老唐头》的首映会，在798的尤伦斯艺术中心。当主持人说“有一个神秘人物到场”时，我又一次体会到了它——“尊严”！我发现自己再也不想失去这种感觉！我像被电击一样觉醒了！我突然明白了尊严是什么，尊严就是你走过任何地方，都被当作一个人物而不是一个东西来看待！我的生命，在这之前，只是一堆垃圾，我从没觉得需要去珍惜它，反正是混日子，是苟且偷生！自从这一刻，我突然觉得，我应该要追求点什么。我发誓我要活出个人样！

2011年，我又跟着徐童去南京出席了“第六届中国独立影像年底展”，那个场面更大，国内外的文化人聚集在一起，说白了，全场最没文化的人就是我。我得了“真实人物奖”，一上台我就说上了大实话：“感谢电影节给我颁奖，你们太有眼光了，你们这个奖颁对了！只有我们这帮人才能奉献我们的隐私，让你们这些导演拍，要不你们拍啥去？喝西北风去吧！”全场笑声不断。

从那时开始我就出名了！天哪！从前的我躲在跟狗窝一样的地方，干着一点也不光明正大的事情，一有什么风吹草动就吓得屁滚尿流，现在的我却跟着徐童参加各种电影节、放映式！去香港、荷兰、日本、韩国、美国……盛装出席，人头攒动，闪光灯不断，步入象征不俗地位的VIP区，亲眼看见大人物……一路走来，我在想我是不是在做梦？我没想到，在镜头前贡献自己的生活，对于别人竟然有这么大的意义。这让我太有成就感了！

参加完香港国际电影节，我就开始想：接下来还得不断有东西拍才行！我主动和徐童说：“我有个四哥，我回老家找四哥混去，看看能不能再找点事干，你顺道再拍一下他”，因为我知道，在导演看来，四哥的身份更江湖更有代表性。徐童接受了我的建议，准备去东北拍《四哥》。可是，作为知识分子的徐童很难接近四哥那个圈子。熟悉地头是一回事，有关系还会和他们打交道又是另一回事，而就这是我的强项了。

为了拍好《四哥》，我就带着徐童经常跟他们混在一起，他们怎么生活，我们就怎么生活。有一次，四哥拿着徐童的棉袄教手底下的小兄弟“手艺活”，他媳妇在一边说：“你试试偷一下导演的兜，他号称他是搞艺术的，让他瞅瞅你这一行也是搞艺术的！”结果四哥说“我早就得手了”。显然，此时的四哥对导演已经完全放下了戒心。有一次他的一帮哥们喊他出去喝酒，他说：“我这有拍摄的，你要是不让他们拍，我就不去”，那帮人就说：“来吧来吧，可以拍！”结果他就带着我和导演一块去，跟他们一起“混真正的社会”。

2013年，徐童去内蒙古拍《挖眼睛》，要拍的人物也是道上混的。徐童觉得我是刀尖上蹚过的人，搞定一个阴晴不定的江湖艺人是我最擅长最熟悉的事，于是我被他邀请去当了制片人。

我们想挖掘二后生被挖眼睛的来龙去脉，可是一开始，他们很谨慎，不让我们拍，对我们很有敌意。这时，我就得哈着人家。打溜须也是有技巧的，只能让人家潜移默化地接受，不能明说。因为他是盲人，我就让他摸我们的摄像机，告诉他我们不是坏人，我们在做的不是坏事。

最难的是，谁也听不懂他们的商都方言，待了差不多四天左右我才听懂了一点点。我开始试着和他们交流。我发现二后生抽中华烟，我就带了两条中华烟去看他，还买礼物送他媳妇。慢慢地我开始接近他了，他也一点点开始接受了我。他爱跟我逗，愿意给我讲他的故事，他觉得我和他们是一伙的，一个战壕里的战友。到后来就真的混成了自己人，走到哪他都叫我“情人儿”，最后他总算同意带我们去他家拍摄。也许我入戏太深，“老拿自己不当外人”，经常跑进镜头里，和人物整到一块去，徐童总是要在镜头后面喊“穿帮啦，穿帮啦”。

我在江湖混这么多年，已经能做到“见什么人说什么话，收放自如”。上《锵锵三人行》时，窦文涛见到我时的原话是“老实说，我有点肝儿颤”，我说“我也不是老虎，有什么可怕的”？后来我想，可能人家觉得我是“道上混的”，一准儿是个狠角色。其实，混的人也没那么可怕，不都是被生活所迫吗？没有一个好的职业，你的人生就会走下坡路，你接触的只能是偷摸打砸抢的人。

进入了艺术家、文化人的圈子，我要学习很多东西，比如谨慎，比如分寸感。平时“出口成脏”的我，在录制《锵锵三人行》时，整集节目没说一句脏话。后来，窦文涛夸我“很聪明，有很强的控制力”，徐童导演也说“足见唐小雁的尊严感和克制力”。

但是，我有时也的确得刻意控制自己一下。记得去日本参加电影节的时，下飞机后，当地负责接机的女孩来晚了，让我们等了很久。她一到机场，就点头哈腰不断地道歉，当时我的暴脾气就上来了，心里气得要命，可我告诉自己千万得忍着，不能像以前一样动不动就爆粗口。后来那个女孩和我熟了，一个劲儿跟我说：“小雁姐，我看过《算命》，知道你打人特别厉害，我来晚了把我给吓得，真怕你打我呀！”

光有野心，没有能力也不行，我不想再混日子，总是寻找更多的学习机会，没有机会也想办法创造机会。《老唐头》以后，我一直在参与徐童的纪录片拍摄。而真正开始跟着徐童一起拍片子，是在2014年拍《赤脚医生》时。那时，我开始主动拿机器拍了。

2015年，我三哥出事了，《赤脚医生》没拍完，我就要回东北，徐童说《老唐头》里有三哥出镜，你再接着拍个小片吧。他就给我拿了一个佳能小摄像机。就这样有了《两把铁锹》，我那沉迷于文学而郁郁不得志的三哥成了片中主角。当时的三分之一镜头都是我拍的，因为不会手动曝光，很多画面都得靠后期调色，这时我知道自己技术真的不行，还得使劲学。

我总是随时观察周边的动静，随时准备开机抢镜头。有一天，我和我爸在家唠嗑时，突然我爸闭上眼睛就要晕倒，我去抢救我爸的瞬间还不忘让我侄子赶紧开机拍。后来导演夸我“有灵性”，其实跟导演混这么多年，这种反应已经是本能，这点敏感都没有那不等于白混了？

现在我已经走过了好几个国家，参加了好几十个电影节，我看到了外国什么样，也看到了上层知识分子是怎么喝咖啡、怎么聊电影、怎么发奖和怎么装的。在朋友眼里，我走进了上层社会，成了名人，他们都说，“你命真好啊，现在都混成这样了，能出国到处走”。人生真的像场戏，昨天还一起胡作非为，今天就迎来了截然不同的命运。说实话，我和原来的朋友已经没有共同语言了。人的命运是靠自己把握的，遇到了一个引领我帮助我的人，如果我没把握住机会，即使遇到的是伯乐，自己不努力，也是白搭。

在拍《老唐头》时，徐童曾夸我拍的剧照好，有天赋。可是那点天赋算什么？如果不加上能吃苦，多思考，一不小心，机会就溜跑了，我还是会滑回原来的老路。反思从前，我们这些人痛恨社会不均，咒骂命运不济，但又梦想一夜暴富，不择手段。我们标榜江湖义气、四海为家，却又拉帮结伙内斗不止，我们反感管制，却又崇尚暴力和权威。其实，我们有很大局限性，所以才挣脱不了命运的枷锁。每次碰到好奇心满满的大学生说“羡慕、崇拜”我时，我都会劝他们有文化得好好地生活，有的经历看看就好，别好奇瞎折腾，等你真遇上后悔都来不及。

面对眼前从天而降的机会，我不敢再有一丝懈怠。我随时随地都在跟徐童导演学拍摄，有人说“雁，你被徐童给毒害了，一聊天就是聊镜头”，即便是这样，我还是不满意自己的技术。也许我用力过猛，在实际拍摄中，连徐童也感到自己成了我的“工具”，很多时候，我会主动提出我的想法，传达我自己的东西，控制节奏，主导故事的走向。我们早已经不是导演和片中人物的关系，而是在共同创造一个作品。从镜头里走出来的我现在要把镜头对准别人。我重新找到了自己的价值所在。

从农村到城市，从中国到世界……人类生活极其相似。就算文化、饮食、传统如何不同，人总得面对一些相同的问题，谁都会有生老病死，谁也都有父母妻儿，人都要面对同样的时间，体会同样的生命感受。这让我更加尊重自己的个人经验，哪怕是曾经的不光彩。上天给予我的苦难让我与众不同。

我很多事都想明白了，看开了，我渐渐懂得：人活一口气，除了吃饱穿暖，还有更有意义的事做。我老爸已经九十岁了，我不再怨恨他，选择了原谅。现在的他在养老院里过得挺开心，前几天我想问他走后想不想捐献器官，他同意了！一辈子过得辛苦，最后还能感恩社会，做个好人，难得。我得向他学习！

一个人要活得有意思，不仅是吃好的和穿好的，还应该追求一些他现在也不能全部说清楚的东西。我很喜欢拍纪录片，我想用镜头去讲述那些沉寂在底层的人群。他们的悲剧是：他们的成就不值一提，他们的人生无人关注，他们的存在无足轻重。我是从他们当中走出来的人，我想为他们发声，我想去维护他们那点微不足道的尊严。

我经常扛着机器四处跑，还是像个流浪的人，不同以往的是，我现在有了方向感。我曾经逃离过家乡，漂泊在外，只要能糊口的事我都去做，因为活下去最重要。我也曾经带着失意和宿命回到家乡，面对没法改变的贫穷，无所适从。我曾被排斥在社会之外，行走江湖，觅食谋生，苦于找不到归宿。

在日本，曾有一个观众抱着我哭，用半生不熟的汉语跟我说："每当我遇到困难的时候，一想起你在那么艰苦的条件下还在勇敢地活着，我身上就充满了能量"，他们并没因为我的过往鄙夷我，反而敬佩我，这给了我很大的勇气。你战胜苦难，它就是你的财富，苦难战胜你，它就是你的屈辱。我从未像现在这样对自己的职业感到骄傲，我怀着前所未有的信心，我会比从前任何时候更加刻苦。

原载微信公众号"自PAI"2020年4月9日

评鉴与感悟

最先是看的纪录片，后来才知道唐小雁这个东北女人。她敢爱敢恨。说命运，也真够得上奇特。慌不择路时，她也算命。到底是不甘心。她岂止是不认命。骨子里头她有股睥睨一切的血性。苦难的世界，她经历不少。她并没有就此沉沦。置身江湖，她有她的尊严，给她一个摄像机，她就能为他们发声。她也是她们中走出来的人。她不虚饰，更不矫情。她有勇气，也有她的尊严和骄傲。（陈克海）

辑二

康科德往事

/张惠雯

要了解永不过时的事物。

——亨利·戴维·梭罗

一个人如果没有生活在马萨诸塞，对文学史也无多少兴趣，他对麻州小镇康科德的知悉多半因为北美独立战争。1775年4月19日早晨，驻守在波士顿的七百多名英军开始从波士顿市区向康科德进发，准备偷袭反英殖民地民兵组织在康科德的秘密军火库。得到消息的民兵组织抵抗，在莱克星顿，几十名民兵首先阻击英军，因寡不敌众而撤退。随后，英军到达康科德，在康科德的北桥，集结起来的民兵和英军发生激烈战斗，临近各镇的民兵纷纷赶来增援，导致英军撤回波士顿，这就是著名的“莱克星顿和康科德战役”，它是北美殖民地人民和英军的第一战，揭开了独立战争的序幕。

但对于每年来自世界各地的文学、哲学和文化史爱好者来说，康科德作为朝圣之地的意义并不在于此，它的盛名是与对美国思想、文学影响深远的几个名字连在一起的：被誉为“美国文明之父”的思想家、作家拉尔夫·沃尔多·爱默生；杰出的美国小说家纳撒尼尔霍桑；思想家、作家、自然主义者亨利·戴维·梭罗；《小妇人》的作者、女权主义者路易莎·

梅·奥尔柯特；诗人、传记作家威廉·埃勒里·钱宁，他为好友梭罗写了第一部传记《梭罗，诗人——自然主义者》。

他们中的任何一位都是文学史上的一颗灿烂星辰。而颇为神奇的是，自19世纪30年代开始的几十年间，他们全都汇聚在这个面积仅为二十六平方英里的波士顿北边的小镇。他们互为朋友、师生甚至家人，频繁地互访、聚会、交谈，影响着彼此。“一个伟大的灵魂，会强化思想和生命”（爱默生语），何况几个伟大的灵魂？这种高度精神性的交往成为一种奇妙的激发，强化了他们各自的思想、生命和创作，最终成就了美国文化史的一个群星闪耀的时代。在独立战争的半个世纪后，在康科德这个“世界上最可尊敬的地方之一”（梭罗语），又发生了以超验主义运动为中心的另一场“革命”，它通常被称为“美国的文艺复兴”。爱默生说：“这场革命只有通过文化观念的逐渐培养才能达成。”

在康科德，你仅仅用一天时间就能寻访所有先贤们的行迹。他们是近邻，无论生前，还是死后。你可以一早开车到瓦尔登湖，它的英文名其实是Walden Pond（瓦尔登池塘），围着它散步一周，其间会经过梭罗林中木屋的遗址；离开瓦尔登湖，你的下一个地点可以设定位于纪念碑路的爱默生家族老宅。这栋由爱默生的祖父建于1770年的房子现在是一个开放给公众的博物馆，爱默生当年在这里写了超验主义运动的奠基之作《自然》的初稿。爱默生老宅的另一个房客是霍桑，霍桑初到康科德时，曾和妻子索菲娅在这房子里租住三年。午后，你可以去霍桑故居和路易莎故居。霍桑故居是一栋敞亮的米黄色大屋，这所房子最初是霍桑从奥尔科特家买的，奥尔科特家给它取的名字是“山边”（Hillside），因为房子后面是一座林木葱郁的小丘；而霍桑将其改名为“路边”（Wayside），原因是房子紧临大路，从位置上甚至容易被误认为驿马客栈。奥尔科特家后来住在与之相邻仅两三百米的另一栋黑色木屋，这栋房子被路易莎一家称为“果园屋”（Orchard House）……无论你之前的路线如何，你最后可能会来到“沉睡谷公墓”（Sleepy Hollow Cemetery），它是比较适宜的康科德之旅的终点。

1803年5月，爱默生出生于波士顿。他出身牧师世家，父亲、祖父、继祖父都是牧师。爱默生十四岁入读哈佛大学，十八岁毕业。毕业后，他在不同学校任教，自己还曾创办“切姆斯福德学校”。“超验主义俱乐部”的主要成员几乎都当过教师或创办过学校，如梭罗、阿莫斯·奥尔科特（路易莎·梅·奥尔科特的父亲），这和他们传播知识、启发民智、促使社会变革的理念密切相关。爱默生曾说：“世上一切伟大光辉事业，都比不上人的教育。”在任何时代，教育都是改变民众观念的最好方式，而有良知的知识分子总是通过直接教育或是著书立说等间接教育来传播知识和真理。

1824年，爱默生返回哈佛，进入了神学院，准备继承牧师世家的衣钵。此时距离爱默生发起“超验主义”还有将近十二年，离梭罗和爱默生的结交还有十三年。1829年，他成为“一体论”牧师，直到1832年。但在神学院和教会期间的爱默生已经渐渐远离了当时的宗教观念和信仰方式，因为他对宗教、社会、个人的思考早已远远超越了他的教会同事和同时代人。在1832年的一篇日记里，他写道：

> 我有时想，要成为一名好牧师，就必须脱离教会。这种职业已经过时。在改变了的时代里，我们在用已经死去的形式崇拜祖先。

同一年，由于和教会管理者的冲突，爱默生辞去牧师职务。很快，他踏上欧洲之旅。在此次旅行中，他不仅漫游英国，也去了法国和意大利。欧洲游历让爱默生汲取了欧洲大陆最新的人文思想，而作为英国移民的后裔，英国之行也让他得以发现自己的“文化之根”。对精神强健、思想独立的人来说，寻根往往并非为了凭吊或缅怀，而是为了寻找未来的方向。因此，寻文化之根不但没有让爱默生变成一个文化依附者或固守英国传统的保守人士，反而促使他思考美国文化脱离“母体”的独立之路。而这一切，都为他两三年后即将发起的一场思想风暴做好了准备。

1834年，返回美国的爱默生搬进位于康科德的家族牧师老宅。老宅由爱默生的祖父建于1770年，是一栋简朴的深褐色木屋。老屋背倚康科德河，从院子里可以看到莱克星顿和康科德战役的主战场北桥一带。在牧师老宅里，爱默生写下了《自然》的初稿，这篇文章于1836年正式发表，象征着超验主义运动和美国文化走向独立、繁荣的开始。

爱默生的到来使康科德成了美国新文化的中心。一批当时最优秀的灵魂逐渐汇集在这位渊博、睿智、雄辩、思想高尚的人的身边。健全的人格使爱默生具有天生的影响力，他不仅是超验主义运动的领袖，也是康科德文化圈中的社交“灵魂”，是最友好、慷慨的主人。

第二次婚后不久，爱默生搬出老宅，迁居到位于康科德的另一处新居，他将新居所命名为“Bush”（意为“灌木丛”），Bush就是今天开放给游人参观的爱默生故居。爱默生故居保留着主人当时的趣味，它的后院有灌木，也有草丛，保持着一定程度的芜杂和自然生机。它会让人联想到爱默生对自然的钟爱，是他试图在自然中寻求“人”之意义的思想的诠释。这种生活哲学似乎一直影响着后世的麻省居民：在郊区小镇，房子的后院往往是开放的，它不是被篱笆围起来的人造花园，而是面向着森林、树丛敞开，人工种植的花和草坪渐渐和天然的树木、草坡融为一体，体现着人们崇尚自然的生活方式。它是梭罗理想的“院落”风格：“根本就没有庭院！有的只是那没有篱笆围住的大自然，一直通到你家门口。”

五月过后，经过这样的院落总会让人心旷神怡，爱默生当年的描绘仍然那么新鲜而贴切：

> 在这阳光灿烂的夏天，吸入这样的生命气息是一种多么奢侈多么豪华的享受啊！草在生长，芽在萌发，草地上点缀的花朵，具有着火焰与黄金般的颜色。天空中有无数的飞鸟，空气中飘逸着松脂，香膏和新堆起来的草垛发出的清香……

1837年是另一个意义重大的年份。这一年，爱默生发表了题为《美国学者》的演说，这个演说被誉为美国知识界的“独立宣言”。在“宣言”中，爱默生鼓励知识分子摆脱传统束缚和学究风气，自信、独立：“他应当完全地拥有自信心，绝不迁就公众的喧嚣……当他深入了解自己心灵的隐秘时，他也在发掘所有心灵的秘密。他认识到，一旦能够掌握自己思想的规律，他就能够掌握所有说着与他相同语言的人的思想，以及那些有种不同语言，但是可以翻译成为他的语言的人的想法。”

他要求学者揭穿谎言、反击蒙昧，自由而勇敢：“学者应当是自由的——自由并且勇敢……一个人如果能看穿这世界的虚饰外表，他就能拥有世界。你所耳闻目睹的种种蒙昧、陋习与蔓延不绝的错误，皆因人们的容忍，以及你的纵容。一旦你把它看成是谎言，这就已经给了它致命的打击。”

爱默生反对权威，反对各种社会团体和组织对“个人”的压制。他启发人们认识“个人”的意义、个人的伟大，他宣扬人自身具有的神圣性，人依靠自己即可完善。他曾说：“在我所有的演讲中，我只传授了一样学说，那就是‘人’的无限。”

尽管爱默生从未否认过信仰和上帝，但他张扬的“个人主义”“依靠自己”(而非寻求神的指引)、个人与生俱来的神性和纯洁（而非教会所宣扬的原罪)、个人对权威和教条的反抗（而非对神及其代言人无条件服从)，意味着他在思想观念上早已背离了当时的教会及其信众。爱默生宣称“一切人都是一个人”“人是自己的神”，他嘲讽基督教把人视为“羊群”的说法：“我相信人是被误解了，他损害了自己。他几乎已失掉那种引导他恢复天赋权利的智慧之光。如今的人变得无足轻重。过去和现在，人都贱若虫豸蚁卵，他们被称作是‘芸芸众生’或‘放牧的羊群’……”

他把“私生活”提高到前所未有的神圣地位：“与历史上所有的王国相比，一个人的私生活更像是个庄严的君主政体。”

与教会的公然决裂发生在1838年7月15日，哈佛神学院邀请爱默生做毕业典礼演讲。在演讲中，爱默生称基督是个伟大的人，传统基督教却把他塑造成了一个半神……这次演讲激怒了新教徒，爱默生被批判为“无神论者”（这在当时是个极其危险的贬义词)、“毒害青年心灵的人”。此后三十年间，爱默生再也没有被哈佛大学邀请回校演讲。但爱默生是个真正的“公知”，他除著书立说外，一生巡回各地，进行了超过一千五百次的公开演说，宣扬他的思想，其最精髓部分当然是对“个人”的信仰。这一信仰构成了现代美国精神和价值观的基石。关于爱默生，也许没有人比哈罗德·布罗姆总结得更简洁有力：“爱默生就是神。”

拥有这么一颗超凡心灵的人，却依然无法避免俗世的痛苦。在第一任妻子艾伦因肺结核去世后，肺结核又连续夺走了爱默生深爱的两个弟弟爱德华和查尔斯的生命。1842年1月，爱默生的长子死于猩红热。就在同一个月，老亨利·詹姆斯的儿子出生，老亨利恳请爱默生做他儿子的义父，爱默生同意了。这位“义子”就是日后被称为美国心理学之父的哲学家、心理学家威廉·詹姆斯。威廉有个和他一样赫赫有名的弟弟，那就是小说家亨利·詹姆斯。当然，詹姆斯家族的故事又是另一页辉煌了。

弟弟查尔斯死后，爱默生邀请索菲娅·皮博迪为查尔斯作浅浮雕肖像，这位画家索菲娅就是文豪纳撒尼尔·霍桑的未来妻子。索菲娅因此和爱默生结识并对康科德留下深刻印象。她向霍桑赞扬康科德，霍桑回复说："我们现在就可以在那样的景物里建起我们的小屋吗？我的心焦灼地渴望去那里……"

1842年，新婚的霍桑夫妇立即搬到康科德，霍桑以每年一百美金的价格租下牧师老宅。当他们搬进爱默生家族的老宅时，勤劳的梭罗已经在宅子上为这对夫妇开辟了一个小小的菜园。霍桑夫妇在康科德的第一个邻居则是超验主义诗人、梭罗的终生至交埃勒里·钱宁。

一些作者写到有关瓦尔登湖的"朝圣"经历时，会用到"失望"这个词。具体说，就是因第一眼看到瓦尔登湖竟然如此之小而感到失望。但我不太能够理解这样的失望或称"心灵落差"，难道梭罗在《瓦尔登湖》这本书里曾把瓦尔登描绘成一个烟波浩渺的大湖？这地方的全名是Walden Pond，它是个池塘。梭罗不是徐霞客，他不是遍访名山大川的旅游家，他选择住在瓦尔登湖畔，不是因为此地是风景胜地，而是想在此亲身经历如何与自然相处，专注思考人如何生活等问题。正因为瓦尔登是马萨诸塞千百个普通池塘之一，是世界上千千万万个普通池塘之一，《瓦尔登湖》这本书才具有更卓越的意义。瓦尔登湖，它必然就是小而美的，它必然一眼看似寻常却气象万千，它必然就像平凡生活本身那样看似无意义却包含着人生的全部奥秘，它刚好诠释了被梭罗视为精神导师的爱默生那句名言："一滴水就是一个小小的海洋。一个人联系着整个自然，从平凡事物中感受价值，可以结出累累硕果。"瓦尔登很小，但它可以是整个世界，只有一双善于发现的眼睛才能看出这世界的光芒与完整，只有一颗善于感知的心灵才能感察觉平凡与日常中的深邃。

在康科德作家群里，梭罗是唯一出生于康科德的"土著"。他于1817年出生于康科德，一生中的大部分时间都在这小镇度过。你至今仍可以在康科德镇弗吉尼亚路341号找到梭罗的出生地，它经过修缮，现在是一栋两层半白色木屋，烟囱在房子的中央，名为"威勒-米诺特农舍"，又称梭罗农舍。

1837年，梭罗毕业于哈佛大学，他没有选择当时的哈佛毕业生热衷的职业：律师、医生、企业家……也没有接手家族的铅笔制造业。他选择教学。梭罗最初任教于康科德公立学院，后因反对鞭打学生而离职。他和哥哥约翰后来办了一所文法学校——康科德学院，他们首创了远足、带领学生参观商店和市场的教学方式。但由于约翰去世，康科德学院于1842年关闭了。

在康科德镇民们眼中，梭罗是个没有职业的怪人。他们时常看见梭罗在林间远足，在绿野中散步，和友人在河上泛舟。梭罗喜欢观察动植物标本、搜集标本，对于学生和友人来说，他也是一个博物学家；他善于种植，长期在爱默生家当园丁，曾为霍桑夫妇开辟小菜园；他常年当家庭教师，还是个相当专业的土地测绘员，他为霍桑的“路边”和阿莫斯奥尔科特家的“果园屋”做宅地测绘工作并收取十美金酬劳……1844年，梭罗和朋友爱德华·霍尔在林中取火引发火灾事故，导致上百英亩瓦尔登林地被焚。至此，在康科德镇民心目中，梭罗更是沦为一个游手好闲的形象。

梭罗怎么看自己的“职业”呢？他在哈佛班级十周年问卷调查时写道：“我是个校长、家庭教师、测绘员、园丁、农夫、漆工、木匠、苦力、铅笔制造商、玻璃纸制造商、作家，有时还是个劣等诗人。”

梭罗是个受过正规教育、极其聪慧且动手能力很强的人，但梭罗心里对自由生活方式的热爱使他不想拘于任何一种谋生的职业。爱默生曾诙谐地说，梭罗本可以当个伟大的工程师，他却偏偏选择当黑果采集队队长。霍桑有一次和梭罗泛舟同游，梭罗划船的技艺令他叹为观止：“梭罗先生如此完美地驾驭这艘船，无论是用两个桨还是用一个桨。他的意愿似乎化为了本能，他根本无须费力就可以引导它……”

这究竟是怎样的一个人？从友人们的描述中，他似乎严肃又温和，尖锐又天真，散漫又勤劳，渴望孤独又热爱朋友，坚持独善其身同时又积极地影响公众和社会……这些看似矛盾的品质在他身上十分协调地并存着。他同时热爱着大自然和人，并不厚此薄彼，在他那个时代，当征服、开发自然成为时代之“开拓”精神时，他却早已看出了人与自然的真正理想关系，成了倡导保护环境、保育生态的先锋。爱默生曾说：“热爱自然的人是那种内在、外在感觉完全协调的人，他在成年以后依然保持着孩童的纯真。”梭罗就是这样一个“保持着孩童的纯真”的人。他生活极其简单，终生未婚，和欲望保持距离，但他的心灵善于感知，头脑敏于思索，他的腿长于行走，他的双手勤于采集和制作……

梭罗生命中的美妙契机出现在1837年他和爱默生结交之际。此后，比他年长十四岁的爱默生成了他的精神导师和亲人般的朋友。爱默生邀请他加入超验主义俱乐部，鼓励他写作并促成其作品在超验主义刊物《日晷》上刊发，介绍他认识当时新英格兰文化圈最杰出的人：霍桑、阿莫斯·布朗桑·奥尔科特（路易莎·梅·奥尔科特的父亲）、玛格丽特·富勒……在两人刚结识时，爱默生问梭罗：“你记日记吗？”对于梭罗，这成了他受益终生的启发。他当天写了一条日记：“‘你现在在做什么？’他问。‘你记日记吗？’好吧，从今天开始，我记下了这第一条……”

其结果是1837年至1861年间的两百多万字的梭罗日记，以及梭罗文中那种日记体特有的风格——具体而微的感知，对自身内在的省视、冥想般的求索，思想的电光火石，如灵感般忽然降临的启示……

1841年4月，梭罗住进爱默生的家，成为爱默生家里的园丁、修理工和家庭教师。爱默生的大量藏书进一步丰富了梭罗的知识和思想，尤其是那些有关东方文化的书籍，是梭罗在别处很难看到的，对梭罗的理念产生了相当大的影响。1842年，梭罗遭遇了和爱默生同样的悲剧——比他年长一岁的哥哥约翰因剃刀割破皮肤导致破伤风，在梭罗的怀中去世。约翰和他的关系极为亲密，他们一起办学校、探讨思想，一起散步、泛舟远行，约翰一直是梭罗离经叛道行为的支持者和随行者。后来，梭罗写了《康科德河与梅里马克河上一周》，纪念他和约翰从康科德到新罕布什尔州的水上旅行。

1845年是另一个对梭罗至关重要的年份，在这一年年初，他感到需要专注于思考和写作的急迫。他的至交埃勒里·钱宁对他说：“那就走出去，给自己建一个小屋，在那里把自己活活吞噬。除此之外，对于你，我看不出还有什么别的选择或希望。”

两个多月后，也就是1845年的7月4日，梭罗住进了瓦尔登湖畔的林中小屋，开始他为期两年的简单生活的“实验”。是的，从一开始，他和他的朋友们就把他在瓦尔登湖林中的生活称为“实验”，这意味着它是有期限的，其目的是为了某种发现。

爱默生之前在瓦尔登湖附近购买了十四英亩的林地，梭罗的小屋就建在爱默生拥有的林地上。梭罗明确写下了他进入林中生活的目的：“我来到林中，因为我想要从容地生活，只面对生活最根本的事实，看看是否能学到生活要教给我的一切，而不是等到弥留之际才发现自己根本从未真正生活过。我不想过一种不是生活的生活，生命是如此珍贵；我也不想与世隔绝，除非万不得已。我想要深刻地生活，吸取生命之精髓。”

再清楚不过了，梭罗来到湖畔、进入林中，他的目的不是遗世地隐居，而是在自然中“依靠自己”简单地生活，更深切地认识生活，并专注于写作和思考。梭罗基本靠自己的双手提供生活所需，他自己修缮小屋、种植作物、采集果实、钓鱼、从林中伐木取暖，从湖中取饮水、在湖里洗澡……但他在瓦尔登的生活并非全然与世隔绝，梭罗的小屋不乏访客，如爱默生、钱宁、奥尔科特，他们来看望他、在小屋里聊天；梭罗并不是每一餐都取自自然，他偶尔也会散步到大约一英里半之外的爱默生家去吃饭；1846年8月，梭罗还短期地离开湖畔，到缅因州卡塔丁山旅行。这次的旅行经历后来写入了《缅因森林》……在此期间，最著名的“插曲”是梭罗在1846年7月的某天外出时撞见了收税官山姆·斯塔普斯，山姆要梭罗支付他拖欠了六年的人头税，但梭罗拒绝为政府交税，因为他反对美西战争和蓄奴制度。梭罗被关进牢里一夜。第二天，有人为他支付了税款，他才被释放。事实证明，这个事件对他和世界都影响重大。

梭罗曾说：“就像我们面对面和在明朗的白天里悟到真理一样，我们也在暗地里和在黑夜中与真理不期而遇。”在牢里的这一夜，想必也是他在黑暗中“与真理不期而遇”的一夜，启发了他对民主政府的权力界限、公民个人的义务和权利、个人与政府关系等问题的思考。1848年1月和2月，梭罗先后两次在康科德会堂做了题为《个人对于政府的权利及义务》的公开演讲，演讲的内容后被整理为一篇名为《对公民政府的反抗》的论文，又称《公民不服从》。

他当然不是多数派的信徒，“多数派”的决定从不是让他服从的理由，他要人们相信“个人”的良知和判断力，而非随波逐流：“所有的投票都是一种赌博……获胜不需要什么道德，只涉及你是不是下对了赌注……一个智者是不会允许正义任由几率摆布的，也不会寄希望于通过多数派的力量使之获胜。在群体行为中没有什么美德可言。”

他尖锐抨击容忍南方蓄奴制度的美国政府：“对待当今的美国政府，一个正直的人应该采取何种态度？我的回答是：和它有任何关系都使人蒙羞。如果它同时还是奴隶们的政府，我怎会承认它是我的政府？要我成为这样的政府的臣民，我一秒钟都不愿意。”

这种以一己之力非暴力地反抗、不与不义政府合作的理论对后世影响巨大，启发了包括列夫托尔斯泰、“圣雄”甘地、马丁·路德·金在内的无数和平反抗者。马丁·路德·金在自传中写道：“梭罗因反对这场不义之战，拒绝缴税而入狱。我由此知道了非暴力反抗的原理。他提倡不和恶势力妥协的理念使我震撼不已，让我一读再读。我开始相信，不向恶势力妥协是一种道德责任，就和行善一样。没有人比亨利·戴维·梭罗更传神更热诚地表现这个想法……”

这样的梭罗，怎会是个与世无争的淡泊隐士？事实是，他不仅是特立独行的思想革新者，还是一个坚定的行动派。康科德超验主义作家群里都是废奴主义者，无论是爱默生、梭罗，还是奥尔科特，他们不仅到处宣传废奴，其中一些人还参加了当时的“地下铁路”组织，收留逃亡黑奴，帮助他们前往加拿大。1859年，约翰·布朗起义失败后两周，梭罗在康科德进行了“为约翰·布朗上校请愿”的演讲。布朗被处死后，梭罗在康科德教堂敲响大钟，召集人们哀悼，再次进行演说。梭罗不仅不与恶妥协，也从未停止过抗争。

1847年9月6日，梭罗结束两年两个月又两天的“林中生活”，离开瓦尔登湖。即将第二次动身去欧洲的爱默生立即邀请梭罗到他家中居住，嘱托他在其离开期间帮妻子莉迪恩照料家务，而爱默生直到1848年下半年才返回康科德。

湖畔实验结束之后的几年，梭罗一边工作以偿还债务，一边整理、修改有关瓦尔登湖畔生活的手记。1854年，《瓦尔登，或林中生活》出版。在出版之初，它的价值远未被认知。也有些许评论，但批评家们只是把它当作传统的美国散文，赞扬它揭示了自然的纯洁、和谐之美。很快，寥寥的好评也沉寂下来，它成了一本不为人所注意的书。《瓦尔登湖》是梭罗在世时出版的仅有的两本书之一。另一本《康科德河与梅里马克河上一周》是梭罗自掏腰包出版的，印刷一千册，仅售出了三百册。

随着时间流逝，梭罗的伟大与日俱增。《瓦尔登湖》在文体上的现代性被公认超越了绝大多数同时代作家。同时，这位在一百五十年前就宣称"人类已经成为他们的工具的工具"的思想者依然显得如此超前，越来越多的现代人意识到梭罗早在一百多年前给予我们的告诫的意义。他成了回归自然者、生态保护主义者、崇尚简单生活方式者、反过度消耗和消费主义者以及和平抗议者眼中的圣人，而《瓦尔登湖》则成了厄普代克所谓"被膜拜却未被充分阅读的《圣经》"。大诗人罗伯特·弗罗斯特说："仅仅在一本书里，他就超越了美国曾有过的一切。"当然，这样的盛名和赞誉，都已经是"千秋万岁名，寂寞身后事"了。

1860年，梭罗的健康状况开始恶化，经常卧病在床。他在病中平静地修改《缅因森林》等作品的手稿，并写信给出版商请求出版，但这个愿望直到去世都未能实现。在最后那段时间，梭罗的生命仿佛变成了一轮"秋天的太阳"，如他的诗里所写：

我已枯萎、变黄，
醇香自我生命深处散发
橡子在我的树林里坠落
冬日在我的情绪里徘徊……

某天，姨妈路易莎来看望病重的梭罗，问他是否终于和上帝达成和解。梭罗开玩笑说："我不知道我们曾有过争执。"大约两周后，即1862年5月6日，四十四岁的梭罗在位于康科德主路255号的家中去世。临终前，他说："很好的航行就要开始。"

如果你读过《小妇人》或看过由它改编的电影、舞台剧，你可能会惊讶于"小妇人们"在一个贫寒家庭中仍有着那样丰富的生活：读书、排演戏剧、自己裁剪衣服、帮助社区工作，这些女孩子坚韧、有主见、具有牺牲精神并且善于苦中作乐，而那时还是19世纪中期，是中国女性仍然被强制缠足的时候……继而，你可能会好奇："小妇人们"究竟生长在一个怎样的家庭？她们受的是怎样一种教育？对路易莎·梅·奥尔科特的家庭有些了解之后，你会明白这种生活及其所蕴含的精神性都其来有自。路易莎的父亲阿莫斯·布朗森·奥尔柯特是教育家、超验主义团体活跃的一分子，她母亲则是那个时代并不多见的职业女性，并且热心于各种社区义务服务。路易莎在四姐妹中排行第二。这个家庭长期处于经济困境中，但最不缺乏教育和精神上的活性。

阿莫斯·布朗森·奥尔科特曾当过推销员，后来转行当教师，辗转各地推行他的新式教育方法。他反对体罚，在教学中强调质疑而非传统的训诫和说教，开创了师生交谈式的教学方法，鼓励学生书写表达个人真实感受的文章，由于自身的女权主义立场，他还倡导男女同校学习……但他的新式教育方法在当时备受争议，甚至遭到谴责和抵制，他办的学校也一再被迫关闭。布朗森在波士顿开办"神殿"学校期间，他和学生讨论福音书，鼓励学生质疑神迹的真实性，遭到保守宗教人士的强烈批判，学校因"渎神"而声名狼藉，学生纷纷退学……在后来开办的"客厅学校"，废奴主义者布朗森更是做了一件一百年后的种族隔离主义者仍然无法接受的出格事——让一位非裔学生来上课！

但这位激进而固执的自由教育的先驱却难以谋生，他的理想主义导致的生活上的无能使他的家庭长期蒙在困苦的阴影里，这造成了后来路易莎对父亲的矛盾感觉：她既尊敬父亲的思想和学识，却也感到他的不负责任对家人造成的伤害；在四姐妹中，她和父亲关系最亲密，性格、信仰都深受父亲影响，但她又时时感到自己被父亲"控制"、不得自由。在康科德购屋定居前，奥尔科特一家长期处于辗转流徙、居无定所的状态，在三十年间一共搬了二十二次家！由于生活十分贫困，四姐妹中只有年纪最小的梅（《小妇人》中Amy的原型）得以在康科德公学读书，其他女孩儿很早就出外做工以帮助供养家庭。年少时的路易莎当过家庭教师、学童伴读、女裁缝……女孩儿们所受的教育主要来自父亲和母亲，当然，影响、启发她们的还包括父亲交往的朋友：爱默生、梭罗、霍桑……

奥尔科特一家其实在1840年就来到康科德，临时租住在一栋距离爱默生家不到半英里路的小屋里。后来，喜欢各种社会实验的奥尔科特先生和朋友合作创立了一个乌托邦社会——“果园公社”，当然最后仍以失败告终。爱默生欣赏布朗森·奥尔科特的教育理念和自由派立场，也曾试图支持他写作，但事后发现阿莫斯在写作上的才华有限。但慷慨的爱默生依然为奥尔科特先生提供了力所能及的一切帮助，包括资助他赴英国旅行，并提供部分经济资助让他在康科德购买房屋定居。那时是1845年，路易莎的妈妈不久前刚得到一笔遗产，加上爱默生额外提供了五百美金的资助，经过数次搬迁之苦的奥尔科特家终于在康科德买了自己的房子。

房子本身也是爱默生亲自为他们物色的，它位于现在的康科德镇莱克星顿路455号。奥尔科特一家人把这栋房子称为“山边”（Hillside）。在这所房子里，十三岁的路易莎终于有了“自己的一个房间”，迎来了生命中相当愉快的一段光阴。路易莎在“山边”度过的少女时代的诸多场景后来都再现于《小妇人》这本书中。也是在这所房子里，路易莎为爱默生的女儿艾伦·爱默生写了一本儿童读物——《花的寓言》。路易莎初次展露了写作才华，她由此想到可以靠写作来挣钱改善家里的经济状况。

激进的教育改革者奥尔科特先生也是改造房子的“专家”，他是美国人所说的那种handy man，即动手能力极强又分外勤快的人。搬进“山边”后，他立即动手对这栋殖民地时期的“盐盒”式老房进行改造，除了内部增加房间以外，在外部又增建了阳台、凉亭，种植新的树木，重新设计了庭院。

但奥尔科特大刀阔斧地“旧貌换新颜”的努力却未能得到下一任房主的认可。1852年，奥尔科特一家已经把“山边”出租，全家搬到了波士顿市区居住。长期租房住的小说家霍桑则考虑在康科德购屋定居。霍桑最终花了一千五百美金买下了奥尔科特家的“山边”，但他对奥尔科特先生对房子的改造努力并不买账：“奥尔科特先生……为了适应自己的口味而浪费了大量金钱，而所有这些‘改进’对我来说没有半点儿意义。由于被长久地忽略，这里几乎成了世界上最粗糙的地方，但它早晚会变成一个舒适而宜人的家。”

霍桑对改造房子没有什么热情，但小说家对文字的热情却是无可阻挡而且极其偏执的。霍桑作为新主人对房子的首要“改造”就是改变房子的称谓：他给它起的新名字是“Wayside”，路边。他自信这个名字改得不错，还在一封信里做了解释："我认为这是个更好的名字，比奥尔科特先生给予它的名字更具有道德暗示性……"而固执的奥尔科特先生则不这样认为，他毕生坚持用自家人起的旧名。无论他在交谈还是信中提到邻居霍桑先生的家，他都会使用"山边"这个称呼。

无论是"山边"或是"路边"，霍桑总算在这栋木屋里安顿下来。对霍桑一家来说，康科德与波士顿市区保持了相宜的距离，安静得稍显沉闷，却也相当舒适。在给友人朗费罗的一封信里，霍桑温情脉脉地写道："我感到自己开始在此地扎根了。有生以来第一次，我真正有了在家的感觉。"

但霍桑先生和奥尔科特先生的"称谓"之争并非仅此一桩。后来，霍桑被任命为美国驻利物浦领事，举家远赴英国，履行任期后霍桑一家又去了欧洲大陆，一直住到1860年。在此期间，奥尔科特一家又想搬回康科德。于是，奥尔科特先生委托梭罗先生为其新宅做土地测绘，新屋恰恰紧邻他的旧居也就是当时的霍桑先生家。新屋四周大树环绕，一侧有条逶迤小路通向林木葱郁的后山上（小山从那里延伸到霍桑家的屋后）。随房子一起出售的还有个果园。奥尔科特家在1858年搬进这栋房子，称它为"Orchard House"，即果园屋。而于1860年回到康科德、与他房子的前主人又做了邻居的霍桑先生却一直不愿沿用房子主人的叫法，他以"毒舌"的风格称邻居的房子是Apple Slump，苹果馅儿饼。

奥尔科特家在1858年搬进这栋房子，称它为"Orchard House"，即果园屋。

和活跃的奥尔科特一家不同，霍桑并不喜欢和邻居有过多交往。为了避免邻里之间的社交应酬，霍桑常常躲到屋后的小山丘上（正是"山边"所指的那座小山），假装在林中漫步。奥尔科特先生对霍桑先生的怪异举止感到不解和失望："他走路的样子就像是害怕被邻居看见……除非偶然撞上，否则没人有机会和他说话。"

从欧洲回来的霍桑因为家眷增多，不得不对"路边"进行改建，包括在主房后面加盖了一座三层小塔楼，儿子朱利安住在一楼，霍桑把自己的书房安置在顶层，叫作"天厅"。他又在原有的厢房上加盖楼层，修整主屋的阳台和走廊……但霍桑不像奥尔科特，他本人没有任何能工巧匠的天赋，只能把自己的设想告诉雇佣来的乡村木匠，而乡村木匠们把他的想法转化成了“某些不可想象的东西”。霍桑对房子改建后的面貌十分沮丧：“我的建筑工程进展得十分不顺利，我已经把一个朴素、小巧的旧农舍变成了世界上最乖张古怪的不规则物体，但这显然不是我的责任……”

古怪的霍桑先生并没能阻挡奥尔科特先生济世的热情。奥尔科特先生有时义务地为有点儿“四体不勤”的邻居整理庭院，帮他们砍去旁逸斜出的树杈，把院子里的走道清理出来。霍桑家的孩子和奥尔科特家的孩子们也相处融洽。

就这样，霍桑先生在他的“路边”第三层的小厅里继续写作，奥尔科特先生的女儿们在他们的“果园屋”里继续成长，而他家的客厅依然是爱默生、梭罗等人经常聚会的地方。其间，果园屋还成为“地下铁路”的联络站。1858年对路易莎来说是个悲伤的年份，这一年里，她最喜欢的妹妹伊丽莎白去世，姐姐安娜（《小妇人》中Meg的原型）出嫁，她感到少女时代一下子消逝不见了。人去楼空，女孩儿不得不告别她们的童年成长为女人，各自应对艰难的人生，这种感觉是她日后写《小妇人》的基调。成年的路易莎是一个废奴主义者、女权主义者。南北战争爆发后，她自愿加入战地护士，但因在医院感染严重伤寒只好在六周后返回康科德。她的父亲奥尔科特先生对此举大加赞赏，他为她写了一首诗，赞扬她救助那些为正义而战的士兵，把抚慰放进他们和他们家人的心灵，表达他多么以她为傲。路易莎也是康科德第一位参与选举、行使投票权的女性，她曾说：“新女性……她们应该有强壮的头脑、强壮的心灵、强壮的灵魂，以及强壮的身体……她们的力量和美是结合在一起的。”但即使在1868年出版的《小妇人》为她带来了财富并帮助整个家庭摆脱了困窘之后，她在家庭生活中仍习惯听命于父亲，向他妥协。她和父亲的关系始终亲密却不无紧张。而强势、精力似乎永不衰竭的“改革家”奥尔科特先生始终保持着他的康科德趣味和对新英格兰文化的钟爱。奥尔科特家最小的女孩儿梅在路易莎的资助下赴巴黎学习绘画。有一次，梅托人从巴黎带回一幅她的自画像给康科德的家人。路易莎和母亲都非常喜欢这幅画像，赞叹梅的改变，而奥尔科特先生则表示不满，他批评说这幅画像过于巴黎味儿，不够‘康科德’味儿！

而霍桑开始为维持“路边”的巨大花销而发愁，每年两千多美金的开支让他力不从心。小说家似乎总是善于“哭穷”的，霍桑如此，他的晚辈小说家亨利·詹姆斯如此，他的俄国同行契诃夫也如此。霍桑的“哭穷”颇有他的老家塞勒姆式的阴郁、惨烈，他对他的出版商大发牢骚，说他预见到自己最后会死在济贫院里！

霍桑当然没有死在济贫院，1864年，他和友人一起旅行，去旅途中病逝。路易莎一听到消息，立即跑到霍桑平时散步的山间小径旁采了一束紫罗兰花，送去给霍桑夫人。路易莎是典型的新英格兰女孩儿，她们喜欢田野，喜欢采野花，有时候，奔跑在田野里采摘野花仿佛是她们时常压抑着的强烈情绪的一种纾解。当路易莎是个少女的时候，她喜欢采一束野花偷偷献给她的邻居爱默生。

父亲的朋友里，路易莎最喜欢的是梭罗和爱默生。在文坛逸闻中，少女时代的她甚至暗恋着这两位长者和老师。这并非空穴来风，在《小妇人》出版四年前，路易莎出版了第一本小说《心绪》，小说的女主人公少女西尔维亚和哥哥及哥哥的两位朋友泛舟同游，西尔维亚爱上了哥哥的这两位朋友（他们当然也爱她）。这两位“朋友”，一个是学者，一个是博物学家，文学界公认其原型模特就是爱默生和梭罗。

年长路易莎十五岁的梭罗不仅是家里的常客，也是路易莎的博物学老师。路易莎赞叹，在她自己看来最平淡无奇的一片树叶，经梭罗的讲解，也会变成一件非常有趣而完美的造物。二十几岁的博物学老师梭罗经常带着他的学生们包括路易莎走在康科德的树林里，他衣衫陈旧随便，头戴一顶草帽，身上往往携带着小望远镜、铅笔和笔记本，随时记录他的发现。他把自然之美介绍给路易莎，路易莎则在心里对他萌生出崇拜。他后来留了一大蓬乱糟糟的胡子多少令她望而生畏，她打趣说梭罗大概是用松塔梳理他的胡子的。当然，困扰她的还有梭罗不修边幅的穿着、他用餐时不顾及餐桌礼仪的随意甚至粗野。但路易莎仍有说服自己的理由，她在书里借他人之口描述：“在这些缺陷之下，一双慧眼却能辨认出一个完美男人的轮廓。”

用今天流行的词汇来说，年少时的路易莎是个十分“文艺”的女孩儿，身上有文艺女孩儿的一切特质：敏感、早熟、耽于幻想、因过于自尊而善于自我压抑……她当然就是自己描述的那个有“一双慧眼”的人，可惜梭罗先生的兴趣完全不在女孩子身上。他乱糟糟的头发、乱蓬蓬的胡子、凌乱的衣着已经充分说明了这一点。

在路易莎内心深处，对梭罗的喜爱和对爱默生的仰慕还常常形成冲突。路易莎家在康科德最初租住的房子就在爱默生家隔壁。对于十来岁的女孩儿路易莎来说，人到中年的爱默生既有渊博的才华、学者的优雅风度，又是极负盛名的思想界和文坛领袖，更不用提爱默生的富有和慷慨：他是她父亲的资助人，同时也以各种方法周济梭罗，还借钱给霍桑……他是一个父亲般的完美男人。路易莎崇拜他，却无法表达她对他的感情。她只是一个劲儿跑到爱默生的私人图书馆去借阅他的那些藏书，她还狂热地采摘野花，留在他门前的台阶上。而爱默生则一直假装他不知道是谁给他送来了这些花……

不知是否因为她年少时毫无结果的暗恋，路易莎终生未婚。对于自己的不婚，她有另外的解释。在一次访谈中，她说："这不只是半信半疑：我是一个男人的灵魂被阴差阳错地放进一个女人的身体里……因为我爱上过这么多漂亮的女孩，却从未对任何男人有过一丁点儿的爱慕……"

我们究竟应该相信哪一个版本？对于小说家，或许理解她的更准确的方式是透过小说而非访谈。

相比四十四岁去世的梭罗、六十岁去世的霍桑，爱默生、奥尔科特先生和埃勒里·钱宁是康科德作家群里较为长寿的几位。爱默生去世时七十九岁，奥尔科特先生去世时八十九岁，埃勒里·钱宁去世时八十三岁。钱宁是位诗人，他是这群人当中最年轻的一个，因此也是最后一位辞世的，他的生命延续到了20世纪的第一个年头。然而，在知交零落后的时代活着未必是件很愉快的事。

钱宁是非常散漫不羁的一个人，他入读哈佛大学，但读了几个月就离校了。他到处漫游，还曾跑去伊利诺伊州，在那里自己动手盖了一座林中木屋。这个经历后来启发了他的至交梭罗，他也是那个劝告梭罗到瓦尔登湖畔结庐独居的朋友。钱宁结过婚，他的妻子是超验主义群体中的"女中豪杰"玛格丽特·富勒的妹妹。但钱宁几年后就告别了家庭，重新开始他无拘无束的生活和漫游。回到康科德之后，他住在梭罗家对面的一栋房子里。

因为特别喜欢那种完全随性的、没有目的的闲游，钱宁对康科德一带的风景了如指掌。他总能找到隐蔽的或是容易被人们忽略的美景，然后把自己的新发现介绍给朋友。富兰克林·本杰明·桑伯恩描述道：“他（钱宁）向梭罗展示了康科德森林中最可爱的幽深地带，以及他发现的缓缓穿过森林的两条小河……他甚至让爱默生认识到康科德以及萨德伯里地区的魅力，尽管爱默生是这个地区的老居民并且自己也是一个不知疲倦的步行者。”

钱宁不是一个深邃的思想家，他在诗歌上的才华也不那么出众，但对于友人来说，他是一个非常可爱、无私的人，他就像是一双不断探索、善于发现的眼睛，帮他们寻找美和隐藏在自然中的微妙启示。

钱宁是霍桑最初在康科德定居时的邻居。霍桑一周年结婚纪念的当天，由于钱宁对康科德附近湖泊、河流的熟悉，他带着霍桑一起沿康科德河寻找一位落水的当地妇女。后来，他们俩找到了女人溺毙的尸体。霍桑记录了这个事件：“我从未见过或想象过如此纯粹的恐怖景象，她就是极度痛苦的死亡的形象本身。”

这个度过结婚纪念日的方式真是十分的“霍桑”。

比梭罗仅仅小一岁的钱宁是梭罗的挚友。在康科德，人们经常看到梭罗和钱宁一起散步。钱宁还带一般来说“足不出镇”的梭罗外出旅行。他们一起去距离康科德一百英里之外的“鳕鱼角”，在那里，两人沿着大西洋的礁石海滩行走了三十英里。钱宁是梭罗最喜欢的旅伴，因为梭罗认为钱宁具有自身所缺乏的某些品质：譬如缺乏计划、不切实际、兴之所至地行动……钱宁声称自己不在乎旅行的细枝末节，只关注灵性和普遍性的东西。作为博物学家的梭罗赞赏钱宁身上散漫、率性而为的气质，声称钱宁是“缺乏才能的天才”。梭罗旅行去过最远的地方是加拿大的魁北克一带，这是他唯一一次出国旅行，和他同行的旅伴仍然是埃勒里·钱宁。

梭罗离世后，钱宁极度悲伤。1873年，在梭罗去世后将近十一年，钱宁为挚友梭罗写了一本传记——《梭罗，诗人——自然主义者》。这是生前籍籍无名（或者只能说是康科德名人）的梭罗的第一本传记。

女诗人艾玛·拉扎露丝在日记中记录了她在1876年拜访爱默生时和钱宁的偶遇，钱宁随后带她去梭罗喜爱的一些地方散步。钱宁对梭罗的友情和怀念之深令她印象极为深刻。在她面前，这位长者试图掩饰自己心中柔软的地方、那种不可弥补的伤痛，他刻意表现得粗枝大叶、大谈哲学……但女诗人毕竟是敏感的，她被这种纯洁、至死不渝的友情打动，写下了一段悲伤的文字：

> 他从不谈论梭罗的死，他总是用“梭罗先生的离开”或“当我失去了梭罗先生”或“当梭罗先生离开康科德”这样的措辞；他也从不承认自己想念他，因为没有一天、一小时、一刻，他不会感到他的朋友仍在他身边并且从未离开过他。然而，在一两天后，当我和他一起坐在阳光照射的林中，看着夏日天空中绚丽的蓝色、银色的光线交织时，他转向我说：“当我失去梭罗先生时，我的一半世界就死去了。我和他曾经一起看到过的那些东西，现在看起来没有一样还像过去那样。”

1882年，爱默生卧病，布朗森·奥尔科特去看望他。奥尔科特预感到爱默生将不久于人世，回家后，他痛苦地写道：“当他（爱默生）隐身于云端，康科德创造的人类辉煌即将黯淡。”之后第二天，爱默生去世了。爱默生离世后，奥尔科特离开康科德，迁居波士顿城。对于一生追随爱默生的奥尔科特来说，没有爱默生的康科德已经不再是康科德。有意思的是，奥尔科特一家在康科德的最后一个居所正是梭罗生前和他母亲同住的房子。梭罗的母亲去世后，奥尔科特先生让女儿路易莎购买了位于康科德主路255号的梭罗故居。如今这个地方叫“梭罗—奥尔科特故居”。

而奥尔科特先生本人的离世则有一点儿诡异的色彩，它似乎喻示着他和女儿路易莎的纠缠不是至死方休而是比死亡更长。1888年3月1日，路易莎去看望病重的父亲。父亲说：“我快要上路了。你和我一起走吧。”路易莎随口说道：“希望我能够。”奥尔科特先生于3月4日“上路”了，两天后，他最钟爱的女儿路易莎·奥尔科特辞世。

此时，酷爱闲游、远足的钱宁已经不愿出门了，大概那些绿野、树林、河流都会让他想起旧日的同伴们，会让他那颗日益衰老却更趋敏感、脆弱的心慨叹伤怀。生命最后的几年，钱宁住在朋友桑伯恩家里。在桑伯恩的回忆里，晚年的钱宁如此孤独：“随着老境渐至，随着他所选择的同伴们的离世，那些山冈、溪流、海洋都不再有他的足迹；他再也不去康科德河上航行，不去他曾经喜爱的林中小道上徜徉，在他最熟悉的康科德的街道上，人们看不到他的身影……”

1901年12月23日，就在康科德的人们忙于筹备圣诞节和新年的装饰与庆祝时，康科德当年旧游群体中的最后一人、诗人威廉·埃勒里·钱宁在桑伯恩家里平静地离世。最终，他和他怀念的老朋友爱默生、梭罗、霍桑葬在了同一个地方——康科德沉睡谷公墓。他的坟墓就在他的邻居和好友霍桑的对面，离他的知交梭罗不远。

钱宁安葬于沉睡谷时，康科德那个时代的群星都已经在这里了：梭罗、霍桑、爱默生、布朗森·奥尔科特先生、路易莎·梅·奥尔科特小姐……沉睡谷是他们各自长短不同的旅途的终点，一场盛宴结束了，一切辉煌归于长眠的黑暗，一切呼声归于休憩的沉寂。这就像一个奇迹：他们生前住在同一个小镇，甚至住在曾属于彼此的房子里，他们的生活通过各种方式各种关系交织在一起，他们有着各自不同却同样特殊的思想和才华，最终，他们葬在同一个小镇的同一个墓地的同一个小丘上……

你走进肃穆、宁静的墓园，沿小道直接走到墓园里的那个小丘——被称为“作家岭”的地方，很容易就能找到爱默生、梭罗、霍桑等人的墓碑。这种感觉很好：他们都在这里。你可以在靠近某个墓碑的地方坐下来或者站一会儿，从这里，你可以眺望远处的风景，那也是康科德特有的风景：间杂着斑斓野花的绿野，低矮、起伏柔和的小丘，层叠的苍翠林木，一闪而过的无名的溪流，还有平整的农场以及和当时样式并无二致的木板房……这风景一点儿也不奇诡或壮观，它朴素如大师的思想，唯有这样它才更加动人，因为它不是纯粹的奇观，它是和人紧密相连的风景，看到它你会联想到一个穿梭在林中、和树叶一同呼吸的人，一个在星光下听见溪水声音的人，一个在他劳作的田野里突然仰望流云的人。你也不是一个面对自然奇观唯有惊叹、愕然的人，在那种情况下，你和自然倒是分开的、相对的，但在这里，风吹拂着你，周围的一切景物都亲近你，它们沉默、平和、优美，具有一股抚慰的力量，你感到你是个在自然中生活的人，你和万物相依且血脉相通，但你同时又是个超然的“人”，因为你能感受自身、思考你身在其中的自然。

从出生地到墓地，从生前的居所到死后的墓穴，遍寻他们生前在康科德的遗迹，也只不过需要一天或两天的时间；翻阅有关他们的生平、行踪的资料，也不过需要两三周的时间；但读懂他们、捕捉住他们在文字中要传达给我们的东西、理解并接近他们的思想和灵魂，这不知需要多少年！和今天喜爱周游世界的旅客不同，这些人长期生活在一个邮票大小的地方，但在人的精神的领域，他们走得那么远，他们的道路通向无限。梭罗曾说："到你的内心去探险"，因为"你得做一个哥伦布，寻找你自己内心的新大陆和新世界，开辟海峡，并不是为了做生意，而是为了思想的流通。每个人都是自己领域中的主人，沙皇的帝国和这个领域一比较，只成了蕞尔小国……"今天，当我们此时飞往南极彼时身在撒哈拉、忙碌地穿梭于各地时，我们也许还未发现自己，还未走进过自己的内心。我们内心的暗流、谷地、冰川在哪里，我们也许还一无所知。到内心的领域探险，发现浑噩的贫瘠之地、跨越执念的障碍、抵挡欲望的风暴，这远比旅行困难得多。

我时常去康科德的这些地方闲逛：作家们的故居博物馆、林中小路、镇街或墓园……时间已经是一百多年以后，但小镇却没有给人"换了人间"的感觉。无论是爱默生的故居、霍桑的"路边"，还是路易莎的"果园屋"都还在，而瓦尔登湖仍像梭罗的时代一样清澈，湖畔林木茂盛且富有层次感，深水处有跃起的鱼儿、浅水处能看到成群的蝌蚪……在这样的地方流连，"像大自然一样从容不迫地过上一天"（梭罗语），是种身心舒展的幸福。走在他们走过的地方，人仿佛能感受到滋育过那些超凡心灵的土地的脉动，可以想象头顶仍是他们当时所见的"蓝色与银色光线交织的天空"。我发现我和一百多年前的心灵倒没有什么隔膜。我自然不会追随他们的生活方式，譬如去林中生活，爱默生和梭罗们的存在也绝非提供一个生活方式的样板，而是给予一把思想与价值的尺度。有了这把尺度，一个人无论身在湖畔还是闹市，灵魂都不会轻易迷失方向，不会被粗俗的繁荣或精致的萎靡轻易俘获。

如奥尔科特先生所言，康科德创造的人类荣耀已黯淡，但在这个"萧条异代不同时"，我无论何时踏上这里的土地，仍会心生神奇之感。纯粹而美好的感觉渐渐充满我，曾读过的那些流水般的句子在我脑海中浮现、衔接起来，不断回旋，如同音乐，于是，一种久违的严肃而崇高的感觉自心底生发……在这心驰神往的过程中，精神也可能已经静默地完成了一次净化，雨后般清新、明朗；在追怀一个星光闪耀的时代时，人也许更清楚地看见了眼前的生活、更深切地领悟到爱默生所说的“永远生活在新的一天里”的含义。我想，这就是人们去“圣地”的意义所在。

原载《天涯》2020年第2期

评鉴与感悟

说起康科德，世人首先想到的是梭罗，和他的《瓦尔登湖》。时下流行的林中生活，甚而生态写作，个中理念当是受其启发。这一篇文章，写爱默生，写梭罗，写霍桑，写路易莎，既是在省思一个人的私生活，也是在求证如何与自然相处。人应该如何生活？先贤用他们的经历给出了一种范式，一把思想与价值的尺度。喜欢作家沉静澄澈的表述，用她的原话说是：“只有一双善于发现的眼睛才能看出这世界的光芒与完整，只有一颗善于感知的心灵才能察觉平凡与日常中的深邃。”为了某种发现，她徜徉其中，引领我们打开感官，悉心感受。（陈克海）

吹地鶷(外四篇)

/刘成群

我小时候那么小，总觉得地远天遥，看不到任何边际。村东的旷野里，麦子如同一派漾漾的碧海，广漠无限。那时候的风，直接从高天坠落，嗖嗖地，在麦海上砸出片片绿痕。高天蓝得很梦幻，太阳精光闪烁，孤独地悬置一方。天空中或者还有各种鸟儿飞过，然而我看不见，我只能看到云堆飘移，一团又一团，悠悠地，沉寂无声。

那时候，在沉寂的绿和沉寂的蓝之中，突然会传来几声粗笨的叫声，嗡——嗡——，闷闷的，却非常具有穿透力。我找不到声音的来源，旷野里的绿和高天上的蓝截然分明，宛如刀割一样。绿和蓝里，空荡荡的，连一个黑点都没有，有点像海上，又有点像是在梦里。

那时候我没有见过大海，不知道海的辽远，但我的梦里却有很多梦，有很多美好，绰约，朦胧，月亮常常带着几点星光，透过窗户，照进梦来。做梦的时候，鸟儿的叫声又会响起来，嗡——嗡——，村里似乎没有人，又似乎全在屏息听着鸟叫。月色如水，空气里回荡着鸟叫，像是在梦里，又不像是在梦里。

我似乎问过我瘫痪在炕的爷爷，然而我对爷爷的记忆也如梦一样的模糊，或许就是爷爷告诉我“吹地鶷”那样一个名字，说是有长的嘴，绿的背，在绿色的旷野里会隐去存在的痕迹，只有嗡——嗡——，一声，两声，敲打人的耳膜，刺入人的灵魂，然后归于沉寂。或许别人听不到，不过我能听到，躺在炕上的爷爷也能听到。

爷爷去世后，我忙于成长，从那么小长到不算那么小。旷野依然那么绿，天空依然那么蓝，爷爷融入醉人的绿蓝之中，不知道他是否还可以听到吹地鶙。嗡——嗡——，那个声音不管谁去世了，也不管谁在长大，只是在沉寂的空气里，猛然会响起几声，然后一切凝重如死，宛然没有了任何色彩。

村里每年都会有人死去，也都会有人逐渐长大。死去的人不会理会绿蓝的分割，长大的人不再感到地远天遥。对于死去的人和长大的人来说，孤独的滋味都是一致的，那半夜孤悬的明月下，陡然嗡——嗡——声起，仿佛钝刀直插心肺。在半夜孤悬的明月下，死者寂寞地死去，生者也寂寞地生，他们只是从来不觉得。

村里有很多好热闹的鸟儿，如麻雀、喜鹊、山雀、黄雀和野鸽子，那些鸟儿在村西暖阳里的榆树上排比了又排比，罗列了又罗列，成点连线，织就一张唧啾唧啾的网。榆树上的鸟儿，村里人都能叫出名字，然而，对于嗡——嗡——的吹地鶙，他们都说没有见到过。

我曾经固执地去寻找那沉闷而辽远的声音，有时它在如注的暴雨里响起，那时候天地迷蒙一片。有时它在漫天的大雪中流荡，那时候视野里空无一人。偶尔有流动的影子可以跟踪，我跑啊跑，但只一两声后，便再无痕迹。

多年后，野不再绿，天不再蓝，那时候也就没有了陡起的嗡——嗡——声。村西的榆树上肯定还有鸟儿聒噪，然而从来与梦无关。孤悬的明月下还会有人死去，也有人悄悄成长。也许大家已经不再寂寞，那个嗡——嗡——的声音仿佛不存在了。

在我残存的记忆里，捉到过一只长嘴绿背的鸟儿，那一刻我想起过去世的爷爷。是不是吹地鶙？我不能确定。似乎我不小心一松手，让它飞到了明奶奶家，然后就消失不见了。从那以后，我偶尔能听见南边院里嗡——嗡——的鸟声，甚至有一次还恍惚看到那只鸟隐匿于沙果花丛中，褐色的影子一闪一闪，仿佛有绿色的光芒。

毛桃

毛桃为平原上的土著桃种，只要种上桃核就能成长为毛桃，不需特别的整饬。至于蜜桃是不是本地所产，我不晓得，但蜜桃需要嫁接却是尽人皆知的。我们小时候种上蜜桃核，长成后结的都是毛桃，颇不甘心的振辉试验过无数次，然而结出的都是毛桃，无一例外。

虽然毛桃没有蜜桃个儿大，但花儿却是无异的。清明前后，平原上雨水渐多，桃树枝头的花蕾也都膨胀起来。有时在一夜之间，就能开得满树绚烂。古人用“灼灼其华”来形容桃花是十分到位的，桃花开时，即有一种动人的粉色，在初春昏暗的背景里，确乎自带光芒。振辉家有一棵大桃树，每到春光骀荡的日子，粉色光芒四射，都能照亮天空一般。振辉家那棵桃树没有经过嫁接，结出的果子是毛桃，我好像也吃过，但却记不得许多了。

我与振辉都喜欢找些桃树栽在家里，然而并不专业，栽了许多年也活不了几棵。相对而言，占山哥算得是奇才，他栽什么果树都能盎然一片，他的院子里有毛桃也有蜜桃，大抵有几十棵，春天的时候，真如一片锦绣，占山哥穿行在桃花小径里，花雨缤纷，恍如诗境。占山哥是不是个诗意的栖居者，我不知道，然而占山哥确乎不愿与人交往，他的毛桃蜜桃都不曾与人，我好像扒过一些，但也记不清具体的味道了。

占山哥的性格颇有些寡合，但他却破天荒给了我一棵桃树。那棵桃树将要结果的时候被另一位寡合的人——囤哥悄悄地接成了蜜桃，不过，最终的命运是长了几个蜜桃之后就死掉了。我自小喜欢栽树，但少有成活的，即便成活，也都弱不禁风，苟延残喘。这大概与我属于火命有关，像栽树极好的占山哥、囤哥应该是木命吧，或者水命、土命也是相宜的。

火命、水命、土命之说，想来也是无稽之谈，占山哥与囤哥都是有意栽树之人，树长得好固不稀奇。然而，有的人并不有意栽树，即无心插柳之举，也能长成葱茏一片，便使人啧啧称奇了。如领哥，他只是在旧院里随手扔了一些桃核，结果竟长成一派蓊蓊郁郁的桃林。我记得在读初中时常去领哥的旧院，那时候的确没有桃树，十年后他家的旧房颓圮，然而房前桃影却是婆娑摇曳了。

领哥旧院里的桃树不知几许棵，没有任何的修剪，没有任何的整饬，它们乱糟糟地挤在一起，有些泼辣，有些野蛮，有股蓬蓬勃勃的冲劲儿。想来春天桃花绽放时也会如火如霞地放出光芒来。遗憾的是，我没有在春天来过，或许领哥也不曾来。但每当桃子熟了的时候，我俩总能聚在一起，也都会去领哥旧院吃桃子。这样的情境持续了好多年，直到那个旧院卖掉后才戛然而止。

那些时候，领哥正处于人生低谷，我也有待升华，虽然阅世未深，却都是尝到了些苦楚的滋味，幸好有桃子可吃，能带来一些甜甜的慰藉。领哥旧院里的桃子无人嫁接，结出的桃子必然是毛桃无疑。然而那些毛桃很甜，虽然没有蜜桃多汁，但却自有一种软糯的口感。毛桃熟透后，可以将果皮轻轻揭去，露出莹白的果肉，只一口便可以吞在嘴里，甜糯的味道在舌尖齿底流动时，所有的不快也就抛之脑后了。

领哥家的旧院是个十分幽静的所在，毛桃成熟的时候却有些热闹，那些麻雀、白头翁、喜鹊以及众多不知名的鸟儿纷至沓来。好在桃树每年结果多，也不必吝惜那些鸟儿的啄啄。领哥家的毛桃从没人管理，也没人疏果，是以串串累累，堆积在枝头，闪耀出红彤彤的光芒。那时候领哥也没有什么朋友，只是年年将我引进院内，然后一顿饕餮。当是时，鸟儿们纷纷回避，树影晃动，叽喳之声不绝于耳。

我和领哥蹲在树间饕餮的时候，谁也不作声。只有风吹过来的声音，细如微吟，大如镗鞳。白花花的日光像水一样直泼下来，使人影黑白相间，使桃林斑驳一片。我与领哥什么也不想，只是剥皮开吃，一口一个，吃了一个又一个，核扔了一堆又一堆，直有点快意恩仇的感觉，尽管是时运不得意，与恩仇并无半点干系。

一口一个，吃掉一个毛桃只需几秒，十分容易，但吃的人多不为此琢磨桃子生成之艰难。从严冬到酷夏，那一口便吃掉的桃子也需熬过许多难熬的岁月。种地也是一样，黍稷重穋，禾麻菽麦，在风雪霜雹中，哪一种作物不道怎一个“熬”了得？我与领哥都是种地出身，自然都明白就中的艰难，因此也就不消多说了。每年在桃林里饱餐一顿，可以借此检点一年来走过的路径，挥却许多的失落的意绪。

多年后，我与领哥在寂寞中熬了过来，只可惜那片桃林早已不在了。以前的时光很慢，现在的时光很快，在飞逝的时光里，太多的细节都遗忘了。就像我忘记了振辉家毛桃的滋味，忘记了占山哥家毛桃的滋味，有时候也怕领哥家的毛桃同样逃出我的记忆，因此每年见到领哥我都会提醒："你还记得那些毛桃吗?"

如今每年都可以和领哥聚谈，也吃着肉食海鲜，喝各种各样的酒，唯独没有秉烛相对，再尝尝毛桃的滋味了。领哥不爱好文学，振辉也不爱好文学，他们肯定不知道狄更斯，但与他们聚谈时，我总会想到狄更斯小说那如出一辙的结尾，熬过来的朋友们必定相聚在某个夜晚，有炉火、有圆桌、有热茶，你看着我，我看着你，氤氲里，那些旧日的时光永在。

谷

小米在碾稃之前称为粟，俗名谷子，吾乡只叫"谷"，发音阴平。吾乡粮食很多，但大米来自江南，麦子源自西亚，而玉米是美洲的舶来品，真正属于本土的只有"谷"。华北一域，人口迁移频繁，但某些物种终始不变，古籍里说神农之时天雨粟，当代磁山文化遗址发现近八千年的碳化粟遗存，都间接或直接证明这一物种的古老与坚韧。

谷系旱地作物，整个生长过程无须特别浇水，在机井并不完全普及的时代，种谷的性价比还是蛮高的。改革开放之初，冀中平原上还有大量的旱地。我们村东的沙窝，村西的大地就都是旱地，村民们在其间种谷也最多。谷的生长期不长，大多于夏至以后抢墒，不需特别浇灌。嫩芽儿出土时如密集的绒毛，待到盛夏，则一派齐刷刷的苍绿，微风拂来，如荡荡的碧波。

秋收时节，谷与其他作物一并走向成熟，那些沉甸甸的谷穗闪出白、黄、橙甚至是暗红来，俗话说粟有五彩，几乎每块地的颜色都不太一样。然而，乡民们却不着意于审美层次的追求，在他们看来，颜色不同，也都是口粮而已。品性相同，收割方法也没有什么差异，大抵都用镰刀割开来，捆成谷个子拉回家。秋收的时候，天空往往高而蓝，阳光烁烁而不炙，鸟雀叽喳，秋虫唧啾，牲口呃啊，人语盈盈。收获的幸福飘荡在空中，如烟如缕。

谷拉回家，就交由老太太们，她们用爪镰一对一地将谷穗掐掉，然后收集在一起。男人们则赶来牲口拉着碌碡来回地轧，如此，谷粒便可脱落。

老太太们掐谷，在我童年的记忆里无异于一幅温馨的风情画，她们三三两两，围坐在一起，很随性地聊着天，匣子里随性地播着评书，烟圈随性地飘来飘去，那些时光绵绵软软，明显有种甜香的味道，一如奶奶烧柴火熬制的小米粥。

老太太们掐谷用的爪镰呈梯形，单刃，此器具大抵由来已久，或可追溯到上古时期。陕西的双庵，河南的二里头，都发现有类似形状的石刀，固是粟作文明的标志。不过，爪镰在吾乡还有一种神奇的功能，就是配合咒语治疗带状疱疹，大约是古代巫风的遗存。我小时候村里就只有大淑妗子会这一神术，后来她去世了，村里也不再种谷，爪镰遂都被当成生锈的铁片扔掉了。

乡民不再种谷，大约与牲口的退场有关。20世纪80年代，吾乡的劳作还是极大依赖着畜力。家有骡马，户有驴牛，置办大量的草料是必不可少的。谷的秸秆十分挺实，是优良的饲草。睡虎地秦简记载有上缴国家的“刍稿”，那个“稿”大抵就是谷的秸秆。谷的秸秆在吾乡称为“干草”，干草常在秋后铡碎，待到冬季拌以麸子于夜间喂养牲口，如此才能使牲口在草木枯黄时保住体力。迨至90年代，机械开始普及，牲口迅速淘汰，干草遂成为无用之物，这极大影响了谷的种植。

湖北云梦出土的睡虎地秦简《田律》记载受田之民要为国家缴纳草与庄稼秸秆，“入顷刍稿，以其受田之数，无豤不豤，顷入刍三石、稿二石”。

不过，即便没有了牲口，干草也不能说完全无用，在吾乡，干草另有一种神奇的功能，即作为“燎祭”的燃料使用。吾乡除夕有墓祭的习俗，当是在节日表达慎终追远之义。因在黄昏时分举行，故名“燎星”，以前“燎星”必用干草，不知是否为古风的遗存，甲骨文多记载燎祭，使用干草者当不为少。近年来，吾乡不再种谷，遂无干草可用，“燎星”的燃料为玉米秸秆所替代。玉米秸秆不易点燃，效果差强人意。而怀旧的人总觉得不伦不类，但在干草消失的年代，有玉米秸秆可用也聊胜于无了。

玉米秸秆可以代替干草，但制作炉糕时，玉米面就不能代替小米面了。吾乡在过年时有制作炉糕的风俗，所用食材就是磨成面的小米。小米磨成面后，用水拌成稀粥状，然后再通过发酵，便可一一倒入特制的鏊子里，只呲啦一声，软软糯糯的炉糕便可食用了。我的姥姥很喜欢摊炉糕，以前大量种谷的时候，她每到过年都会摊上很多，然后上顿吃下顿吃，一直可以吃到正月十五。那时候，我的寒假作文里常常提及摊炉糕，那一声声的呲啦，仿佛比炮仗更像年的声响。

平原上的谷消失以后，爪镰也消失了，干草与炉糕也消失了。此外，碌碡与镰刀也都弃置不用，甚至连以前常吃的小米饭也都不见了，乡民充其量只喝点小米粥罢了。多年以后，我和亚青还清楚地记得，最爱在当街吃饭的石头爷，常常端着一大碗黏稠的小米饭，蹲在十字街旁大口大口地吞吃着。那时候夕阳西下，落照打在黄澄澄的小米饭上，更加灿灿如金。

马　蔺

我家房后有个菜园子，村里二队的人们都在那里种菜。菜园子的最南端有一眼机井，机井里的水通过一条向北的明渠输送到各家各户的菜畦里。明渠在吾乡有一专门的称谓，叫作“垄口”，垄口由土筑成，中间走水。乡民浇地时，垄口是重点监控区，因为一旦垄口漏水，则多是为他人做了嫁衣裳。

平原上春天干旱，几乎天天有人浇菜。那一淙涓涓的水变成了孩子们的乐园，然而大人们却不喜欢孩子们停留在垄口上，除了口渴饮水外，其他的嬉闹都是不允许的。不过玩水似乎是孩子们的天性，尽管有驱赶，有呵责，孩子们依然不愿离开，乃至躲躲闪闪，与大人们打起游击。大人们无奈之下，只能是对垄口培土再培土，以防止溃坝。

离机井最近的垄口的两边是普蓉家的菜园子，大概是为了保护她家的菜园起见，她在那垄口的两边栽种了不少马蔺。其时，我并没有亲眼看见她栽种，只是听说是她。一开始，谁也没有注意，到了春夏之交时，垄口两旁竟然闪出无数墨绿色的铁条来，它们根根上举，如暴怒的刺猬。当时我并不认识马蔺，一直以为是兰花的。同属于二队的同乐舅姥爷有一本《十竹斋画谱》，曾借与我看过，我觉得里面的兰花与普蓉种的东西很像，还曾跑着去告诉爱花的山叔：“普蓉在二队菜园子里种兰花啦！”

普蓉是刘连城村最勤劳的人，但她没有文化，未必理解兰花的雅趣。不过她的丈夫义芳却当过县教委的科长，颇有些见识。义芳退休后在家也养些花草，他还曾送给我一棵天竺葵，我于是想在菜园子里种兰花当是义芳的主张。当然了，一口气种上那么多固是普蓉的风格。那些“兰花”掩映在垄口两边，任由一汪清澈的水流泠泠穿过，也颇有些画谱里的意境。

对于那些兰花，我颇有些倾心，十分想挖上一棵回家种养，于是把这想法告诉了五丫哥，五丫哥听完笑着说：“什么兰花啊，那不过是些马莲，随便你挖吧！”马莲是吾乡对马蔺的俗称。看五丫哥的态度，马莲当不是什么好货，于是我有些泄气了。到垄口边来拔，又因其根系发达难以撼动，于是我一怒之下回家拿来铁锹，不想恰好邂逅老肥爷。老肥爷曾因我啃过他的瓢葫芦而一直耿耿于怀，他腆着大肚子凶巴巴地问我：“你要干什么？”于是我只得夺路逃走。

多日之后，我再去垄口边看那些马蔺，却惊奇地发现它们开出了一朵朵紫色的小花。那些小紫花并不绚烂磅礴，然而迎风笑傲，没有一点自小的神色。当然，在众菜众草中，紫色花也颇有些鲜艳的芳姿，但它们又低眉垂袖，表现不出自矜的样子。总之，是静静开放，仿佛一切都可以欣然接受，仿佛到处都可以随遇而安。我看到了那些花，相信那些花也看到了我，不知道它们会怎么想？我计较过它们是不是兰花，也计较过要不要种在家里，现在看来，都是落于下风。

那时候我年龄虽小，但也有些小情绪，于是那条开着马蔺的垄口就成为我排遣不快的处所。无论是在细雨中，还是在夕照里，我都会去那里转转。无论什么时候，那些小紫花都是恬淡安静，如淡淡的春风，一瞥之际，拂去心头点点的灰尘。那时候，我总觉得，那些马蔺是懂我的，尽管它们只是静静开放，从不言语。

马蔺与我对话不知持续了多少年，一年又一年仿佛年年如此。马蔺后来什么时候没有的，我也记不清了。它们的消失也宛如淡淡的春风，将一切吹得了无痕迹。大概二三十年后，普蓉、义芳及老肥爷都去世了，都没有人记得二队菜园子马蔺的事情了。只是偶尔回忆吾乡童谣时才会想起马蔺，童谣云：“马蔺开花二十一，二五六，二五七，二八二九三十一”，以前孩子们做游戏时常常唱起，但迄今我也不知道是在表达什么意思。

臭 椿

臭椿之所以叫臭椿，大概是相对香椿而言，其实臭椿与香椿的关系并不是一臭一香那么简单，它们叶子不一样，一奇一偶；它们树皮不一样，一滑一皱，它们果实也不一样，一翅一蒴，它们漫说不是同一种属，其实连同一科都算不上，臭椿系苦木科，香椿系楝科，从基因角度来说，差得还不是一点半点。

在以前的村里，香椿并不多见，只有毛猪爷、占山哥等少数家庭栽种了几棵；现如今为了春天吃菜计，几乎各家各户院里都种植了香椿，它们千篇一律地伫立在窗前门后，形态体量如一个模子铸就，端的是呆板。与之不同的是，近些年来，臭椿却有点遭遇灭顶之灾的趋势：原来那些巨大的臭椿被砍伐殆尽，而一些冒冒失失破土的臭椿苗也被乡民随意铲去，大概是因为臭椿叶不能吃，干不堪樑，总归是无用的缘故吧。

对于一棵树来说，不能吃，不堪樑就是无用了。虽然椿木可以用来制作樗蒲，但樗蒲又有什么用，不过是玩物丧志罢了。“樗”为臭椿雅称，《诗经》里说“采荼薪樗”，也就是说，臭椿最大的功用就是作为干柴烧火。臭椿生长速度极快，因而并不致密，属于易燃的木材，农村过年时大锅炖肉常烧臭椿，那火苗的确突突的。如果一种木材仅仅用于烧火，那被贱视也就不言而喻了。

在以前臭椿也是无用的材质，但乡民们却允许它们在村里自由地疯长，院里院外，街头巷尾，似乎无处不可挺出。乡民们当然不以臭椿为至重，没有人会去有意栽种臭椿，但臭椿种子会凭靠自身双翅，纷纷扬扬，飞得到处都是。只消一场春雨，臭椿芽就会飞速抽出，一排排，一片片，恣肆蹿升。尤其是在一些闲院或空地里，无人理会它们，它们遂杂沓并起，如苒苒的绿云。

吾村最大的一片臭椿是大队部的门口，明远舅姥爷的房之东。那片臭椿大约有七八棵的样子，皆粗壮高大，有直举参天的状貌。然而，臭椿是一种短命的树，即使有参天的伟岸，树龄也过不了五十年。《庄子》里提到的可以活到八千岁的大椿其实是木槿，跟臭椿实不相干。明远舅姥爷房东边的臭椿应该也没有多长的树龄，但它们亭亭如盖，确乎可以遮风挡雨。那时候明远舅姥爷常常戴着高度眼镜，袒胸露怀，坐在树下的马扎儿上，慢悠悠地与他人抬着杠。微风拂来，椿花簌簌如雨，像是为抬杠伴奏一般。

抬杠是无用的，即便令对方词穷，却也未必能实现全面压服。明远舅姥爷晓得这个道理，他抬杠的时候十分有风度，从来都是自由随意，且不紧不慢、不温不火，甚至都讲究些纵控张弛。我后来觉得，那些无用的抬杠对他来说，或许也有些偶寄闲情的意味。明远舅姥爷最能抬杠时，村里杠倒律师后起之秀还没成长起来，也不知道他是否有罕逢敌手的寂寞。后来明远舅姥爷去世，大臭椿树下就没有了无用的抬杠，不久后，那些巨大的椿树也全部伐除，自由而无用遂成为一种传说。

1995年，吾乡一带爆发了樗蚕狂潮。乡民没有见过樗蚕，只是觉得恶心可怕。那些蠕动的青白虫子很快就爬满了臭椿树，几个昼夜便将叶子吃了个精光。然后蔓延到其他树上，即便路上也是密密麻麻，骑车常常压得黄水飞溅。光秃秃的臭椿刚又长出一点新芽，马上就被樗蚕瓜分，反反复复几次之后，很多臭椿就死掉了，我一直怀疑后来村里臭椿大量减少是与那次樗蚕浩劫有关。

臭椿开花如黄色米粒，带着一种异味，这也是臭椿得名的由来。不过，臭椿的异味还是可以忍受的，习惯了似乎还有一种莫可名状的亲切感。花落后不久，臭椿便可结出大量黄红相间的翅果，那些翅果点缀在绿叶间，煞是好看。我小的时候，椿花飘落、翅果纷飞是司空见惯的情境，但后来却难得一见了，即便是我后来到了一所以“自由而无用”著称的学校，也未在校园里见到一棵臭椿。

原载《山西文学》2020年第5期

评鉴与感悟

《吹地鹟》几篇状写家乡风物，文句闲散，笔墨清净。琐细日常之下，那些摩挲记忆的片刻，仿佛总有欣喜颤动在心头。（陈克海）

昆虫的早餐

/东珠

一

操心大自然的事，最好这样，起个大早，像一滴露珠，投身到大雾中。可千万别想着弄个房子，最好学学昆虫。沙河源，我的寄主是一个大男人，我们之间的关系是我吃他。柴也由他储备。我到狗窝那里去抱柴，用五指掐起，动作像极了北山上野火球的叶子：它也总是五指对掐，抱起火一样的花朵。把柴样子往灶门口一摔，果真会发出噼里啪啦的“样”音。随之，七月被冬景插叙：肥白的金龟子和天牛的幼虫从震裂的树皮中掉下来，它们C型的身躯与草螟蛾的A型翅膀是常见的英文字母。而Q在蜗牛那里，Y在依兰那里。

说到依兰，不知油然而生的亲近当对谁说？

我此刻，遥知依兰的所有秘密，却从未到达白水之遥的依兰。走到白水已是艰难：一路野猪出没，刺眼的白雪上，日日更新的爪印就是告诫。大雪封山其实封的是人。我只在一个秋日到达了白水。那需启动年富力强、咳嗽声正常的拖拉机，艰难挤出的车辙有小半个墙垛那么高，两侧的白桦全都合抱压顶，脸被枝条抽得火辣生疼。一个个积岁千年的潭，散发着蓝色闪蝶的光，倒映蓝天，也自己上色。当大片的木贼挡住去路，一车人顿失当下，跌进三百万年前。唯有白水可以证明，木贼还是野猪过冬的主食，它节节宣布着餐饮定量。它真的不好吃，我早就尝过了。可它的节节茎管里，储存着干净的冰水，多么寒冷也冻不实，我也曾像野猪一样投靠它。

一个人投靠大雾，最忌心急。马上，过了沙河桥，再耐心等上三个小时，太阳就会把大雾拎到半山腰，大地上就会重新安插植被、昆虫，跑起拖拉机，显露出大雾渲染过后的宇宙新生。雾太重了，除了太阳谁也拎不动，已是毛毛雨了。就连我自己也迷失了。细寻思起来，简直禅机落地，一物（雾）降一物（雾）啊：缺此大雾，怎能把日日都过成重生？

二

在沙河源，我又怎能不向黑水当归的大复伞形花盘致敬呢？它对昆虫不动声色的号召力，在上午九点半大雾撤去之后全盘呈现：悄悄数了，居然有二十多种昆虫齐聚花盘、各司美味。物种之庞杂、物色之富裕、差异性之大，弄得我也想舔上几口花粉过过瘾。起先，误以为它们是在参加双斑厚花天牛的婚礼。这种长相花哨、体型精瘦的花天牛，出入总是成双入对、勾肩搭背，爱得难舍难分，更像当红明星撒狗粮。刚刚我才发现，原来是黑水当归的事：它为昆虫提供长达两个月的精包装日用餐。双斑厚花天牛、赤条蝽是这里的VIP，因为它们总是占用单间，一边用餐一边做些合欢之事。

之前，实在是误解了黑水当归，觉得它不美、不洁净、不会取悦人。还有些干巴、古板、粗糙、太长寿。这个草本大寿星、大慈善家，一口气能活到二十多岁。可以想象它数次告老还乡时的纠结：这么多昆虫，都等着它呢，怎忍心让它们扑个空呢！我这时才明白，我是没有资格以人的思维对植物妄加评论的，因为我没有触角，我的喜悦与花药开裂关系不大。假如昆虫会说话，它们能把各种植物的花药形状、花粉口感说得头头是道。对于它们，这世上再也没有比吃饭更深刻之事了。植物真正的裁判是昆虫、是七月里每天上午的九点半之后。我强调这个时间，如同我强调沙河源夜晚的二十二点。想起就心动，它们横亘于我与大自然交往的黄金路口上，指引我一门深入，勿忘夜色和大雾。我总在夜晚悄悄离开院子，拧身向北。北斗七星虚悬，又大又美又亮，有它的关照，人间便没有过不去的漫漫长夜。可我从没有拿出一个完整的夜晚，亲自关照一下北斗七星是怎样隐于天际、让位于另一种光明。早上，我也总是悄悄离开院子，拧身向南，穿越大雾，等待花盘上的集市热闹起来。

喜欢定居的赤条蝽，是在黑水当归这里过夜的、度蜜月的、终老的。在没有被人们捕捉、装进透明的树脂项坠里之前，它们一直装在这个大白花盘里，从容度日。

迎着阳光，黑水当归的大复伞形花盘上，只有小半个粳米粒大小的花药开始开裂，它的慈悲心肠开始释放。智慧就在那里，恒久等待，这花盘，也向人类的建筑学输送着香喷喷的营养。它静谧的奶白色花朵、平稳结实的花序梗，都可让疲于奔命的昆虫好好休整、孕育儿女。它密集的花朵，我也数过了，我试着做些昆虫的数学题：一个大花盘上居然聚集着七千两百朵花。这意味着一株年长的黑水当归，可让一只熊蜂连续吃上八十七顿餐，还会吃得很撑。我当然有证据。我曾跟踪过一只饥饿的熊蜂，一个中午，发现它捡拾残羹剩饭，共访问了八十五朵水金凤的花，而黑水当归的七千两百朵花，平均分装在近六十个小圆盘子里。如此贴心的微小包装食品，让很多体型微小、没有多少体力的昆虫也能享受得起。它还严格控制病菌传播，让昆虫摆脱恼人的轮餐，巧妙实行分餐制。我还发现，很多昆虫没有储蓄的欲望，也没有因为吃在花盘上大打出手。它们吃饭就是工作，工作就是吃饭。

它们吃得太嗨了!

灿福蛱蝶的隆重莅临，让黑水当归毅然生色，翅膀当了花瓣，高出花盘一大截，原来，黑水当归是在给艳丽者留白。它的翅膀，布满了橘色细波浪纹，使我油然想起了多年前在一株正逢花期的紫椴树下看到的数千只蛱蝶，与它生有类似的翅膀，略大，叫老豹蛱蝶。它们把一棵高大的紫椴树围得密不透风，触角化成雄蕊，时而蝶波千浪，不像树上开满了花，倒像开满了蝶。多壮观啊！那一天，也正是这个时间，它们迟迟不退，直到我望眼欲穿，把脖子举酸。今天，它的到来，吃相认真优雅、稳重高贵，火柴头一样的触角点燃了大自然的烟火气息，生活的美好洪波涌起。细腰蜂、赤条蝽、熊蜂、羊蚜蝇、双斑厚花天牛、寄生蝇都是两两相伴。不过，多数都很低调，没有卿卿我我，顶数双斑厚花天牛最辣眼睛了！每吃几口饭，便要忙不迭回头亲吻，还把一小截凉皮一样的“精华”摆在了花盘上。

这个深陷欲界的小生灵，全然不管这里是公共场所，饱暖思淫欲，它示范得很对。

我相信万物都在示范、演绎、假戏真做，引发观众思考，否则大自然就失去了根本意义。

显然，有两只熊蜂受到了明晃晃的爱的鼓动，悄悄躲到花盘下，偷偷亲吻起来。看样子是初次演习这等爱事，笨拙可爱，许久不成，让我都想伸手帮它们一把。我也完全可以像教训孩子一样，说它们学坏了，饭也不好好吃，可它们学习的是赤条蝽，而不是双斑厚花天牛。光是躲到花盘下，仅这个动作，多么值得我这个母亲赞美啊。

到处认领儿女，一个人可以装下万物。

这里，赤条蝽的日子也过得相当滋润，取消了公害的黑历史，当起了前来就餐者的警卫：体内对付天敌的臭气体，是它的武器。它只把黑水当归当寄主，伞形科植物，它只信任这一种，我从未见它投宿别处。除了背上七条胡萝卜色的条形斑，它们还是很低调的：就餐文明，合欢艺术。合欢时的赤条蝽，是标准的轴对称图形，就像一只赤条蝽在照镜子，或一个苹果切开果皮还连着，爱得严丝合缝、滴水不漏。

它们实在太宅了，我从未见它们飞行过，也很少串门，可我知道，它们是最有故事的昆虫。一个个生物学的谜，只有当我们亲近自然时，灵感才会爆棚，直觉才会直抵真相。我完全可以肯定，它的故乡在胡萝卜的发源地。它跟着胡萝卜远行，它身上的斑纹，其意象正是黑土地与胡萝卜，它产自黑土地，最原始的胡萝卜也产自黑土地，而胡萝卜也正是伞形科植物。在各个蔬菜基地，它们也确实喜欢寄居在胡萝卜地里，上下串通，偷摸啃食，让菜农头疼。但在沙河源，没有人种植胡萝卜，赤条蝽在这里，将祖先几经筛选的主食更换成黑水当归。可它从没有忘记故乡、忘记胡萝卜，它背着故乡繁衍，橙红或橙色，两种胡萝卜，一如它的乡情，恒久地印在它的后背上。它的保护色成了奇装异服，让人不解。它依旧一年一代，依旧地下过冬，只不过将春天醒来的日子、蜜月的日子、入土的日子精心调整，与黑水当归同步。我在想，每一个秋天，它们圆溜溜的子孙们，突然变态，对自己的长相该是多么疑惑啊！这疑惑，直到将来的某一天，它们重又遇见胡萝卜，并且过上祖先的日子，不由自主地唱起久违的菜园歌谣，才会恍然大悟……

三

往往，大雾过后，沙河源会异常晴朗、异常炎热。还表明，撒野多远的路也不用背个雨伞了。大雾带领万物金盆洗手，柔情到没有损伤一根蜘蛛丝。要是果真下起雨，雨伞也没有用。那雷会一遍遍教训树，闪电远程射击湿地，帮助鸢尾科的植物开花，随之，会有雕翎苫屋惊现，那真是难得一见的自然奇观！一只金雕把翅膀全部放下来，像猎人静立路边，沧健，慈悲，吧嗒着眼皮思索。它如此高大，它可以直立行走，它是禽中长老！无数个秋天，一个又一个捡林蛙的老人，孤独迷路，绝望中突然见到了这个大活物，无不热血沸腾，一下子想起了回家的路。大雨削弱了大型猛禽的攻击性和欲望，只是，谁敢钻到它的腋下避雨呢？唯有匆匆别过，将大羽华屋存于心中瞻仰。世间好虚幻啊，一如此时，那原本喊也喊不透的大雾，随着植物叶片上水滴亮度的增加，像梦一样退去，它们告别森林的方式，浅显易懂，空若无依。起初，到处发着光，胡乱反射着，总之有水才有光，光是水，水是光，水光一色。我也能清晰地捕捉到一片叶子收回梦境、显露主叶脉的全过程。渐渐地，不再失重的草本全都昂起头来，大自然浑身轻松，可以尽情欣赏昆虫。

不过，我最怕有一堆人等我就餐。

被人等，那是非常麻烦的事，就像一朵黄海棠，孤单的雌蕊被两百多根雄蕊围攻，躲也躲不掉，它必须像女皇盛装出场、恭迎郎情蜜意。我有时很受不了这种款待，因为，一旦错过了9：30至10：30这个观察昆虫的黄金时间段，昆虫也就哗然散去，请也请不动。它们都吃饱了，迅速飞离花盘，都做消化食状，就好像速度慢了会被留下来刷碗似的，眨眼间化为乌有。各色小灰蝶随风高举，寄生蝇聚众豪赌，蜜蜂懒懒洋洋，新月带蛱蝶干脆挺起胸脯大摇大摆步行起来！它要走很久很远，到路的另一侧，到一株干净低矮的萎陵菜上喝露珠。萎陵菜上的露珠格外好看，个大，闪着钻石的光芒，它独自站定，悄悄喝，这让我严重怀疑到底谁更像人？

说到昆虫的饮水，其实黑水当归早就准备好了。这份细心谁也比不过它，它自带数个水瓢，那水瓢，原本是包裹着花盘的，花盘折叠着屈尊里面，实在包不住了，就从裂口处挤出来，挤出来，就把水瓢甩掉了。赛事非常滑稽：有谁见过一只瓢死也追不上白花花的米呢？多么有趣！一大堆白花从叶鞘里钻出来，带上几片叶子快速生长。落在后面的叶鞘，那是一动不动，渐渐长成一个大水瓢，横端着，等雨水，能储存五十克的水。壮年的黑水当归，一株都能轻松储存三百克的水，它就是这么靠谱。

我宁愿我的寄主给我一口锅、一铺炕，让我独自生火做饭，或者干脆，我吃剩饭。

可我的寄主，非常固执，就像黑水当归的大花盘，一定要在特定时间花药开裂。如此，无论花盘上有多少昆虫在等我，我都要像小旋风一样准时跑回去。当我掰开院门，耳农们已经列阵等待了，院子里，一下子有了等级。餐桌上是牛肉炖西红柿，仅此一种。我的寄主，起大早烹饪佳肴，厨艺山野，像是活在母系氏族，他独自带领耳农干活时，效率非常高。他的妻子回来之后，效率就会莫名降低：每个人每天少摘两大水筲，这是前几天我去看北斗七星路过她们的住处时，不经意间听到的。

这次，我跑回来，终于明白了其中的原因。

开饭了，我见一个女人，悄悄跨过门槛，转身到碗柜处，把昨夜吃剩下的半盘子素炖豆角端了出来，就要这么凉着吃。我赶紧上前去夺，我想，连昆虫都知道，隔夜的残花剩粉要让太阳热一热再吃，她就这样吃下去，怎能舒服？且她干的都是重体力活，早餐吃好多么重要，她坐一天的高铁，跨越一个省，到迷雾森林里打工，一住就是几个月，专事采摘木耳。每年这个时节，都要如约而来，把这里的重体力活消化，她和她们，创造了一个新职业：耳农。工作起来，像列阵八卦，附着在一朵黄海棠花上的十只羊蚜蝇，共同把一朵花上严重超载的两百多根雄蕊的雄风化解，并竭力安抚雌蕊。任务之重，要顶着大雾开工，最不起眼的昆虫总是默默无闻，雾里看花。两百点花药与柱头之色，恰是羊蚜蝇的眼睛之色：赭石色，它们靠姿色寻找寄主，我这么说，没有贬义，很多昆虫都如此。那不是保护色，而是职业的暗示和标志。自我的寄主的妻子回来以后，菜肴就节俭了许多，落差之大，更像是克扣和对此前一餐两菜的惩罚。我想给她热一热，我有这个资格，燃气灶就在眼前，我见大家都对此无动于衷，心里有些难过，但她执意不让。最后，我怕把盘子扣到地上，就松手了，她在一桌人的打趣中草草吃完。我的寄主，说着笑话，勉强维持和气，他知道，花朵吝惜花粉，种子就会减产。这使我联想到，花盘之外，它们当中，是否也有这样一种：节制自律，甘愿以素为贵？

四

再次出门，时间已是捉襟见肘，跑起来才更管用。蓝天飞速上升，更显地大物博。

带个半大小子上路，实在不明智，况且，他一百个不愿意。他一路说着不太好听的话：虫子有什么可看的？我听着就想笑。我的寄主，总担心我的安全，一声令下，他的儿子就要跟我走。在沙河源，抓到一个孩子可比抓到一只蛱蝶难多了，此地已经没有孩子了，一切的童真都由昆虫代演。禁猎以后，猎户的行头由长鞘当归收藏，那长鞘当归，是黑水当归的近亲，这一属的植物，打定主意抢救已逝的人烟。它们叶鞘细长，花盘快要甩出时，真像一个猎户开枪射击啊！高端纺织业由圆蛛掌舵，这里的它们，织网时，只相信柳、柳兰，已是商标一样的存在。它们痴迷于这两种植物的叶片间距，将经纬的两端，一一挂于叶尖的小锯齿上。每天，它们的杰作在大雾天里到处展览，可将大雾剥离而独自存在，闪闪发光，非常养眼。还可悬挂很久，绝不像尺蛾的蛹吐出的丝，细密如棉花糖，寄托针叶，雾散即逝。让人费解，日日这般折腾，到底为了什么？渥丹花期刚到，像湿地草丛冒出了火苗。这样排列下去，即便少一个他，又有什么关系呢？他以为我听不见，可我长年蹲守山野，五官都被驯化，对低分贝的声音格外敏感。一路上，各种耳宴不请自来，胡蜂从月见草的花上飞旋，形体瞬间化于空无，许久才重现真身，这一切，都被他心中烦躁的热浪淹没。他还不太好意思半途而废，我也不太好意思将他遣送回家，他磨磨蹭蹭，好像前面不是美景，而是戴胜鸟臭烘烘的窝。

前面，还是依兰。这里到处都是依兰，也只有我明白依兰是何意，那是古老的路标、路况提示，是真正的先人指路。这里凡是这种带有三岔口的路，都可称为依兰，上古语言由山路储存，由迷路者破译，可我还有很多名号，无法破译。比如，“一支蜡”，这么别致明亮的上古山名，将它打回女真语、满语的娘胎中，到底是何意呢？

我跑得更快了。

路边，还有两位大施主非常受昆虫欢迎：草本威灵仙、绣线菊；还有一位庞然大物格外吸睛：长白熊蜂。饭前我就匆匆浏览过了。这种个头很大的熊蜂，真有大熊猫的派头，活活就是袖珍版。它跟赤条蝽的情况一样，它太爱自己的家乡了，它孜孜不倦宣传着白山黑水，它的大毛外套，就像东北女人冬天穿的貂皮一样厚重，色调正是黑白相间。它显然很热，但它乐于奉献，它访花，每从花窝里钻出来，便浑身沾满花粉，比任何昆虫携带得都多，到处沸沸扬扬，高调无处躲藏。我起先，叫它楚南熊蜂，叫了几天就发觉不对，因为楚南熊蜂的毛衣跟它的比起来，倒像是旧得不成样子了。沙河源，有太多的生灵背着乡愁过日子，它们处理乡愁的方式让我感动：燕子、喜鹊、距离蓝莓园不远处的一群大白鹅，乡愁全都刻画在后背的羽翅上。有很长时间，当我心怀沧桑之间往返于山路时，燕子总会刻意飞扑过来，擦着我的眼皮翻转身板，让尾翼像挑起一盏灯一样挑起一束光，以便使我看得更清楚。

一番热闹过后，可以发现，长白熊蜂更喜欢上了年岁的、一株上生有多个大狼尾巴花序的草本威灵仙，觉得这样更安全。招摇的花药，两米半的身高，一尺长的花序，聚众生长，治愈性的淡紫色花朵，这一切都会让长白熊蜂开启浪漫模式：干脆抱茎吃！憨态可掬，把两腿叉开，空蹬着那麦仁样的大花药，吃起个没完。因长长的花丝陪衬着，越发显得毛茸茸，脸都看不见了。我忍不住想伸手抚摸，可它们根本不在乎我。它们常常两两一对，慢腾腾地爬进紫色的花海，一定要爬，职业病是改不掉了。我很少见到光棍的它们，唯一的一次，我见到了西洋景：一只长白熊蜂，与一只身着橘黄色彩貂的另一个品种的熊蜂，双双到绣线菊的花上就餐。长白熊蜂一旦到了这种花上，就像王者归来，格外理直气壮：找一道花缝，笨哈哈地钻进去，再钻出来；渐渐爬上金字塔型的花序之顶，把体量大它许多的蝶类和蛾类赶到下面；然后，它在上面打个滚，就翻身到塔的另一面了。紧接着，那家伙，就像回到了自己的总统套房，顺势躺在一小撮花盘上睡着了。假如有一只彩貂熊蜂陪伴而来，就更好玩了，它可不睡觉，它会把尾部当坐垫，居然就像一个人一样坐着吃饭！

相反，蛇目蝶总是那么乖巧。它还叫眼蝶，它的翅膀上画有五只眼睛，它特别知道自己该干什么，它太听话了。整个早上，就立在没有熊蜂霸占的另一株绣线菊上，一动不动，我撵也撵不走。一株年纪轻轻、粉嘟嘟的绣线菊被它打扮起来，真美啊！比之早两个月、花期恰逢5月至6月的开白花的石蚕叶绣线菊，是绝对没有这个待遇了，可以说，孔雀蛱蝶也得远远地欣赏它。孔雀蛱蝶，它的翅膀展开时，像火炕上的老式大绒褥面，让人想起雪窝里的山野新娘，可当它把翅膀收立起来，那就是一块黑绒布，跟炭一样黑，很吓人。我发现，它也特别喜欢贴着大地行走，它的衣饰实在太重了，然而，我心里清楚，那只可爱的蛇目蝶，这一早上，它没有吃一口饭。它只是趁人不注意时悄悄低头理了理触角，它喜欢吃的美食根本不在花上……

当然，坐着吃饭的这位非常爱干净。我已多次见证过。

这么多年来，我完全是被它的洁净和它那精准的访花技巧征服了。若不是亲眼所见，我永远都不会知道，这么大的蜂体是怎么塞进那精小如小手指肚的花朵里的。两色乌头，开着小鹅状的花，一串串的，还高昂着头，这种熊蜂，会一头扎进小鹅的小屁屁里，眨眼间，一群小鹅就让它糟蹋遍了，硬塞进去的瞬间，特别可笑。早上，我匆匆爬了趟北山，还见一只这种熊蜂，在一片紫菀的叶子上洗身子，它洗漱的声音很大，叶片上的水，也就是一大滴。它过于富态，明明需要一个大澡盆，或黑水当归的大水瓢，但它却向来信不着两滴以上的水。它洗得很认真，眼前又是一个人了！因为它会像人一样蹲下来洗肚皮，它知道自己沾惹了什么，拼命洗，就像刚从山里采山菜归来的大嫂排查蜱虫。它还会把双腿向后背反转，依旧像一个人一样挠起痒痒来！我从不知它的腿可以如此灵活。站在大雾里欣赏它，最后，它仿佛要向我展示绝活，居然用它的脚尖掏摸翅膀根，我觉得那比飞更难！

不知不觉，我又走进了蓝莓园。这个早上，我已是第二次光顾这里了。我很快染上了昆虫的习性，仿佛会飞，到处打食吃，不得不说，美味极了。可是，有谁知道，这里还有嘎嘎叫的一天到晚游泳的大白鹅呢？又有谁知道，它们的新妆容是受着瓣蕊唐松草的影响呢？还能受到一群大白鹅的隆重接见，实在是至高荣誉。也只有这时，我会想起那个半大小子，想起我的女儿，想起一切青春期的孩子，白鹅少年，该是多么美啊。这里，理应站着他们，要知道，我多想告诉他，告诉所有的人，这个早上，我已预感到，最妙的就是沙河源的鹅了！这种预感，当我完全欣赏了大雾中的瓣蕊唐松草以后，马上降临了，为此，我差点滑到了蝌蚪泥沟里。

可我，仿佛是这里唯一的一个人。诸般妙处，不知当与何人说。它们完全颠覆了我心中驯养家禽的古板印象。之前，我只是艰难论证出了鹅与同花母菊的互助关系：大白鹅是同花母菊的指示物种，同花母菊非常依赖大白鹅的粪便。这是一种非常难得的香草，居然离不开臭烘烘的鹅粪！大自然就是这么有意思，这不是贬义，我们都应该鼓励植物的重口味，赞美大白鹅的化妆技术。

它们的眉目格外清爽，没有上火的眼屎，也不会咽喉肿痛，这使得重大发现与清脆的叫声和鸣而来！

它们迎接完我，很快跳下水。这沙河源的万千水系，都是它们的。究竟要经历多少只仙鹤，才可成就如此自由、接地气的大白鹅之身呢？然而，我发现，脚掌并不是红色的，而是让人垂涎的蜂蜜色。这一群上了岁数的大白鹅，脖子上的羽毛，都被亲吻光了，露出了与脚掌、额头、嘴巴一样的蜂蜜色肌肤，这柔美的色调让我心生喜悦。爆炸性的一幕随着一声高歌跌入我的眼中：它们的眼周，居然都画有眼影，居然也是这种蜂蜜色。它们浑身上下，就这两种颜色，与不远处蓝莓园门口的瓣蕊唐松草的用色如出一辙！瓣蕊唐松草，一个节俭高手，它根本没有花瓣，只把长长的花丝当花瓣，花丝点上蜜，就是花药了。这已经不是原产自东北的籽鹅了，眼影就是标志。它们是我此生见过的唯一会画眼影的鹅，虽然有可能是难看的豁眼鹅的远亲，但它们全都向美进化了！

五

到大雾中走一遭，总有一些浅显的生物知识要交代的：双斑厚花天牛，男生和女生的区别就在触角上。沙河源，这种昆虫男生的触角上有一抹黄色，女生则没有。昆虫和飞禽，最漂亮的往往都是男生，女生不屑于打扮或不能打扮，女生要是都打扮起来，很多物种肯定早就绝种了。看看雉鸡，男生美丽的尾羽，过去总被插在戏曲演员的头饰上，叫翎子。而我们从一只天牛的触角上，完全可以看到这种戏曲头饰的雏形：那两根长长的触角，多像啊，连斑纹都像！长相类似的蛾与蝶的区别，也在触角上。还是到大自然中去区别吧！

中午是真相大白的时刻。过了中午，跌入夜晚，是大雾孕育的时刻，沙河源的大雾是在子夜起程的，那个吓人就别提了。因着林子大了，什么时候回家的都有。独自驱车穿越六十公里的森林土路，就跟到地狱娘娘那里报到一样，汗毛拔节似的长，心跳得比发动机还响，就怕车突然熄火。也不知什么鸟扑棱一声飞起，俨然车盖和脑盖都被掀翻了一样，大脑的路线图受到潮湿的刺激，突然想起发洪水立在路边的落汤野鸡：像极了某家日子过不下去的大嫂。头巾、肩膀、站姿都像，甚至忧愁也像，越想越像。很自然，一脚油门又踹下去了，胡思乱想当了前驱：她还活着吗？好久不见了啊？去世了吧？埋哪里了？这么想着，车已晕头转向贴着几只狍子的屁股了，它们的拟态实在可爱：雪白的“猴头蘑菇”，正对着前车灯又把“菌丝”抽长……

日子本是活泼的、开夜车一样刺激的、有惊无险的。

我心中的白鹅少年，到底还是出现了。他给我带来了惊喜，这时已经日上中天了。

他一言不发，只悄悄指示我向路的中央看去。我看不出有什么特别之处，那就是一条枯叶色的土沙路，他又引我向前，让我仔细瞅。这回看清了：一只黄蛱蝶，立起的翅膀，跟柞树的枯叶一样，还像烤煳了，它在沙路上慢慢移动，又像一块生了锈的铁。若不是我用眼珠紧紧含住它，它早就与路同色，根本辨认不出了，它在悄悄品尝一小条过期的腐烂物，它仅吃掉一部分。我知道，一会儿，那只饿着肚子的眼蝶也会到这里就餐，到底是他给了我答案。然而，这个即将高考的少年，还是错过了一场空中之事：大雾中，就在我抽空匆匆爬上北山又下山之时，我看见我亲爱的燕子，一只小燕子，被一只体型不大的小鹞鹰抱着，自沙河桥方向飞来，叽叽喳喳地飞过我的上空，鹞鹰的身后，跟着一大群小燕子，也是叽叽喳喳地叫着……

原载《草原》2020年第3期

评鉴与感悟

若不是跟着作家的笔触，哪里会知道昆虫的诸般妙处？素日被世俗驯化的五官，好像也跟着她的笔触打开。耳宴，这是她用到的词。抛开城中嚣杂，只是观察，欣赏，这些有故事的昆虫，也真如她的描述：生活的美好，洪波涌起。（陈克海）

山中岁时

/青青

山之光

上帝说，要有光，于是就有了光。

那天，我和纽约回来的南希，还有苏州来的晓梅走在嵩山的永泰寺。月亮刚刚跃出东山，大如脸盆，还没有光芒，平静而雍容，我不由哎哟一声，如见仙人。再转过头去，月亮已经升到小树梢，夕阳的光线在下降，此刻月亮还没有多少光亮，漠然地极快地向上滑行。这时天空的光线也在变化，随着夕阳最后收梢，天空由淡青转向乌蓝。如果你一直凝视着天空，就会看到光线奇妙的变化。夕阳刚刚落下，天空是金色的，光线颗粒很粗，好像早期的照片一样，空气里如糅进了金沙，变得滞重，非常有质感。小虫子们活跃起来，在空气里穿行着，在夕阳的金粉里穿行着，我听到了它们翅膀与空气摩擦的声音，*沙沙——沙沙——*

黄昏的光线让人生起暗愁。那急急闪动翅膀的飞鸟，那乡村里冒起的炊烟，放学了欢快回家的小学生，还有隐约可闻的饭菜的香味。我总是在黄昏来临时惆怅起来，好像黄昏从远方携带来了阴影，随着蘸着金粉的光线进入我的内心，把我潜藏很深的忧伤唤醒。在这样的渐渐暗哑下来的光线里，人好像进入深水里，又好像跌进雾里，无名的惆怅随着黄昏灰色的光线从身体里向外撤退，整个人都要缩小一圈。天光渐暗，好像让我们看到自己一寸寸老去，我们的脸刚才还是明亮有光泽的，现在在乌蓝的光线里，暗淡下来，鼻子的阴影也越来越明显，嘴巴也开始下陷，好像黄昏的光线在融解我们，我们很快就要消散，消散在黑暗里。这过程类似死亡。

黑暗来临了，但黑暗并没有那么可怕。屋子里的灯光亮起来，有人影在房间里走动，这光线带着家庭的温暖，让人心安。黑暗里的人都向往着这样的灯光，灯光下有一个人永远地等待着我们。刚刚黑下来的黄昏，像水流一样不稳定，还有着涌动的漩涡，黑定下来了的天空，有星星，也许还会有新月来临，黑暗并不是死铁一块，被星月裂开了一条缝，那些神秘的闪耀的光芒，从天庭直抵内心。新月的光芒甚至有一点妩媚，好像含情凝望一样，它的形状那样姣好，光线也随之弯曲，像水波，或者像美人的眼波一样漫射，万物含着温柔的笑意，这浅浅的笑意噙在嘴角，随时流下来。如果正好赶上朔月，天幕上只有星光闪烁，成为主角的星星们是那样明亮，它们的光芒是菱形的，像露水一样降临。早晨五点，秋天的芒草，一滴白露，如星子一样挂在草尖。

奶奶是用光线来计算时间的。家里窗户上糊的白纸，她觉少。我夜里醒来时，总看到她在抽烟。她会及时叫醒我，她笃定地看一眼窗户，此刻窗户是暗蓝色的，她说，起床了，五点半了，赶到学校六点，正好跑操。中午的阳光登堂入室，地上有一块长方形的光影，在慢慢地行走着，当这块光影走在房间的正中时，奶奶的纺车骤然停止，她说，中午了，该吃中午饭了。一边扭着小脚到灶台上忙去了。黄昏时的光线把梨树的影子在院子拉得很长，当她看到梨树的影子倒向东边花椒树时，她放下正在吸着的烟袋，说，烧汤了。南阳都把晚饭叫烧汤，把吃晚饭叫喝汤，她的时间就在光线里，她用光来指挥着一天。

光线也能指挥花草。我家小院子牵牛花和晚饭花都是对光线特别敏感的花，这一点好像是奶奶再世。我对它们生出亲切之心，牵牛立秋后盛开，是我最喜欢的蓝色，日本俳句形容是深渊色，大概是说那种蓝色的纯净可以淹没一个人的意思。早晨走出院门，看到牵牛好像是仙子一样，纤弱又豪情，在篱笆上一朵挨近一朵。下过雨的清晨还有露珠，美得只好叹气。我晨跑回来，已经过了八点半，太阳很高，牵牛花开始褪色，不是明亮绸缎一样的蓝，而是紫色，太阳把它的蓝吸掉了，所以日本人叫它朝颜是对的。大概上午十点半，它的紫花瓣开始收拢，皱在一起，一朵花的一生，在光线里开始与结束。而晚饭花特别喜欢黄昏，黄昏时的光线，又温和又散漫，它的玫红小喇叭向着黄昏不倦地吹奏着。汪曾祺写它：看到晚饭花，我就觉得一天的酷暑过去了，凉意暗暗地从草丛里生了出来，身上的痱子也不痒了，很舒服；有时也会想到又过了一天，小小年纪，也感到一点惆怅，很淡很淡的惆怅。而且觉得有点寂寞，白菊花茶一样的寂寞。晚饭花最不让人操心，我是从报社大院的东边采来的种子，种下后，年年春天院子里都会一丛丛的，茂盛得可怕，几乎是霸占我的小花园。我只好忍痛割爱，拔了许多，但这样的清理运动没有破坏它的活力，夏秋照样开花。清晨也开，它的玫红，汪老说是深胭脂红，与牵牛花的蓝色和鸭趾草的蓝色相互映照，总让我有一个愉快的心情。

白露过后秋日的清晨，我们一起沿着永泰寺向后山走去。秋日的光线已经有了蜜的颜色，远处的群山、近处寺院的屋顶都沉浸在梦幻的金色里，光从密林里倾泻下来，形成几十条轻纱一样的光带，如林中仙子的垂天之翼。我真的好担心这光之羽翼是不是会带着这一大片林子起飞。清晨的光线清澈尖利，如银针一样。南希与晓梅走在林间小路，如同走进梦幻里，她俩的头发上镶着金边，身上披着金纱，她们走动，金色的光抖动着被撕破，我能听到刺啦——裂帛一样。她们拉着手停下来，我看到那裂开的无边的金色复又合拢。寺院后的唐塔还静静地站立着，丰韵又刚健。清晨的光线让这唐塔也获得了飞升的灵魂，它随着背后的嵩山上的白云一起上升，又和一阵山谷里刮来的风一起下降。我几乎看呆了。

山中小路浸在金光里，路面上光影交错，有黄色的叶子不时地落下，一片，又一片。光线使落叶获得了生命，或者是死亡之前最后的生命。叶子在光线里旋转，一个半圈，再一个。生命陨落，精魂不死。南希走在我的前面，她穿着白毛线衫，白底几何图案的休闲裤，裤子下端是黑色，带流苏，短头发上落了一片叶子，像是一枚金色的发卡。她回头，笑，中年的她还有少女的笑容。仿佛这是她十六岁插队的大青山，仿佛后山的宋塔下有一个黑头发白牙齿的少年在等着她。她心跳如鼓，她羞涩又大胆，在清秋的晨光里，世事明媚，没有不可爱的事情。爱情的光芒始终在远方，对她既是鼓励也是伤害。她在这样的虚幻的光芒里抒写、梦想、回忆，让光线照彻身心。再有几十个台阶就到宋塔，宋塔是那样挺秀纤细，好像宋词一样有着精致柔媚的感伤，在明亮的晨光里，它仍然满腹惆怅，披了一身阴影。

等我们从山上再次走回到唐塔的台阶上时，大地已经在更加鲜艳的光线里上升了三尺，天空再次升高，白云也从山谷里随着天空向更高远的地方撤退，青山上有一层蓝色的雾在游荡。山下的村庄在苏醒，公鸡在树巅大声地呼唤着，把静止的光线搅动得颤动起来，有两只狗也在一呼一应地吠叫，光线开始弯曲，像大海里的波浪一阵又一阵地涌来。一群羊从村子里涌出来，向着半山涌上去，光线被羊群带领着，波涛一样卷过了村庄，向山上漫卷。更远的地方，登封县城在闪光，城市里的玻璃和现代化的金属在阳光里闪光。公路上的汽车是一条光带，但这些折射后的光是如此锐利，像匕首一样刺向深山里，如同人类过度膨胀的野心与欲望，时刻如鬼怪一样觊觎着大自然。

住在城市的人几乎没有人注重光线的变化，除了摄影家们，他们是光的收集者。城市的光芒都是人为的，霓虹灯、广告灯塔、商务大楼不眠的窗口，这些光线强烈明亮，让城市的夜晚无法入眠。光线下的人们都如被驱赶的生物，惶惶不可终日，从霓虹灯跑向路灯，从路灯跑向办公室惨白的灯，城市人的脸色也随之一会儿变青、变红、变白，变得惨淡无光泽，人工的光线吸尽了人类体内旺盛的元气。我在地铁里看到一个个疲惫的闭上眼睛的人或者低头看手机的人，他们的脸像惨白的即将凋谢的花朵。大自然里的光线却是可以治愈的，月光可以让人放松、宁静。我有一句诗歌，凝望过月亮的人终生会获得宁静。月光也许是世界上最奇妙、最温柔的光，万物沐浴其中，都放松下来，进入梦幻。仇恨的人都暂时忘却仇恨，嘴角浮上了微笑，他不知道这是月光在卸下颠倒梦想，卸下烦恼贪婪，让可怜的人回想起世界上美好的事物，比如恋人那黑的眼睛白的牙齿，比如母亲低头呼唤自己的瞬间。这都是月光的作用，清凉而梦幻，如经文唱诵，一声声入耳入心，人不自然地安静下来。

第二天我们又要离开嵩山了，在黑夜里再一次去了永泰寺。从明亮的灯光突然进入黑暗，像是跳进了深水里一样恐惧。等我们的眼睛适应这深重的黑暗后，树与大殿开始浮现出来，我们先是看到了轮廓，然后是寮房里微弱的灯光，还有一只萤火虫从草丛里飞起来，在我们眼前一晃。我们看到了那棵桫椤树，枝叶繁茂，安静独立，在黑暗里它像是站着睡着了，我似乎听到了它轻浅的呼吸，树是会睡觉的吗？仰头看它，它的枝条披拂，像它戴着的花冠，半个天空被它遮着，星星从树枝间漏下来。南希和晓梅对着这棵两千多年的神树拜了三拜，好像它是菩萨。我们安静地坐在树下，树垂羽翼，和夜色一起环抱着我们，宇宙浩浩荡荡，时间无边无际，人亦如微尘。夜色加重了对时间与空间的猜想，这样广阔无边的时空中，三人跨过东西半球相聚，梦耶真耶，而这样的相聚，还会有几次？会不会明年我独自坐在此树下，无限地怀念她们？去年今夜，同醉月明花树下。此夜树下，星暗古寺云暗山。故人何处？带我离愁山外去。来岁树前，又是今年忆去年。

当我笨拙地用文字把那天的光线固定在纸上时，时令已经到了寒露，秋雨连绵，光线暗淡，秋光正在老去。我的容颜也正随着秋光一起减了芳华，但幸而有那些明亮的光线潜藏在体内，抵挡着越来越明显的衰败。在灰色而冰凉的雨水里，我向着时间深处张望。我看到身体内储存着春阳秋光，一切都完好如初，陌上花开，原野明亮，大自然通过无数美好的时刻，把它最美好的瞬间都凝固在我的灵魂里。这使我如一个琥珀，透明而温暖，在这个风雨飘摇的人世里安静无声，独自微笑。

山之暗

在现代城市，黑暗大约如爱情，几近绝迹。就算是深夜，也是灯火辉煌，人走在灯下，影子时长时短，更觉得孤单。

也因了这满城灯光，天空像肮脏的毛边蓝玻璃，灯光一层层地涂抹上去，黄的红的，脏成一片。月亮也总是疲倦着，看不甚分明，一切都是混沌不清。这让人永远不清爽的世界，还不如万古长夜，黑个透明。那星星也应该如宝石一般无二，月亮更应是皎洁明亮，普照万物。

现代人都爱用旧时月色来比喻和回忆，且不说更遥远的时候，单单是我小时候，乡村的夜都是真正的黑暗。那时候的黑夜是这样来临的：先是青色的黄昏，像轻纱一样徐徐降临，鸟们在竹林里锐声尖叫，是归巢的欢乐。天色转为宝蓝、深蓝，如果有新月的话，已经可以看到弯弯的微笑一般的眼睛，温柔而安静地注视人间。接下来，在母亲的呼唤声、牛羊的叫唤声中，黑暗先经轻纱笼罩，继而像密不透风的帐篷，把世界紧紧地包裹起来。树与房屋也开始沉陷下去，整个田野都低伏了下去，好像黑暗有了重量，一切都小了低了下去。村庄的微弱的灯光在风里摇晃，然后一一散去，只留下黑夜，广大无边又浓稠似铁，像一只怪兽蹲在旷野里，微微地呼吸。

博尔赫斯对黑夜有格外的感受，他那迷宫一样的大脑，看到了黑夜与时间与人类的初始：

> 从黎明到黑夜，讲述的是整部
> 世界史。从这深奥的夜开始，我看到
> 我的脚下是犹太人的漫游，
> 迦太基的毁灭，地狱和天堂的赐福。
> 主啊，请给我勇气和欢愉，
> 我要攀登这一天的顶峰。

博尔赫斯是在他六十岁生日时接到了阿根廷国立图书馆的任命书，他承认，“上帝同时给了我书籍和黑夜，这可真是一个绝妙的讽刺”。失明像冷气一样慢慢降临了。黑暗使博尔赫斯重新命名写作，他意识到，暗夜里那些更黑的文字开始放光，锋利的笔画如裁纸刀一般把黑打开。当他在黑暗、树林、楼阁、灯笼、巴比伦砖、中国音乐之间摸索着这些多米诺骨牌时，深渊般的迷宫已经宣告落成。他其实是害怕黑暗的，迷宫就是为了摆脱黑暗的追捕而建，但他置身于迷宫的那一刻起，他就是迷宫，他就是黑暗，他是黑暗的心脏！

我最喜欢的大先生也喜欢黑夜。他其实是独自品尝那大寂寞，时代的黑暗，人生的黑洞，对一个智者就是一种无时不在的黑暗的压迫。他说：“我常常觉得唯有‘黑暗与虚无’乃是实有，偏要向这些绝望作战，所以有许多偏激的声音。”他那匕首投枪一样的文字其实是投向那漫漫长夜的。长夜里没有回音，也许有少许，不是回音，只是路人或者猫头鹰弄出的声响，或者是枣树在寒风里抖动的声音。坐在铁屋子里的人更加寂寞了。

我更喜欢黑夜里的自己，那是一个自主自由的人，一个漫不经心的人，一个站在尘世边缘的人，她沉浸在自我的内心里。劳伦斯也说出了刻骨的发现：“说也奇怪，精神生活，若不根植于怨恨和不可名状的无底的深渊里，好像便不会欣欣向荣似的。”真正的思想就是无休无止的挣扎，既是形而上的，也是形而下的。思想本就是暗生的植物，带着刺，甚至在被命名之上或之外，就存在并成长壮大。它的作用自然不是栋梁之材，它只是一片黑森林，从鬼影幢幢里凸显沉默的景色——这就是思想的作用。在某次不期然的相遇中，我发现在黑枝条上，那些缠绕的亮音，就像凝脂的分泌物，倒挂着痛，以鸟的轮廓，欲飞。

我是个乡下人，更喜欢黑暗与寂静。现在居住的这个喧嚣的城市，几乎再也无法找到纯粹的黑暗，它以炫耀的姿态，让高楼与立交桥都变得灯火通明、五颜六色，好像众人无尽的欲望。这些欲望扭曲着，发出各色光芒，交织在一起、纠缠在一起、厮打在一起，一幅痛苦而焦虑的浮生图景。有人在这样的城市里做梦，梦境多是现实的倒影。好友张鲜明就经常做各种奇怪而痛苦的梦，梦里他被一串串数字追赶，被电话号码追击，被一个个利润指标瞄准，他四处逃窜，跑着跑着，大腿可以掉了，胳膊也可以掉了，甚至头也可以蹦起来。他满脸痛苦地给我讲他的梦，他像是没有睡醒，脸上有梦里无法醒来的焦虑，法令纹深深地刻在脸上。“我醒了，就伸手摸出笔，在黑暗里记下自己的梦。如果不记下来，也许会忘记。”记下梦的他会在浓稠的长夜里无法入睡，他听到窗外高速公路上飞驰而过的车辆，远处的高铁摇撼着大地，像一道白色的闪电切割开黑暗。黑暗啊！哪里还有纯粹的宁静的黑暗？在城市里，一切都是破碎的，黑暗像老鼠一样抱头鼠窜，也像巨大的玻璃碎裂成千万个碎片，然后锐利地扎进每一个都市人的胸腔里，成为一个个沉甸甸的梦，噩梦。

爱情也是喜欢黑暗的吧，我想。我记得自己的初恋，他拉着我在黑暗的操场上一圈又一圈地走，那冬夜里似乎有芬芳在传扬。莎士比亚在诗歌里歌颂黑夜：

闭上眼睛我看得最清晰，
因为在白昼他们对一切都熟视无睹，

而当我入睡后，在梦里望着你，
悠悠的火焰，暗夜里径自光明，
你的影子把黑暗照得通明，
…………

大多数爱情都是靠内心的想象力完成的，完成这种优美的幻觉，必须借助于黑夜的来临。白昼的光芒让人不安，即使情人就在眼前，也只能“对面不言情脉脉”“眼色相看意已传”。情人在众人之间，无法近身。太阳是那样明亮，可以看到他头发像鸟巢一样乱蓬蓬，脸色也不是很好看，衣服穿得没有品位，不能再仔细看下去了，再看下去也许爱情就会突然消失。就像《霍乱时期的爱情》中费尔米纳在大街上看到阿里萨那“冰冷的眼睛、青紫色的面庞和因爱情的恐惧而变得僵硬的双唇”，突然之间对他的感情烟消云散。爱情真是一种疾病，阿里萨陷入了这场由文字营造的爱情疾病中，从来没有被治愈过。娇嫩的爱情需要距离与梦幻，需要黑夜的烘托与背景，让梦呓与想象共同参与，爱情才能蓬勃发生，如春日的青草，渐远还生。

黑夜让人缩小，世界也是举目可见，人只能看到自己与身边那个人。记忆里有两个特别的黑夜，一是太行山。那是个夏夜，暴风雨就在天边翻腾，黑夜如墨汁，如石头，密不透风，有山的地方黑得格外密实。老夫子带我们坐在山谷的石头上。“不说话，静心感受这难得的黑暗。”此刻，山谷被黑暗扣了个严丝合缝，只有远处我们住的小旅馆的灯光还在顽强地闪烁着，一大群各色蛾子扑向这唯一的光源，这让灯光都朦胧起来了。我伸出手来，却看不到自己的手。如果不是老夫子手里的烟头在黑暗里明灭着，我几乎无法看到身边的他们。这浓稠的黑暗，这密不透风的黑暗，就像“文革”里的众口一词，直接压迫着人的心脏。我听到黑夜里大山的心脏在怦怦地跳动，那些山谷里的树与竹林都在呼吸，还有溪水，从石壁上滴落的声音。这时，一道闪电如利刃一样割开这浓稠的黑暗，我看到闪电下如巨兽一样蹲伏的大山，风里弯伏身子的树和翻滚的乌云。这光亮是如此之短，黑暗又合拢了翅膀，比此前更加坚实了。恍惚里大山倾斜着身子向我们压过来，雷声在头顶炸开了，我不由自主地抱紧了手臂，本能地站起身子。老夫子还坐在石头上，一动不动像是入了定，复又坐下。在黑暗被报复炸碎了，硕大而沉重的雨滴砸下来时，我们才慢慢走回旅馆。

另外一个黑夜是在铁轨边。我和某人吃过饭坐在这里看火车，焦枝线上火车被高铁挤得越来越少，绿皮车停运，只剩下货车。深夜的大沟河水库，已经深深沉入夜的湖底，鸟儿安睡，人迹罕至。我们坐在铁轨边，刚刚割过麦子的田地散发着干麦秸清香的味道，有夜鸟在湖边发出梦呓一般的咕嘟声。他是个沉静而克制的人，我与他的交往持久而淡然，像一条清澈的小溪流在灵魂之间回旋。我明白遇到对的灵魂，像黑夜里无法看见微笑，却能嗅到彼此的味道，感受到身体内微妙的引力。除了在黑夜里，我们还在集会上也见面，只要他到场，我总能奇妙地感受到他，他来了，他坐下了，他在注视我。我走近他时，他总会低下头，不安与羞涩像水波一样荡起涟漪，也溅湿我的衣衫。我在无数个黑夜里看见他，他在散步，他在微笑，他在写作……我与他隔着无数个黑夜，凭着寥寥无几的会面，维持着清澈的感情。现在，他坐在我身边，我们谨慎地隔着距离，但黑夜用虚无瞬间填满了它。谁也没有挪动，有小南风从我与他之间穿过，他的气息混合着山谷里荆花的味道，让人眩晕。这时，一道强烈的光束，从远方横扫过来，在黑夜里划出一道白色的深渊，哐切——哐切——火车巨大的声浪搅动了宁静的黑暗。不知是谁拉了一下，我俩站起来了，一条黑暗里的巨龙，在白光后面，轰轰地驶过来了。我与他之间的黑夜开始动荡破碎，声音、气流、光线都翻动起来了。火车驶远了，但撕破的黑暗还没有完全愈合，这个沉默的夜晚过去了许久，仍然保存在我的心底，我想我与他就是凭着这样的黑夜密切联系在一起的。在黑暗里，我们似乎什么也没有说，又似乎说了万千言语。

黑夜对诗人来说是灵感来临时的翅膀，是诗人孤寂悲怆的容器，是死亡与爱情的显影液。1989年2月初，海子自杀前一两个月，写下了《黑夜的献诗》：

> 黑夜从大地上升起
> 遮住了光明的天空
> 丰收后荒凉的大地
> 黑夜从你内部上升

城市这暧昧不明的夜晚里，有许多人无法安然入睡，黑暗不够浓，闪烁的光里有无数看不见却在震动不已的电波飞翔。幸亏我们只能看见三维世界，如果有了神通，可以看到多维空间的话，才让人无法入眠呢。中国移动、中国联通、中国网通、中国电信，它们都在一刻不停地发射信号，扩大自己的网络覆盖范围。这些网络通过发射塔、WiFi、手机，如蜘蛛网一样网住了所有人，我们都如网中被粘住了翅膀的小虫子，挣扎踢腾，最后束手就擒。就算我们入睡，手机这个终端服务器仍然在黑暗里独自工作，接收着天际发来的所有信息指令。手机的小红灯在闪烁着，鬼火一样，让城市的夜晚无法安静下来。我一个好友，是个失眠患者，特别喜欢山居。他说，每次到深山里，吃过饭在山谷里转，有时候能看见月亮，跟着自己从这个山头转移到另一个山头，有时候还能看到流星，拖着燃烧的尾巴，划向山的另一边。到了十点，世界在黑暗里就沉睡过去了，不由自主地，他就会开始打哈欠。躺在山谷的木床上，外面星斗低垂，黑暗无边，人的身体忽然就像晒过大太阳的棉花一样又暄又软，此刻有特别神秘的感受，就是自由的心脏与大山的心脏同时跳动，身体轻软而膨大，好像变成了一团白云，然后就沉沉地跌入睡眠。但只要回到城里，他就会烦躁不安，辗转反侧，无法入睡，像只困兽，在黑屋子里转来转去。最后，他关掉电视电脑，又关了WiFi，黑暗里他仍然听到嗡嗡的声音，电冰箱在黑夜仍然勤奋地工作着，他跳起来，关掉了总电源。屋子里倒是黑下来了，但窗外的路灯鬼头鬼脑地亮着，高楼上还有几个窗口也在亮着灯，他一屁股跌坐在客厅里，长叹了一口气，看来黑暗是睡眠的催化剂呀。可在当今城市，到哪里去找那纯粹的黑暗呢?

我小时候和奶奶住的家在村子最西头，三间房子淹没在庄稼地里，黑夜广大无边，充满了各种奥妙的动静。我看见过黑暗里猫头鹰眼大如灯，灵光四射，它在屋后的丛林里久久不动，像老僧入定，等着竹林里钻出来的蛇或者院子里迅速窜动的老鼠。萤火虫从沟底的草丛里一群群地上升、散落，如同夏夜的星群，在持续不断地移动。屋子右边竹林里，黄昏时总要飞进去上千只各类鸟，它们在密密的竹林里大声唱着，是我小时候听到最动听的音乐，直接影响到我的耳朵——长大后我虽然也喜欢音乐，但最喜欢竹林里的鸟声或者夏夜湖边的青蛙的合唱胜过音乐家的金声玉嗓。可能是我们家就在大路边，也可能是黑夜的人们最先看到的屋子——我说过我奶奶家在村子最西头。我们家在深夜里总有来人，黄狗是最警觉的报信者，然后一个说书的瞎子或者寻找母亲的夜路人，会带着浑身的寒气，闯进家门。他们的身后，是黑得像墨汁一样的黑暗。奶奶总是热情地迎接他们，小屋里一会儿就会飘起葱花鸡蛋面的香味，刚才因为怕生躲藏起来的花猫也伸着懒腰钻出来了，大黄安静地坐在一角，大而湿润的黑眼睛直直地看着锅台上上升的热气。我想，如果此刻有神灵，在高高的冬夜上空，俯瞰黑暗之下，这小小灯火是那样明亮与温暖呀。

后来，我走在最黑暗的人生里，也总是能看到小小一盏灯火，在不远处，亮着。

原载《广西文学》2020年第7期

评鉴与感悟

她试图用文字固定光线，找寻纯粹的黑暗。那些长久的凝神，重现了光线的奇妙变幻，也翻动开夜色里澄澈的情感。印象看似漫漶，却又被追光横扫，被闪电照耀。瞬间激活的，是记忆，是理解与同情，也是对已逝光阴的重新抚触。（陈克海）

辑三

五种孤独

/吴佳骏

风

风来的时候，她来了，他也来了。他俩手挽着手，在风中走着，一步一徘徊。风是他们的诺言，也是他们的信使。风吹到哪里，他们就追到哪里。风吹到屋檐下，他们就追到屋檐下；风吹到院墙根，他们就追到院墙根。仿佛那每一场风中，都有他们要追讨的债务。小街上住着的每一个人，只要逢到他俩在白日里追风，都会给他们让路。让过路的人心里都清楚，给他俩让路，其实就是给衰老和晚景让路，给活着的尴尬和失去的经历让路，给他人的未来和自己的明天让路。

小街上的人们大多都还记得，几年前的那个阴沉的、飘着微雨的下午，他被一场风莫名其妙地刮跑了记忆——他拄着拐棍，去小街尽头的晒坝上收床单。那床单很有些年头了，是他和她结婚时唯一的新婚纪念物。他们年年都会拿出来翻晒，因翻晒的时间长了，床单上的艳红色就变成了暗红色，上面绣的一对鸳鸯也被搓洗掉了羽毛，只剩下一个过去年代里的爱情的象征。他那天像往常一样，想尽快将床单从竹竿上扯下来。谁知，他刚走到床单底下，一颗冰凉的雨滴就砸进了他的眼眶——他的眼眶里原本就装满了冰凉的东西——雨滴使他眼里又增添了一层冰凉。他呆呆地站住，想抬起手将那颗来自天空的雨滴挤出眼眶。这时，那场急遽的、恶劣的风便来了。它先是将床单刮到了晒坝的墙头上，接着就将他刮倒在了地上。他那根雕花的、暗黑色的、不太结实的拐棍也被摔成了两节。在拐棍被折断的那一刹那，他的脑子里发出“嗡”的一声脆响。他意识到，他身上的一根骨头碎掉了，他前半生的光阴也碎掉了。但他没有喊疼，他沉默着，隐忍着，克制着。他在等待那场风把刮跑的床单再刮回来，等待那场风将刮倒的自己再刮站立起来。可他想错了。那场风刮跑了他的一切——床单、拐棍、记忆和活着的喜悦。当有人冒着冷雨将他搀扶起来时，他的眼前一片漆黑。他再也认不出自己生活了大半生的小街，认不出陪伴了自己大半生的老伴儿，认不出周围的一切，连同他自己。他成了一个他人眼中熟悉的陌生人。凡遇到有小街上的人跟他打招呼，他都只会点点头，然后又摇摇头，说：“你是谁啊？我不认识你。”

每每看到他失魂落魄的样子，她的心都很难受。她不知道那个曾经健谈的、风趣的、乐观的他到底去了哪里。她深深地怀疑，那场将他的记忆刮跑的风一定来自他的前世，一定是他在前世有什么因缘未了，风才将他的记忆强行押回去，在前世里做彻底的了结。这样想着，她的心里多了几分坦然和淡定，在这个世界上，又有谁不欠自己的前世什么呢？我们今世之所以还能够变成人，大概都是前世设下的一个局，让人在轮回的劫难中继续归还前世所欠下的债。人活着的过程，就是还债的过程，今世还不了，那就来世接着还。

他的记忆走了，现在剩下的只有肉体——一个人快要活到入土的年纪，上苍突然借助一场风将他之前活过的几十年清了零，什么都没有留给他。这等于宣告了他的一生无意义，他这辈子都算是白活了。他的得与失、功与过、是与非，都不再有人铭记。他活着跟死去没有丝毫的分别，但是，跟了他大半辈子的她，是不甘心的。她爱过他，恨过他，骂过他，吻过他，他们曾一同经历过风霜雨雪，也曾一同分享过温馨和浪漫、甜蜜和愉悦。他的身上承载了她太多的回忆，如今，他的记忆虽然不在了，可她的记忆还在。她不想放弃他，她试图帮助他将失去的记忆找回来，只有他的记忆复活了，她的人生才算是没有白活，才算是有意义的。他们是一个整体——再狂再猛的风也刮不散的一个整体。

她每天都将那张床单拿给他看。不管什么季节，也不管是早晨或是傍晚，中午或是下午，只要有风吹起，她就赶紧将床单抱去挂在晒坝上的竹竿上，再返回来牵着他去收床单。她坚信以这种方式能够将他的记忆唤回来，就像她坚信他们能以顽强的毅力战胜生活中的苦难。

一年又一年，刮过小街的大的、小的风不停地吹着；一岁又一岁，她和他在小街的晒坝与家之间不知疲倦地往返着。看着她痴心不改的样子，小街上的人们都失望了，都不再相信她还能将他的记忆再找回来。就连他们那个在大学里教授“人类学”的大儿子也不相信；就连他们那个在医院里的神经内科当医生的二儿子也不相信；就连他们那个已经在文学圈赫赫有名的写诗的三女儿也不相信。他们统统认为，她所有默默的付出，都将是徒劳无功的。因为，他们见过太多太多像他们父亲那样失忆的人。他们不再相信，单凭亲情和毅力，可以唤醒一个人沉睡多年的记忆，不只是这类事，这个人世间的许多事情，他们都不再相信是可以改变的了。但唯独她仍是确凿地相信的。每当风来的时候，小街上就会出现两个老人的身影，手挽着手，一步一徘徊地走着——好似从前世走到今世，又要从今世走向来世。

烟

黄昏安息着，天就要黑了。在小街靠近两间瓦房的廊檐下，有人用红色的砖头垒砌起一个简易的灶，那个灶应该是新砌的，还没有煮过几次饭食。因为只有灶门周围的红砖被柴烟熏黑了，其余部分的红砖照样红着，跟晚霞的颜色一样红，跟灶火的颜色一样红，跟灶门前坐着的那个烧火煮饭的小姑娘的脸蛋一样红。

从相貌上判断，那个小姑娘约莫只有十余岁光景。上身穿一件黑底上染着红色、蓝色和白色花瓣的棉外套，不仔细看，还误以为她的身上爬满了色彩缤纷的蝴蝶呢。倘若真是那样的话，人们便要替这个姑娘感到极大的幸运了。蝴蝶是属于春天的，属于田野的，属于花朵的，属于暖阳的。蝴蝶停留在她的身上，就证明蝴蝶所拥有的一切小姑娘也是拥有的。她也应该拥有，她也是一只初临人世的小小的蝴蝶，她理应蹁跹在人间的四月天。她理应在属于自己的春天里舞蹈，在属于自己的田野上追逐，在属于自己的花朵上流连，在属于自己的暖阳里陶醉。然而，这并非是一个有暖阳照耀和花朵绽放的春季，小姑娘的棉外套上看似蝴蝶的花瓣也并非真实的蝴蝶。这一切的一切，都只不过是小街上的人们的幻想，只不过是小街上的人们对那个小姑娘的祝愿。

那么，真实的情况究竟是怎样的呢？真实的情况是——这是冬天的最末一个月份——最末一个月份里最寒冷的一天。那个小姑娘在天快要黑的时候，坐在灶门前点燃了第一束火光，伴随火光而起的，是一团一团浓白的烟雾。大概是柴草不够干燥的缘故，那烟雾特别呛人，小姑娘一边咳嗽，一边揉眼睛。有泪珠从她的眼眶里滚落出来——她每次烧火煮饭，都有泪珠从眼眶里滚落出来，或许，她生来就有一双被泪水洗涤过的眼睛。只有被泪水洗涤过的眼睛，才能看见灶间的火光，也才能看见生活中的光亮。

她安静地、神情专注地朝灶间添着柴，越燃越旺的火舌舔着锅底。不多一会儿，那口大大的、盖着锅盖的铁锅里就发出了“毕毕剥剥”的响声。人们都不清楚那口锅里煮着什么，也许是一锅红薯，也许是一锅土豆，也许是一锅稀粥，也许是一锅清水，也许是一锅夜色……

添了几块柴之后，小姑娘站起身，揭开锅盖看了一眼，又拿起锅铲朝锅里搅拌了几下，就转身快步进了那扇油漆斑驳的、暗红色的木门。她刚才坐在灶前烧火的时候，就一直听见躺在屋内木床上的病重的奶奶在咳嗽。她担心奶奶从床上摔下来，或翻身时将手臂露在了被子外，想进屋去瞧瞧，给奶奶倒杯水。她知道奶奶跟她一样，也需要温暖，需要一团火或一束光。

她照顾好奶奶后从屋子里出来，灶间的火苗弱了许多，先前添加的三块木柴有两块都已化为了灰烬，而锅里煮着的东西又还差点火候。于是，她又安静地在灶门前坐下来，继续朝灶间添加柴块。这时，一个年龄比她略小的姑娘牵着一个年龄更小的男孩出现了。小街上的人们都不陌生，正走来的两个孩子，是烧火煮饭的小姑娘的妹妹和弟弟。这三个孩子有个秘密的约定，只要一到煮饭时分，老大就负责留在家中照顾奶奶和煮饭，老二则负责陪着老三玩耍。在这三个孩子当中，老二跟老大的感情最为笃厚。老二很心疼姐姐，她心里明白姐姐的苦，老想着能帮助姐姐干点活儿，但她的三弟实在是太小了，才刚满三岁。故每当她领着弟弟在小街上游玩时，眼睛总会望着从家门口升腾而起的柴烟遐想——她的遐想既是姐姐的遐想，也是弟弟的遐想。在他们共同的遐想中，那浓白的柴烟随着他们那潮湿的、幽暗的、灰颓的记忆在打转。转着转着，他们的记忆便也如柴烟一般模糊了、漫漶了，他们小小的心忽然感到一阵难受和刺痛。他们真想变成三只相亲相爱的、形影不离的蝴蝶，尾随盘旋上升的柴烟而去，去往一个明媚的、祥和的、欢快的、天堂般的世界。在那里，他们将不会看到分离，不会看到孤单，不会看到劳累，不会看到病苦。一切该生长的都在悄然生长，一切该怒放的都在争相怒放，一切该流淌的都在肆意流淌。更难能可贵的是，他们将会享受到父爱和母爱，像别的孩子那样可以撒娇，可以任性，可以偷懒，可以朗笑，而不必再去梦中呼唤他们正在消逝的童年，不必再去望着柴烟期盼朝霞，不必再去冬天里寻觅春天。

那灶间的火再度燃旺了起来。大概是饿了吧，那个最小的男孩拉着二姐的衣襟哇哇大哭，无论怎么哄劝都哄劝不住，屋中奶奶的咳嗽声也越加厉害了，要将冬日的天空震塌似的。烧火的小姑娘焦急地看看身旁号啕的弟弟和无助的妹妹，又起身揭开锅盖看看锅中半生不熟的食物，再跑进屋内看看咳嗽咯血的奶奶，她的额头渗出了一颗颗豌豆般密集的汗珠。这个稚气的、成熟的小姑娘每天都是那样繁忙、劳顿，又每天都是那样周全、有序。

天彻底黑了下来，吞噬掉缭绕不去的柴烟。该隐去的也都隐去了。整条小街上，唯剩下暖红色的灶火前，那三双空洞的、迷茫的、游离不定又清澈如水的小眼睛在闪动。

光

天大概是亮了。他平躺在屋内狭窄的木床上，竖起耳朵倾听着屋外的动静，他清楚地知道，又有人将要从小街上搬离了。那从黎明起就一直在喧杂着、争吵着、辩论着的人声，就是搬家之人发出的告别声。他太熟悉这种声音了，比每天早晨他养在隔壁邻居搬走后的破房子里的公鸡的啼鸣声还要熟悉。最近几年，他时常能听到这种挽歌似的声音——有时是在薄暮时分，有时是在午后安歇时分，有时是在晨曦时分。每一次搬家，都有人哀泣，都有人怒吼，那哀泣的，多半是在小街上住了一辈子的老人。他们不愿意离开，只能用哭泣来表达愤怒和抗拒。而那怒吼的，多半是老人的子女们，他们千方百计，甚至不惜一切代价要将父母带离小街，去往镇上那花费掉他们大半生积蓄购买的商品房居住。在这脆弱的哀泣和强硬的怒吼的拉锯战中，没有一次是哀泣战胜了怒吼的——衰老终归要输给新生，这难道就是所谓的自然规律吗?

他平躺在屋内狭窄的木床上，竖起耳朵倾听着屋外的动静。他在心里暗暗地揣度，这到底是小街上搬走的第多少户人家了呢——十五户？二十六户？三十七户？四十八户？他一边数数，一边睁大惺忪的睡眼，盯着挂在墙壁上的一个挂钟和一面镜子看。这两样物件是他今生最为珍贵的东西，因为它们都出自他年轻时上过班的工厂。工厂就开设在小街上，既生产挂钟，也生产镜子。那些已经从小街上搬走的人，许多都是他曾经的工友。那时，他们每天都在小街繁华、兴盛的生活中一同迎着朝阳上班，又一同披着晚霞下班。每个人都过着自适、饱满、舒坦的日子。后来时代变化了，小街一夜之间由热闹变得沉寂，所有的工厂也都相继倒闭了，那些意气风发的工人们也不得不作鸟兽散。整条街只剩下一片衰败、萧瑟的景象。或许是为了铭记一段人生岁月、铭记一个时代的消逝吧，每个工人都给自己留了一个挂钟和一面镜子作为纪念。以至于如今几十年过去，这批老工人依然习惯通过这面蒙尘的镜子来观察自己的衰老和心境的沧桑，依然习惯通过这个老旧的挂钟来记录光阴的流转和生死的无常。

屋子里太黑暗了。他几次睁大眼睛，看到的还是黑暗——挂钟是黑暗的，挂钟的指针指向的时间是黑暗的；镜子是黑暗的，镜子里映照出的晚景是黑暗的。自从他的儿子在三天前来动员他搬离小街那天起，他就把门窗关得死死的，不让外面的一丝光线照进屋里来。他想一个人静一静，将自己藏起来，不让光明找到他，也不让他的儿子找到他。他的儿子已经多次义愤填膺地告诉过他了，如果他继续保持他的犟脾气，执意要像守灵一般守着小街，那他将不再管他的死活。儿子的话让他感到悲凉。他觉得儿子不是不爱他，而是不懂得怎样爱他。他的儿子跟小街上所有强行逼迫父母搬离小街的老人们的儿子一样，都是爱面子的人，好攀比的人，追求理想生活的人，渴望明亮未来的人。他们以为将父母接到镇上的新居终老就是尽孝，却不知自从他们将父母接去享福的那天起，这些老人们就已经死去了——他们的根断了，叶枯了，血流干了。儿女们永远不会明白，新居只是他们的新居，不是父辈们的新居。就像他们永远不会明白，那挂在墙壁上的挂钟和镜子的意义；他们也永远不会去了解一条小街的历史，永远不会对一条小街上曾经存在过的几个工厂感兴趣，更不会对那些工厂里曾经发生过的悲伤的、欢快的、恼人的、离奇的故事感兴趣。一代人有一代人的生活和记忆，一代人有一代人的烙印和疤痕，一代人有一代人的幸福和创痛。他也深深地知道，年轻人的想法和做法没有错，他们只有将父辈接去身边同住，才不会遭受世人的指责和谩骂，落得一个孝子的好名声。他们也只有将父辈接去身边同住，才能获得一笔搬迁补偿费，让自己的下一辈过上富裕点的生活。他们需要告别黑暗，告别泥泞，告别简陋；他们需要火，需要热，需要光。但他们不知道，即使再明亮的光也照不亮所有的孤独和黑暗。

他平躺在屋内狭窄的木床上，竖起耳朵倾听着屋外的动静。他听见一个不停咳嗽的老人先是在埋怨，继而在哭诉，再接着就是拉东西的货车发动马达的隆隆声。这之后，小街便平静了下来，他养在隔壁破屋子里的公鸡又高亢地啼叫了一声——招魂似的一声。他慢慢从木床上坐起来，摸黑穿好衣服。这时，他听见那辆开走的货车又折返了回来。他以为是那个老人的儿子突然改变了主意，同意让老人继续留在小街居住了。可一阵急促的脚步声之后，那辆隆隆响的货车又突突突地开走了。车走的时候，他听见老人的儿子说："一个破挂钟，不知有啥稀罕的，还非得嚷着回来取走。"听了这话，坐在木床上的他再次怔怔地望着墙壁上的挂钟和镜子出神，他想，下一个将从小街上离开的人，确凿无疑该是自己了。

影

小街上的任何一个人都说，她不是一个人，她只是一个影子，随时随刻飘荡着。天放晴的时候，她在阳光下飘；天降雨的时候，她在雨丝里飘。即便是到了午夜，她也要么在薄凉的月光下飘，要么在浓密的夜色里飘。据说凡是她出现的地方，都会刮起一阵惊悚的、摄魄的风，以至于所有人都躲避着她。尤其是那些小孩子们，一到天黑，大人们是绝不允许他们再跨出门槛半步的。在成年人的眼中，她实在是阴气太重了，如果谁家的小孩子不慎碰见她，那势必是会丢魂儿的。

若干年前的一个除夕的下午，就有一个孩子被她搞丢了魂儿。那个孩子当时正跟另一个孩子在小街后山的小庙里争抢佛前的供果。那供果是三颗彩色玻璃纸包裹着的糖果，和两个刚从树上摘下不久的柑橘。那两个孩子都还太小，不懂得敬畏庙内端坐着的那两尊高高在上的、神情一派威严的菩萨。当他俩同时看到碗里的供果时，都像小猫见了鱼儿，或蜜蜂见了花朵般扑了上去，四只小手死死地抓着那只碗，谁也不松开。一阵推搡之后，那只碗掉在地上，摔成了碎片。三颗糖果和两个柑橘也掉在了厚厚的香灰里。刹那间，这两个孩子好似猛然长大了，身体内爆发出英雄般的力量。在菩萨的见证下，他们扭打、撕扯、抓挠，把一个小小的寺庙变成了一个大大的战场。几个回合过去，一个孩子骑在了另一个孩子的身上，正要用牙齿咬身下的孩子的耳朵。这时，忽然从寺庙的侧边蹿出来一个妇女，一把就将那个占了上风的孩子提起来扔出了寺庙。从那一刻起，那个被扔出寺庙的孩子就找不到回家的路了，他的魂丢了。直到三年以后，那个活在半梦半醒之间的孩子才勉强认得出自己的爸爸和妈妈。而也是从那一刻起，那个突然闯进寺庙的妇女遭受到小街上众人的指责、辱骂和拳打脚踢。再后来，她就疯了，变成了一个影子。

变成影子后，再也没有人理她，再也没有人跟她说话，加上她天生的聋哑和跛足，她实足地成了活在小街上的一个"影子人"。时间长了，人们也就差不多将她遗忘了，只有那些胆小的大人，还会时常叮嘱自己家的小孩，提防着"影子人"的出现。她知道人们提防她，鄙视她，仇恨她，故她大多数时间都尽量躲在小街末梢的那间破房子里不出来。可她越是不出来，她留给小街上的人们的记忆就越深——人们遗忘了她的人，却无法遗忘她的影子。换句话说，她使小街上的每个人都患上了"恐惧后遗症"。

然而，她也并非如传言所说的那么坏，那么令人不安。她骨子里其实是个十分善良、可亲、充满爱和温情的人。能够证明这一点的，是那个一直跟在她身边成长的孩子——那个曾被她从寺庙的战役中拯救出来的孩子。倘若不是因为她，那个孩子或许早在那场战役发生之前就死去了——死在一个寒冷黄昏的草堆里。

这事得从头说起。那是四十年前了，那会儿整条小街还相当繁荣。卖菜的、挑担的、剃头的、扯布匹的、编箩筐的、宰杀牲口的……将街头街尾堵得水泄不通，好似活着的每一个人都在忙着自己的生，唯独她在忙着自己的死。由于聋哑和跛足，她在家中没有地位。她的父亲去世得早，除了母亲心疼她以外，两个哥哥都嫌弃她。遇到别人欺负她，两个哥哥不但不帮忙，反而视若无睹地站在旁边呵呵地傻笑，这给她的心里烙下了永恒的阴影。她的母亲身体不好，在她十七岁的时候，就到处托人替她物色婆家，可直到她母亲病危，也没有一个人看得上她。她母亲憋着一口气，最终托人从路旁的草堆里给她捡回一个幼婴，才放心地闭上了双目。母亲离世后，她与捡来的婴孩开始了相依为命的生活。好在她的脑子不笨，人也勤快，平时靠在小街附近的工厂做点零工维持生计。

没有人能够体会得到她生存的艰难。她那时给人的唯一印象，是从早到晚都将孩子捆绑在背上，就连从周边来小街赶集的人看了都会摇头叹息。但她爱这个孩子，像她的母亲爱她一样爱这个孩子，她不能容忍自己的孩子受到哪怕一点点的凌辱。从小到大，她太清楚受人凌辱的滋味了。她就这样默默地、坚韧地承受着命运赐予她的压迫和不幸，也正是因为这样，才会发生后来她在寺庙里将别人家的孩子扔远的事。那个下午，目睹那样的场面，她的脑子里浮现的全是自己当年受人凌辱时，对两个哥哥袖手旁观的愤慨。她跟两个哥哥不一样——她不是一个冷血的人——她的遭遇点燃了她的怒火。

如今，这一切俱已成为往事。孩子也在她爱的滋养下长大成人，并已娶妻生子做了别人的父亲。做了父亲的孩子很孝顺，多次请求她跟自己一起生活，让她在晚年享受人世间的天伦之乐。可她死活不肯，她说自己已经习惯了做一个影子，习惯了活在别人的诅咒中。但她的孩子知道，她这样做的目的，是不希望她的后代会因为她而感到自卑。的确也是如此，她这辈子注定要以一个“影子人”的身份去守候子孙后代的幸福和辉煌了。

灯

时间是冷的。夜也是冷的。在冷的时间和冷的夜里，只有一盏灯亮着，那盏灯，是小街的夜晚的太阳。正是因为有了它的光照，小街上才多了一个传说，一份慰藉，一种温暖；同样是因为有了它的光照，他也才能抵御和熬过那一个又一个凄清的、漫长的、孤苦的黑夜。

早在他七岁那年的春天，那盏灯就为他点亮了。只是那个时候，他并没有觉得这盏灯有什么意义。对于他已经死了的人生来说，再明亮的灯也照不亮笼罩着他的巨大的黑暗，他不相信自己能活过那个春天。他从悬崖上摔下去的那一刻起，春天就离他远去了，他失去了双腿，也失去了远方和梦想。他整天被困在一张床上，他觉得命运已经将他抛弃了。他一出生，背上就扛着一口棺材。从前跟他玩耍的伙伴们全都开始疏远他。有时，他听见他们三五成群地嬉笑着从他的窗前跑过——或是去放风筝，或是去摘野果，或是去看夕阳，或是去喊山……他都好想从床上爬起来，融入他们的欢乐中去。但痛苦没有让他长出一双翅膀，伤口也没有赋予他奔跑的速度，他一次又一次从床上滚下来，在地上爬来爬去，他多么希望变成一只老鼠，钻进床底下那个深深的洞穴里去，一辈子不要出来。那样，他就可以躲避人世的羞辱和命运的嘲弄了，可他没有这样异化自己的机会，他的背后永远有一双眼睛在盯着他。但凡他一有轻生的苗头，他的母亲就会跑出来制止，并流着泪告诉他："如果你走了，我也没法活。"

他听不进母亲的劝慰，他一直在偷偷地寻找埋葬自己的办法。他的床底下藏着一把生锈的锤子、一把不再锋利的弯刀、一根如血管般纤细的绳子，还藏着一大堆如何利用这些工具埋葬自己的想法——这些想法超出了他的年龄，也超出了他的经验。他的母亲早就看穿了他的心思，几乎寸步不离他的左右。白天，她将他背去墙根下晒太阳，背去后山上看梨花和桃花，背去河边看鱼儿产卵，背去路旁的柳树林听风吹树响。入夜，她就在他床边的桌子上点燃一盏煤油灯，坐在灯下不停地跟他说话。她说蜗牛怎样追赶一队偷运粮食的蚂蚁，说一头牛如何摇曳着尾巴走在春阳下的田野上，说一把镰刀与一块金黄的稻田的隐喻，说一个头戴草帽的农人为何宁可耽误收割也要站在麦田里仰望一只飞翔的红蜻蜓……她的叙说无疑减轻了他的痛楚。他看见灯光中的母亲的影子在墙壁上一晃一晃，很像他七岁之前的梦境。他一直想不明白，母亲的精力为何那么好，每夜都必须要见他熟睡了，才能终止她的说话。有无数次，母亲越说他心里越烦躁，他对着母亲怒吼，像狮子对着一头疲惫至极的绵羊。可他的母亲从不生气，依然露出微笑，耐心地继续说话。他奋力用双手支起上半身，一口气将桌子上的煤油灯吹灭，让黑暗将他和母亲，连同母亲的说话声一同覆盖。可母亲立刻又将吹灭的灯点燃了，他旋即又吹灭，母亲旋即又点燃。他再次吹灭，母亲再次点燃，灯点燃后，母亲仍旧耐心地接着她的话说，一字也不漏。他躺在床上，故意睁大眼睛，盯着暗黄的、明亮的、闪烁的灯火，整夜都不睡觉。母亲也不睡觉，就那样默默地看着他，微笑着，心甘情愿地坐在寒夜里陪他到天亮，说话到天亮，守候到天亮。

一个又一个寒暑过去，他居然在那盏灯的照耀下活到了十八岁。但日夜陪伴他、呵护他、心疼他的母亲却迅速地苍老了，生病了，且病得不轻。她已经没有力气再在黑夜里跟他说话，他也不再需要母亲跟自己说话了。这么多年过去，他虽然大多数时间仍是躺在床上生活，但他早已从床上站了起来。他找来木头，给自己做了一副拐杖，他学会了用另外一双腿走路。然而，时不时地，他照样会感到窒息，一种活着的虚无感压迫着他。不过他想，现在母亲需要他，他得好好活着，得每晚也给母亲点一盏灯，得跟她也说说那些她曾经说给他听的话。他的确做到了，他每晚都拉亮电灯，给母亲喂饭、擦身子、说话。遗憾的是，没过多久，不知是母亲见他太累了，还是母亲自己太累了，她抢走了压在他身上的那口无形的棺材，撒手去了另一个世界。他顿时觉得照着他多年的那盏灯熄了，他这会儿也才真正感觉到活着的绝望，活着的无意义，比失去了双腿时还要无助和茫然。他又想到了床底下藏着的那把锤子，那把弯刀和那根绳子。他匍匐在床前，摸索了又摸索，却一样工具都没有找到。他恍然大悟，母亲不仅带走了他的那口棺材，还带走了他试图埋葬自己时使用的锤子、弯刀和绳子。他扔掉了双拐，静静地躺在床上，凝望着那盏比多年前的煤油灯更加明亮的电灯泪流满面。

从那以后，他夜夜都要对着那只灯泡说话。他从冬天说到春天，又从夏天说到秋天。每说一次，那只灯泡的亮度就会增加一点点，整条漆黑的小街也会变亮一点点，他的冷寂的心也会温暖一点点。他知道，只要那盏灯亮着，母亲的灵魂就会每晚都准时回家来。

原载《雨花》2020年第6期

评鉴与感悟

五种人生，五段生活的艰辛。命运已然让他们承受足够多的苦难，作家却没有把笔墨停留在简单的层面，诉苦。他写爱与牺牲，写人间的耐烦与隐忍，写寒夜里的陪伴，他用他绵延的文字照亮黑暗和孤独。那些悲伤和挣扎不再是被漠视的阴影，他们的努力自有对生命的珍视，生而为人的尊严。（陈克海）

夜书札

/陆源

一、关于纳博科夫

1.爱情的灾祸

谈论《洛丽塔》的困难在于，谈论者终归会暴露自己的偏激或浅薄。然而我们仍可以试着去谈论它。应该说，以道德眼光看待《洛丽塔》固不足取，以非道德眼光看待它也无异于一种贬低。作者杜撰的一位老诗人如此写道："人类的道德观念是我们/不得不向美的现世观念所致的敬意。"无论如何，对于谈论者而言，完全不去触碰"道德"也许才算明智，但你同样不要轻易附和这个观点。至于把《洛丽塔》说成是"古老的欧洲诱奸了年轻的美国"或"年轻的美国诱奸了古老的欧洲"，无非文学编辑式的电线短路。我相信，纳博科夫花了那么多的章节，那么多叙述和描写，是为了从容而勇敢地写出下面这段话，并且让它无可置疑，"我对她看了又看，心里就像清楚地知道我会死亡那样，知道我爱她，胜过这个世上我所见过或想象得到的一切，胜过任何其他地方我所希望的一切"。要让长篇小说如大河奔流般抵达这么一个入海口，广阔、雄浑、平稳而势不可当，好像《霍乱时期的爱情》最后那一句"永生永世"，委实是非常不容易的事情，也是一名小说家能够企求的最高奖赏。

故事的种子早在几十年前已埋藏于作者心底，但构思《洛丽塔》的悲剧性结局时，纳博科夫脑海中浮现的人物无疑是梅里美笔下的吉卜赛女郎，我们永志不忘的卡门。奥妙在于——陈词滥调，其实并无奥妙——《洛丽塔》仿佛是反书的《卡门》，因为读者显然会将更多感情票投给亨伯特，从而认识到，并在接下来的重读中果真看到，确如老淫棍本人所说，他疯狂占有的并不是洛丽塔，而是他自己的创造物，是另一个想象出来的洛丽塔，这个幻影没有知觉，没有意志，但可能比洛丽塔更加真实。

2. 华丽的空壳

《洛丽塔》是从《魔法师》这颗种子生长出来的。作为文体家，弗拉基米尔·纳博科夫不愧为一座高峰，我也一直在向老头子偷师学拳。问题是，除了那些“壮丽得难以形容”的云霞和星空，他还剩下文学史、淡淡的乡愁，以及老男人饱受压抑的淫欲。甚至，他描述的隐秘幻想给人以极深印象。可无论上述事物多么丰美，似乎仍难以触及读者的心灵。理想作品，巴别尔认为，将诞生在这个基础之上，“高超的技巧同我们时代的激情与节奏相结合”。而纳博科夫恰恰无法感应到此类激情。他的没落贵族的期望与隐衷，仿佛全灌注在魔法师和亨伯特身上。我们这才明白他为什么不遗余力反对弗洛伊德。当然，小说家虚构的角色——纳博科夫将其归入“划桨的奴隶”之列，骄傲地宣称他们尽在掌握，我想加西亚·马尔克斯大概不会如此评价奥雷良诺上校或俏姑娘蕾梅黛丝——与小说家本人不是一回事，高明的读者也绝无可能去对号入座，但纳博科夫更不曾创造任何形象，要么震撼了我们，要么可爱，要么值得钦慕。换言之，归根究底，历史、未来、现实与他无关，不嫌叙事之累赘，何妨避而不谈。纳博科夫的头号作品或为一部回忆录。洛莉－多洛莱斯－洛丽塔，既是他笔下名气最大的人物，也正是作者向世人呈现的终极文学形象：一个无灵魂的美丽少女。

3.《玛丽》及其他

在描摹光影方面，《玛丽》达到了空前的高度。读者仿佛是在重阅或预览《说吧，记忆》，年轻的小说家“停泊在自己漾动着的条条光柱的倒影中”。我几乎敢肯定，蒲宁不是因为《防守》，而恰恰是因为处女作《玛丽》，才说纳博科夫把包括他本人在内的老一辈统统干掉了。因为这篇小说显然既有继承，也不乏超越，而气喘吁吁的《防守》并无它那难以掩盖的艺术家锋芒。现实与怀想之间的跃进十分自然、流畅，可资借鉴处颇多。但是，纳博科夫最终的文学形象确乎从一开始就奠定了，而且他已充分意识到这一点。在小说末尾，加宁深感腻烦，爱情注定将彻底结束，读者原本恋恋不舍的心境也随之豁然开朗了，因为玛申卡唯一令人印象深刻之处，不外乎她脖子后面的黑色蝴蝶结，更何况她还莫名其妙嫁了个滑稽的老头子。相形之下，《绝望》里那位健忘的胖乎乎的丽迪亚要活泼可爱得多。于是乎，动人的恋曲，优美的场景，当加宁远离这一切，忽然厌倦了女子的柔弱苍白，他难免生出“如花美眷，似水流年”之慨。爱情学是一门包罗万象的非凡学问。

4. 独抒己见

仰赖弗拉基米尔·纳博科夫刺耳的高分贝，有些人得以对帕斯捷尔纳克、海明威、萨特诸家保持愉快的沉默，并顺手抛开无聊的反乌托邦小说。纳博科夫知道，他将因为出言不逊而遭驱逐。他强调“艺术是困难的”，这提醒我们凡事应认真对待，但困难的阅读有时会恶化成厌倦，像我这样的写作者无论如何都不愿见此惨剧发生。所以把《微暗的火》留给文学教授和批评家吧，我依然认为，纳博科夫最好的作品是《天赋》里革命导师车尔尼雪夫斯基的传记，为此他投入的诚实劳动之巨大显而易见。尽管至今还没读过《塞巴斯蒂安·奈特的真实生活》，可要说它更优秀我无论如何不相信。前者是纳博科夫的《一个青年艺术家的肖像》，那时他与伊凡·蒲宁还没闹僵，老前辈的称赞还能让他感到欢欣鼓舞。然而，向《巴黎评论》的记者列举优秀作家时，他忽略了自己的同胞（当然他还不至于提到美国人）。纳博科夫很清楚自己在开玩笑。依我之见，巴别尔对他做出漫不经心却也力道万钧的评价后，纳博科夫的一切言谈仿佛皆为环绕它而展开的防守动作。他说写作属于纯粹的主观事件，他本人的小说不掺杂任何道德信息或社会观念。他说“作家的艺术是他真正的护照”。当被再三问及他究竟该归类为哪一国作家时，纳博科夫表示“谁都无法确定我是个中年美国作家还是一个老朽俄国作家，或一个没有年龄特征的国际怪人”。其实，他永远有两个形象：一位意气风发的俄罗斯大少爷和一名在亚利桑那州公路旁捕蝴蝶的臭老头。作家的形象由作品决定。我们很难想象超过三十岁的普鲁斯特，而博尔赫斯刚生下来就失明且年逾七旬了。纳博科夫的艺术是多么美妙又空洞。

二、骑士布里昂

列夫·托尔斯泰为契诃夫的《宝贝儿》写序时说，作者受到社会舆论的邀请，揣着某种关于“妇女解放”和“男女平等”的模糊概念，试图在这篇小说里勾画一位可笑的奥莲卡，那个“软弱、顺从、不发达、忠于男人”的宝贝儿。小说中的一切都那么可笑，“唯独宝贝儿美好的灵魂却不可笑，而是神圣的，因为她善于将自己的全副身心都献给她所爱的人”。托尔斯泰举出《民数记》里先知巴兰打算诅咒以色列却说出了祝福的故事，类比契诃夫本想嘲笑、贬低奥莲卡，却“把诗人的全部注意力都集中在她身上了，于是反而抬高了她”。

确实如此。可怜的宝贝儿之所以惹人爱，只因为“她老得爱一个人，不这样就不行”。奥莲卡饱满的爱情一旦下碇，便奢望永世停泊，否则她的心会“跟以前一样又空洞又烦闷，充满苦味”。托尔斯泰自告奋勇，为我们指点迷津，敦请读者不要弄错作家的初衷，即使这份误解对《宝贝儿》本身并无损害。至于契诃夫，托尔斯泰认为：“他同巴兰一样，本意是想诅咒，可是诗的上帝却禁止他，并吩咐他祝福，于是他就祝福了，不自觉地给这个可爱的人物披上了奇异的光彩。”

我们注意到，在沃尔特·司各特爵士的历史小说代表作《艾凡赫》之中，有一位与宝贝儿奥莲卡荣辱相埒、性情又判若云泥的人物：圣殿骑士布里昂·德·波阿-基尔勃。这名诺曼贵族的佼佼者武力超群，野心勃勃，战功卓著，声名煊赫，拥有远大的前程。当然，依照“邪不压正”的古老法则，他敌不过倒霉而英勇的男主人公艾凡赫。尽管布里昂一开始似乎是个令读者不快的角色，残忍，放纵，骄横，好像一只阴郁的灰椋鸟，但他掳走犹太姑娘蕊贝卡之后，情况悄然变化了。在高耸的城堡深处，在孤立无援的劫难当中，蕊贝卡以她忠贞不屈的气节赢得布里昂的尊敬，圣殿骑士则由此对犹太姑娘萌发了爱恋。接下来的日子里，他甘冒枪林弹雨，宁可自己多承受好汉们尖锐的箭镞，也要举盾护住蕊贝卡。（哦，瘀斑，刀痕，战士的情书！）此后，作者司各特的所有注意力统统集中到这对男女身上，艾凡赫和查理王迅速沦落为配角，在两个生死冤家那耐人寻味的较量中黯然失色。为了挽救蕊贝卡的生命并攘夺她珍贵的爱情，布里昂费尽心机，却每每弄巧成拙，把她（同时也把他自己）推向更加危险的境地。蕊贝卡一如既往，奋力斥责布里昂，因为他天理难容的淫欲是一切不幸的开端。然而圣殿骑士在用全部的勇气和爱去争取蕊贝卡，这份爱无疑是自私的、傲慢的，充斥着强迫的言行，唯其如此，更显炽烈不渝。蕊贝卡遭到宗教审判前夕，布里昂对自己说："凭着上天，我绝不让她受罚！"圣殿骑士下定决心，只要蕊贝卡肯随他逃走，他便抛弃地位和荣誉，抛弃即将到手的崇高权力，带她亡命天涯，纵使投入异教也在所不惜。难以饶恕的巨大罪恶撑得他几近爆裂，他体内的野兽也即将撞破笼网，失去控制。奈何蕊贝卡只顾厉声痛骂布里昂，竟看不到他比艾凡赫更可亲可敬。故事中，犹太族的倔强在姑娘身上似癫痫肆意发作，因此圣殿骑士之爱纯为苦涩、悲愤："我还要尽一次努力来搭救你，但你不能再对我无情无义了！若是我再碰到你的钉子，那我的仇恨就要赶上我的爱情了……"

布里昂在意志的角斗中一败涂地。他以勇者的骄傲方式展现柔情，注定等不到犹太族女子的回应。圣殿骑士设计的"比武决狱"未能湔雪积耻，反而导致自己的覆亡，但他并非死于艾凡赫之手，实乃死于争不来爱情的绝望。直至终局，痴恋成狂的布里昂仍拒绝放弃，仍妄想换得蕊贝卡的芳心。他只犯了一个错误，即不应使爱情成为理智的蒙眼布，成为他再次劫缚犹太姑娘的无形障碍。在一名天真的读者看来，凭圣殿骑士的本领和胆色，不难找到一些无须征得蕊贝卡同意的处置方法，或权宜当前，或一劳永逸。然而，恰恰是这一失误表明，我们的布里昂大人爱得太深，已经"被魔鬼的妖术迷住"。

根据以上诠述，《艾凡赫》可更名为《布里昂》。沃尔特·司各特爵士，这位欧洲历史小说之父，二十余部长篇以及《魔鬼学与巫术书信集》的创作者，兴许迫于成见，要让苍白无力的"正义"战胜真实动人的"邪恶"，让盎格鲁-撒克逊的反抗精神击败诺曼的王座与权杖，兴许他深谙叙事艺术的不传之秘："抬高受辱的人们。"无论如何，圣殿骑士布里昂的惨败身死令你我神伤。他是个货真价实的受辱者，仅以激起同情这一点而言，其悲剧几乎不逊于《百年孤独》中奥雷良诺上校捍卫理想的凄怆事迹。

回到列夫·托尔斯泰所写序言。大文豪声称，奥莲卡“这个人物将永远是妇女可能做到的典范，教导她们要使自己幸福，而且也使命运把她与之撮合在一起的人幸福”。众多自由派女性想必对这一教条式评判深感不满，深表不屑，视之为旧年月的遗孑余灰。若避开无谓的道德争论，纯粹从艺术角度考虑，那么，我斗胆主张， 她们正是宝贝儿这一神奇形象的现实基础，反衬她独特的光芒。实际上，出于相似理由，我们也不提倡强有力的男子去效法圣殿骑士布里昂。他将长久待在艾凡赫的阴影下，于晦暗中鼓荡无数个世代的夜读心灵。

三、读《尤利西斯》

《尤利西斯》据称是“所有有趣的小说中最难懂的一部，同时也是难懂的小说中最有趣味的一部”。某些现代小说理论认为，《尤利西斯》和《堂吉诃德》这类作品，其情节频繁遭到各种联想、引用、插科打诨与叠加的神话所打乱，叙述的推进一再被阻挠或破坏，从而实现了“心理时间消融物理时间”的效果——这无疑是一个独特的切入角度，隐隐散发着“从小说到文本”的后结构主义之流的摩登气息。但必须指明，如果乔伊斯的主旨仅止于此，或者他并非为了引起读者兴致而刻意“延缓情节”，那么很难想象，这部中译本厚达一千页的小说能与“意趣”二字产生关联。很多情况下，文学研究一旦脱离了人类情感的最基本倾向，试图以“科学”的面目出现， 忽略了作家的梦想与读者的愿望，不知晓何为创作之动力，不领会创作的秘密，不深察与其相伴的一切艰难困苦，这时候，肤浅的归纳推演便可能生成错误的（至少是毫不重要的）结论。它非但枯燥乏味，而且妨碍我们对原作的阅读欣赏。

歌德说：“想象如果创造不出对知解力永远是疑问的事物来，它就做不出什么事情来了。” 在《尤利西斯》当中，情节之外的内容恰恰最为重要。甚至应该认为，乔伊斯构造情节的主要意图，正是为了串起珍珠般晶莹剔透的闪念、入诗的场景、种种雄浑有力的印象、巧妙的联系，以及妙趣横生的旁征博引。我们不难推测作者为此抄写过多少文句，细心收集过多少素材，匆忙记录过多少一闪而逝的思想，再以灵魂的呼吸、意识流的脉动为针线，将它们捋补成章。所有这一切，经由小说家独具慧眼的筛选和营建，收敛了多余的锋芒，共同为着某个统一的、无穷无尽的意象出力。它们展现了恢宏的背景与命运。而小市民身份的利奥波德·布卢姆——这是巨大的欺骗——恣意抛射的浓稠意绪和锐利思想，他那借助日常生活将政治、民族、宗教、性以及食欲糅合一处的幽默世界观，使之成为一位现代英雄。布卢姆的所见所闻所感也不再是单纯的个人体验，而是强有力的审美，是令人解颐的亵渎神圣，是以苦闷之名行狂热之实的诗歌天才。布卢姆的漫游和他一路上纷乱密集的思绪，绝非拙劣写作者所理解的“意识流”。我们看见公共便池之上的爱尔兰诗人雕像，置身于“憋住了呼吸”的都柏林小餐馆，得知民族主义者吞吃橙子（orange）以反对奥伦治（Orange）党人……这类奇异生动的形象与机智的描述在书中不胜枚举。如果说《尤利西斯》采用了意识流，那么也是艺术家兼深邃哲人的意识流，是绝顶智慧的奥德修斯十年漂泊所浓缩而成的非凡一日。

布卢姆的悲剧性源于他纯然是那片天地的观察者，他孤独地身处其间，而乔伊斯创造了这天地——该判断明显出于一种非伦理的人生态度，对《尤利西斯》或许刚好是适合的。

四、关于《苏霍多尔》

《苏霍多尔》正应了奥古斯特·罗丹那句话，“所谓美，就是性格与表情。”与蒲宁其他作品不同，《苏霍多尔》的事例和形容词更为生动、极端、强有力，以至于人物个性在此首度上升到悲剧的高度，而他先前创作的散文和小说，晚年撰写的回忆录均未提供读者如此鲜明的印象。重读《苏霍多尔》让我认识到所谓虚构的确只关乎艺术家对现实的巧妙取舍，因此“现实”这座冰山的体积也至关重要。但悲剧或艺术的浓烈并非仅仅靠事实的堆积便可形成，如何避免轻佻或者那种“一贯正确”的处理方式，获取白日梦的效果？如何增强而不是消减性格的力量？这些无不是值得深究的问题。

《苏霍多尔》的素材大约来源于家族长辈讲述的掌故，蒲宁根据它们从容地限定篇幅，平静地安排结构，免去了许多必要或不必要的苦恼。

五、哦，黛西·米勒

兴许是嫌我们的世界仍不够复杂，在《亨利·詹姆斯：〈黛西·米勒〉》一文中，卡尔维诺大谈《黛西·米勒》"隐含的神秘感"，勉力剖析欧洲与美国、新教日内瓦与天主教罗马的文化鸿沟，阐说社会禁忌与作者的贞操观念，探讨那攫夺姑娘灵魂的"邪恶世界"。如果黛西·米勒最大的意义仅仅是充当某种象征，成为一面折射亨利·詹姆斯性恐惧的镜子，如果这位有个哲学家哥哥的文学家旧病复发，又企图领着我们深入他抽象思维的褶皱，那么，《黛西·米勒》势必死得比作者本人更早，势必跟《螺丝在拧紧》一样，缺乏阅读快感，可能也缺乏书写乐趣，好比身心疲惫的饱学老叟，虚弱，枯槁，安于恬淡无为。

然而《黛西·米勒》无疑是亨利·詹姆斯最好的作品——金发姑娘黛西，这朵轻狂的玫瑰使得尘世间最美妙的情致得以继续流传，她的女斗士的满腔热忱和捉弄人的卓异才华与其说是天赋，毋宁说是青春体魄所引发的、不由自主且无法遏抑的纯粹之爱。读者甚至会觉得，黛西·米勒不断反抗着作家，而后者总在为她放荡的举止遮掩粉饰，再三强调她"天真无知"，最终还安排了一场墓园对话证明其"清白"。这无异于另一种抹黑。亨利·詹姆斯称《黛西·米勒》是"我所创作的最最幸运的作品"，只有当作者意识到他所创造的角色超越了他本人时，他才会这样说。

梅里美笔下的卡门和蒲宁记述的众多俄罗斯姑娘，也因为同样的气质而令人神往。至于卡尔维诺《树上的男爵》中的薇莪拉，一个懂得如何享受爱情游戏的天生尤物，一反模糊、黯淡的譬喻性形象，与作者在其他小说中创造的一切人物皆大相径庭。薇莪拉与黛西·米勒之间的隐秘联系，促使我们大胆猜度：卡尔维诺以一种别扭而不自知的方式，向世人昭示了他的师承。

卡尔维诺谈论博尔赫斯时说："命运省思的最理想来源，并非某个口头表述前发生的神话事件，而是一个文本，一个由词语、意象和意义构成的组织……"实际上，卡尔维诺、博尔赫斯、亨利·詹姆斯，三人皆为这样一类作家，他们不仅从先贤的文字中学会了写作，而且唯有通过阅读方能更好地把握现实世界，他们的眼睛仿佛生来是对准书架的。

六、海因里希·伯尔的《女士及众生相》

阅读大师之作似乎不应挑肥拣瘦。《女士及众生相》的铺陈方式与《一桩事先张扬的凶杀案》相仿，而俏姑娘雷麦黛丝倘若不白日飞升，则无异于另一个莱尼。老作家的最大优势之一是惊人的判断句，因为没有哪种手法比直接下定义更方便揭示隐秘的联系，更能展现年月智慧、轻快的世界观，以及迅速洞穿表象的概括功力。“我们的诗人都是最勇敢的厕所清洁工。”正如《霍乱时期的爱情》可视为一部爱情警句辞典，《女士及众生相》堪称一本生动简练的熟语大全。伯尔与加西亚·马尔克斯一样擅长不动声色的揶揄嘲讽：“一座青楼花院蔚然成风的古老而神圣的城市。”对此马塞尔·赖希－拉尼茨基有如下评论：“绝望和调侃，严厉的控诉和粗俗的笑谈、心酸和欢乐混在一起，使全书增色不少。”足见伯尔是一名细心的观察者和记录者。他处理材料的技巧炉火纯青，化繁为简或变简为繁皆得心应手，既不匮乏也不卖弄。最后，按照康斯坦丁·帕乌斯托夫斯基的分类法，伯尔显然属于鼓舞者、保护人之列。“只要读上几行这个鼓舞者的作品，自己便立即想要写东西。”《女士及众生相》能够激发读者内心的故事自然成长，犹如大雾消散，景物呈现其原貌。伯尔曾言：“现代文学的一个重要标志不是‘陌生化’，而是‘陌生感’。‘陌生化’和‘陌生感’有所不同。”我信任伯尔的感觉，赞赏他引领读者穿越广阔风光抵达终点的骗术，他为材料注入想象力的纯正方式尤为值得学习。

尽管《女士及众生相》是一次成功冒险，我们依然认为，以劝诱人思考的问句充当过渡，这么做兴许算不得高明。“显而易见，至今或多或少耐着性子的读者会感到不耐烦并问：天啊，这个莱尼难道是十全十美的吗？”“这位年轻的妇女究竟何许人也？”莱尼和俏姑娘雷麦黛丝这类惊世骇俗的形象不适合深入探究，她们的存在本身即足以实现小说家的所有意图。我们无须将莱尼视为一类典型、一批牺牲品的代表，因为伤害她的力量远不及她本人强大。于是小说中任何一笔赞扬或似褒实贬的概叹，任何关于莱尼的解释（哪怕只想借解释之形式腾挪转身），均降低了人物的可爱与真实感。要明白虚无和思索经常相伴相生，惋惜的情绪、控诉的欲望一丝一毫都不应掺入密集的行文中，否则难保不走入自我辩解的死巷。T.S. 艾略特指出文艺以外的目标是完全合理的，甚至是必需的，但写作者越不关注它，效果往往越好。E.M. 福斯特则更进一步，他认为："小说家永远不应该追求美，尽管我们知道如果他达不到美，那就失败了。"

原载《福建文学》2020年第8期

评鉴与感悟

信任他的判断。主要还是因为他推崇的书，有些我也喜欢，比如《女士及众生相》，比如《洛丽塔》。从平日网上得来的印象，他也是认真的写作者，在这样一个时代，有什么比葆有认真、平和的心态，去发见和探索书中世界更值得投入的事？读他的文字，也会想着迫不及待沉浸进去。（陈克海）

冬夜书

/钱红莉

一

这一阵读汪曾祺，并非小说、随笔，是不常见的《两栖杂述》之类，他交代自己文字的来龙去脉，赤诚，不遮掩，让人狂喜——嗬，原来这老头也有师承，好文字并非凭空来的。他的小说里流淌着人的气息，更有人世的规矩。读着读着，将书放下，于浓稠的夜色里叹口气……

这所有的好文字后面都有一颗心，包括他的老师沈从文，《边城》《长河》《三三》，我一遍遍读，真好啊，后面同样有一颗心。蒋勋讲解沈从文，那种入心、入情，似乎叫人狂跳起来，隔空与他握握手。

读书，如若人与人之间的相遇相知，是一种缘分。

又或者，每隔几年，总要重读《包法利夫人》，一遍遍体味福楼拜的斑斓多姿，深感他之伟大。

有些经典，怎么也读不进去，好友相赠《金瓶梅》，未翻几页，不得不放下，无论格非之前怎样抽丝剥茧分析，硬是触及不了它的好；以及《红楼梦》，威慑于各路大家盛赞，不同年龄段拿起，一直无功而返，但，却可以将《儒林外史》《老残游记》读得津津有味。

孙犁也曾循着鲁迅日记里的书单，悉数收罗，也不知“后事如何”？他也是做了笔记的。说到读书笔记，数周作人的难以攻克，繁杂至让人撞墙的程度，也只能欣赏他笔下故乡绍兴齁死人的腌苋菜杆了。可是，对于他的哥哥鲁迅，近年，任何文体均可以读进去——由于青少年时期，受制于教科书荼毒，对他的过分解读导致逆反心理，曾经碰都不能碰。一百年过去，他的文字以及他的人格魅力，愈发凸显。这是迟到的缘分。

有一夜，读《两地书》，感佩于他的深情而克制，真想买一张高铁票，去先生故乡看看。他写："……止一人，坐于百静中。"许广平回信，特意引了这句，并善解人意询问：你是不是想写东西了，手边的材料准备够没（大意）。一向是"知音世所稀"的年代，她何必与他相当的才识、境界、格局？唯有懂得，便也满足。

自《朱安传》，对他起敬意，至《两地书》，还原出一颗至柔至软的灵魂。

重读《朝花夕拾》……岂是一颗少年心懂得的？先生心里，直立着无数魏碑，至刚至柔。

读鲁迅，须在中年秋夜……

一套《莎士比亚全集》，屡屡拿起，可是，难以为继，并非翻译的问题，朱生豪的译本无懈可击。每读十四行诗，昏昏欲睡，以年轻人的行话讲，"嗨"不到那个点上。有些人看电影或买书之前，会下意识去豆瓣看看评分。傻呀——置身这么一个流俗文化掩盖精英文化的时代，一个依靠点击率衡量成功与否的时代，靠评分去判断艺术品之高下，简直是一种反智。

也有想读，却读不了的书，比如《世说新语》《容斋随笔》。倘若你的古文言功底略欠了点，是体会不到这两本书的好的——如同隔岸观花，老远的，你看得嘉树有荫，可是，末了，你过不了河去，缺少一叶小舟。小舟怎么来？必须退回去，重新学习古文。

有一年仲夏，咬牙将钱锺书《管锥编》搬出，对照密密麻麻的注释，往下啃，辛苦，不比体力活轻松。读透了吗？没有。

若将一本书读懂读透，用一两句话便能概括出来——常做书单策划，每次约稿，都说明，三两句点评即可。等拿到稿件，高下立判——有的人根本不会读书，甚至不惜大段引用；而有的人，一两句话就将一本书一网打尽。往往语言简洁的，均是比较有才气的人，一点则通的人，平时文章也写得好；疙里疙瘩说不到点子上的，文字一般比较平庸，下次不便再约。

这就是鉴赏力的问题。鉴赏力好比一个人伫立山巅，山谷间的草场溪流、山腰的流岚浮云尽收眼底，指哪打哪，掺不了假。一个人处在山脚下，什么也看不见，读书就是白读。

读书的过程，也是慢慢培养鉴赏力的过程。书越读越多的人，越发自觉浅薄渺小。真正的读书人，因为渊博，所以谦卑，从不膨胀虚妄。

有些书，今天读不了，或许明天就读进去了，不能急，也不必自卑，慢慢来。比如我将《世说新语》放在电脑前书架上，一抬眼即见，并对自己讲，总有一天会读透的。

青春期里，对于外国文学趋之若鹜，大量涉猎日本以及欧美作家的东西，但，随之年龄痴长，渐渐往里收了，一直于中国的传统里打转，这才是源头性的东西。

宇文所安评价白居易，大意是说他后来的三分之二诗歌本不必写。我对他这个论断拍案叫绝——看看，一个外国人竟也如此深刻懂得中国古诗的堂奥——白居易泉下有知，或许面子上抹不开。他与李杜是不能比的啊。那么，七言情诗呢，无人匹敌李商隐。几欲冲动地给他写一封长信，谈谈我对于他这个人以及他诗歌的理解、体恤之心，末了总是懒，找借口，忙别的去了。

泱泱《全唐诗》，深深喜欢的，也就那么几位，还有许多许多好诗人，对他们一直是隔膜的——并非他们的损失，是我的损失。

二

小雪节气一过，夜更静。冬天大约是用来读书的，一卷在握，心自会静下来，重新找到内在的秩序。

当读“日月之行，若出其中；星汉灿烂，若出其里”，猛然体悟到，曹操当年所见的所叹的太阳系、银河系，何尝不是当下的我们此刻所见的呢？给他灵感的这些宇宙星体，存在千年，万年，亿年，亘古未变——照耀过曹操的星光，也曾照耀过曹丕，照耀过曹叡，照耀过李白、杜甫，同样照耀过李商隐、苏东坡啊。

李商隐写：“星沉海底当窗见，雨过河源隔座看。”清晰又混沌，何等开阔的精神局面。

每一年龄段，读曹操，或者李商隐，皆能品出不同况味。

岁月，催人苍老，岁月，同样与人以深厚。

读完曹操，再读曹丕，顺便将曹叡的也一并读了，非常好。这些远古的诗文，有一种过滤净化作用，彻底将环绕于肉身的庸俗之气屏蔽，人的内心气息不再浑浊，慢慢变得干净，仿佛与黑夜浑然一体了。古典的东西，说不出具体之好，无非一种氤氲之气，这是现代诗无以仰望的。现代人太啰嗦了，一旦琐屑，便失了沉稳。所谓以少少胜多多，古诗里的“少少”，则是沉默过后的一丁点余响，深刻而无以言明的东西。

正是这些无以名状的东西，令人陷入孤独——每个人都是一座孤岛，四面环绕浩瀚海洋，无以泅渡。这个时候，或许听听《行星组曲》，情绪上似开阔些。古典音乐与文学这两样艺术载体，同样可以通神。

有一年冬天，下决心系统诵读《全唐诗》。一读，放不下，夜不能寐，一种痛苦的情绪环绕心间，无法排遣，特别难受，尤其至杜甫这一章——他的一生，没过几天好日子，一贯穷愁潦倒食不果腹。我慢慢读他的诗，一遍遍仔细核对每首诗的写作时间及背景，心上弥漫难言的灰尘，严重影响日常生活，简直陷入抑郁了。

杜甫仿佛成了我的祖父——我被生下来时，祖父便已不在。他的历经，是我日后一点点挖掘出的，所以加倍难过。杜甫饿了很久以后，终于得到食物，被一块牛肉噎死于异乡的小舟。我的祖父由于饥饿而浑身浮肿，他再也吃不下那些无盐的野菜，他是主动饿死自己的……

时代大河流淌不息，杜甫，以及我的祖父，因为命定的一切，各有归舟。

将杜甫读完，再读李贺，这个二十六岁早逝的天才，同样郁郁不得志。李贺将诗写到鬼斧神工地步，极似凡·高笔下的颜料，漫天漫地炽黄，无尽泼洒，激烈燃烧，然后轰然一声，宛如天边响雷，将自己燃至灰烬。

李白内心更加荒凉，蓬勃的才华一遍遍加深着他的痛苦。若一个平庸之辈，混混日子，一生也便过去了，但李白偏偏不能，现实如此残酷，他靠不停地行走排遣内心的沉郁——他的诗里，意象最频繁的“月亮”，可看不可触的，总归虚无；其次是酒，酒是一种短暂的慰藉品，酒醒之后的痛苦，更加深重。

李白一辈子都在行走，唯有杜甫怜惜他。李白的才气是一等一的，没有人比得过。才华于人，反而是一份牵绊一种负累。这也便算了。只是，我太心疼杜甫，安史之乱后期，千辛万苦跋山涉水，巴巴赶至偏居甘肃的皇帝面前，被封了一个小官职。好景不长，因替房琯说情，触怒肃宗，惨遭贬谪，开始了困厄无定的生活。

杜甫为何痴心不死?

早在安史之乱前，面对奸吝得道，王维便有隐居之心了。到底，王维有精明的一面，投机的一面，他没有杜甫那么浑然，那么赤子之心。不入仕，于过去读书人的三观里，不失为失败落魄人生。儒家倡导的诗书志业，莫不为了日后的攀官封爵。

这一点上，陶潜何等脱俗。

有一阵，读王羲之帖，满纸哀意。古人写信，简洁不芜，二三十汉字，仿佛什么也未说，实则，将什么皆说尽，是哀哀不能言明。千年后某个夜晚，被后人细细摩挲，仿佛一堆死灰，又一次被风点燃，将一颗温软的心炙烤得滴油，一种精神上的烧灼感，悲不能言，如若思念遥不可及之人，因为不能，而过分克制自己，掩埋自己，直如献身于无边大火。

是什么可以令我们心回意转，又是什么令我们念念于怀?

这世间，一日日地，并未有什么两样，风继续吹，道路继续延伸，人，一日日地老了。转瞬，一年将尽，宇宙间不过一瞬，不过是地球绕着太阳转完一圈罢了。

冬天，大自然衰落下去，视野里空空然茫茫然。前阵去乡下，塘口岸畔，遍布芦荻；塘面，荇菜参差。风过去，一切静止，极目处为荒芜寥落所覆盖——这些自然界中的植物，《诗经》里出现过的，古人以它们来起兴，作诗，一句句，四言、五言，至今读，依然那么美，皆是源头性的东西，琅琅然，如若含了一粒粒珍珠于雪里泛光。

纵然并非诗人，也拦不住一颗诗心。

现代人，于心智上，似已倒退，科技则一日千里推着人类持续向前。实则，人的心性一直是倒退着的，少见胸襟格局。物欲的膨胀，渐渐毁掉内心的秩序，日渐背道而驰，离最初的可依赖的东西，愈发遥远。

纵然于灵魂层面，选择往后退着活，慢慢地，也能靠近一些源头性的东西，可是，这又何等艰难呢？

三

夜读晚明小品，插页里选了几幅画。有一幅文徵明《漪兰竹石图》，颇为障眼，想必是其少作。文徵明想必还有比这更好的画作，责编偏偏选了这么一幅。

怎么不好了呢？太满。小尺窄幅，被两丛兰、一块顽石、几棵竹子铺满，那墨铺得真是顶天立地，黑压压乌云压城，喘不过气的压抑。兰，原本给人以幽深恬静之感，可是，到了文徵明这幅画里，连惠的气质也不如，倒额外生出喧闹之音，视觉上分外压抑。一点不假，谦受益，满则损。

中国水墨的好处，全在留白。

最高级的，是一小幅立轴册页，一棵兰静静立于左下方，整个画面的五分之四均给了空白，就这一片大雪一样空茫茫的白，并非一无所有，而是应有尽有，右下方蹲一方闲章——这闲章，便是古往今来中国文人的一颗颗诗心，不死的，披风沥雨里永远跳动的心。

夜里看这幅画，想立刻天亮，去花卉市场买一盆墨兰回来。早前家里有一株，第一年抽出五六枝花箭，那种无可比的出尘幽香，纷绕了整个寒冬——兰的香气，是有佛性的。她静静地，于卧室窗台，默默吐芳，梦境里遍布香气，也不浓烈，似有若无，宛如喜悦——真正的喜悦是不可以浓烈的，它与瞻望相似。

第二年，这株兰抽出一枝花箭；第三年，或许施肥过甚，枯了。

兰花不易养，到末了，一样枯萎。或许，人类身上存有太多浊气，兰的清气实在不喜欢这样的市侩之气，不如自处的好。可是，人的力气比自己大，非得将她搬进室内，至柔至弱的她，又拗不过，唯有自绝。

自绝，是另一种拒人。所谓空谷幽兰，莫不如此。兰，天生长于山谷、绝壁，与云岚雨雪霜霖为伍。

四

连日阴雨，终于止住，几欲下雪。

一个“雪”字，宛如平庸世间一道闪电，瞬间将四周照亮，心为之喜悦。

雪下一夜。

翌日开门，天地茫茫。

喜爱于雪地疾行，至精疲力竭，仿佛遇见前生，不，是与前生并肩而行。这种行为，莫过于精神上的自处。

我们每一生命个体，于一生中的大部分时间，都是孤独的，唯有独自拜访被大雪覆盖的菜园、河流、荒原……空茫茫的人生，一霎时来到目前，精神上的视野舒豁一片，一生中许多未及启齿的话，于那一刻，皆被一场大雪收走。人行于雪地，唯有沉默——那个时候，才会真切感知到，小小的我，独独来往于天地自然。

雪下时，天地浑然。小小的人，犹如活在一个巨大的神启里。

五

重读张爱玲两部长篇：《雷峰塔》《易经》。庾信文章老更成，处处有分寸，一路低缓的调子，逶逶迤迤。仿佛冬天的湖，简洁，清澈，一汪到底，更似人在冬天的心境，一味往内收，特别守得住。人至中年的张爱玲，笔致枯淡，一如荒坡白苍苍芒草，一路铺至天边，也似山谷间残荷，断梗飘零，将人生寂寥的底子涂了又涂，如宋人画，处处留白，更见风骨。

小说开头，透过一个四岁孩童的眼，仔细打量一个光怪陆离的家族史，耐心描摹，分明是手工画，一点一点粘贴裱划，皱摺的纹路也要理直，蜘丝的角落不放过，甚至老妈子们在漆黑院子里谈天，也被一个早慧儿童记在心上，渐渐成了一幅家族大画上的金粉，被时光的镜框定格下来，远看着，庄重慈祥——是永生的童年。甚至，连父亲的姨太太，在作者童年的眼里都变得美丽起来。童年的人生观是混沌的，原本不辨美好丑恶。张爱玲走的是中国唐诗印象派的路子，零度叙事地呈现，既显又隐的笔法，开阔纵深，大启大阖，漠漠水田飞白鹭，阴阴夏木啭黄鹂，令读者跟着一道眼热心沉。

写着写着，作者就将自己融入到一个战火频烧的时代，渐渐地，自己终于成了那个纷乱时代坐标系上的一员。

说是她在西方的“叩关失败之作”，却不知于小说技术处理这一块，她是何等的高超，相比她的成名作，这两部于艺术上更有可圈可点之处。年轻时的写作，靠的是一股初生牛犊的气象与语词的标新立异，到得中年，横陈的全是浑厚的底气，没有了橙黄橘绿，却分外字字生血。

人生的长河一直流淌，她笔下的这些事，也曾出现于早期散文，但，都没有披着小说的外衣来得惊骇异常。

姑姑与母亲于异国“公事”同一男人；大爷偷偷纳了丫头吉祥做妾，在外面建了一个家，生了儿子，将照片寄给大婶看，说是吉祥跟了南京的一个男人，将大婶感动得：吉祥这丫头不错，到底还记得我；港战其间，琵琶跟着同学们一起去做护士……姑姑与表舅妈的儿子绪哥哥陷入不伦之恋，为搭救表舅，姑姑将嫂子的钱全部填进去，姑嫂心生裂隙依然同一屋檐下……最惨痛的是，作者港大求学其间，历史老师看她贫寒，自己拿出八百元作为提前预支的奖学金，塞进信封里寄她。当她带着这珍贵的八百元辗转坐车去浅水湾豪华饭店捧给母亲时。母亲一个晚上在牌桌上输光，不多不少，正好八百元……后来，香港失守，日本人接手港大，英国教师不是战死，便是被遣返，她跟着同学们去人去楼空的老师家洗澡，等候的空隙，忍不住跑去老师的书房翻书，将比亚兹莱画册撕下，藏起来带回去……校医勾结外人趁着黑夜一车一车往外拉货卖，最后将一个伤员灭口。作者为了早点回到内地，不惜拿这个“秘密”前去威胁校医帮她搞几张回上海的船票……结果真的成功了。回上海的那艘轮船上有梅兰芳同行……

小说到这里，惊心动魄。一个少不更事的女学生，鲁莽地拿命案前去“威胁”校医，自己却不怕同被灭了口？不过是为了早点回到上海，纵然上海再也没有可收留自己的亲人了，她还是那么热爱。当她下船，坐在黄包车上，想起自己小时候自天津迁来上海，“也是夏天，也是早晨”，坐在马车里，老阿妈陪在身边。

“太阳暖烘烘照着车篷没拉起来的黄包车，照着她的胳膊腿，像两根滚烫的铁条。我回来了，她道。太阳记得她。”

回到上海这座也曾令她挫败心碎的城市，却在心里喊道：“太阳记得她。”一个人终于有了生根感，有一份笃定的快乐。

小说戛然而止，被全束收起来，宛如一个黄金的坟，日日花开草绿，年年寒鸦四起……张爱玲始终以淡笔，寥寥勾勒一个名门之后如此庞大的家业，被“父亲”“后母”在烟榻上一点点败光的生活图景。早年，父亲捧戏子，纳二姨太，去堂子里厮混……都是纸醉金迷的日月，家里佣人无数，“秦干”带弟弟，“何干”带作者自己，另有烧饭的厨子，打杂的，专门下乡收租的，一大家子浑浑噩噩，从天津迁到上海，一天一天地把一座金山挖空，最后落得去到侄子那里讨要十四平方米的偏房栖身……

张爱玲用点画笔法，顺带着将舅舅家、表舅妈家、大爷家等诸位亲戚细致描摹，他们都是远景的底子，不耐心看，也就模糊过去了，不比自己的家族需要加以追光，尤其对于母亲，借着小说的幌子，她可真舍得下手。作家向来无情。母亲的滥交与漂泊无依，以致客死异乡，似乎罪有应得。一个也曾裹过小脚的受过西洋教育的女子永远处在收拾行李的匆忙里，一代一代女性的悲剧，不过是，作者比母亲走得更远……

中国当代小说家，真得多看看张爱玲，怎样起笔，怎样收笔，处理宏大题材时，一样云淡风轻，一笔笔无意带过，这叫举重若轻。那一笔笔，实在耐品，天青云淡，微风徐来，而内里早已壮阔波澜，文字的冰山一律隐于简寥的对话背后。中国古诗词以空间感与张力取胜，到了张爱玲这里的小说笔法，依旧遵循了那笔法之广阔幽深的，余味绵长，是杜牧所言的“浮生恰似冰底水，日夜东流人不知”。

作者始终冷冷站在人世的外围，打量这一切，是沉疴泛起腐朽又没落的中国，像一匹布，从一开始拿出来都是旧的，灰蒙蒙的，正反面布满虫洞，被光阴沤烂了……末了，人人有乱离之感，连久居乡下的人性也是被扭曲的，何干的儿子不是将自己的外婆活埋了吗？他嫌外婆活得太久。刻画人性上，张爱玲不比鲁迅逊色，区区几段简短对话，人性深处的晦暗跃然纸上。

她笔下的童年，永远暖色调——母亲时尚美丽，因为气短，她站在钢琴前唱西洋歌剧，锻炼肺活量，美丽的姑姑伴奏，祥和失真的画面，那个小女孩似一直停留在四岁，最后一起成了一幅油画，每个人的眼睛隔着沉沉岁月，都成了珍珠，明亮硕大，与从未见过面的祖父母一样珍贵……

写作这两部长篇的张爱玲，人至中年，生命过往的盛衰悲欢，她逐一领略，算是暂时稳定下来，等着去“西方”叩关了，未曾料想，还是“失败”下来。这就是命运。

于一个出色的作家，这也是一种双重打击。这么好的八十万字，一直搁置着，满纸的才华、心血。

人至中年好枯淡。读起这样的八十万言，句句入心，似寒冬独行于冰雪，浑然不觉凄寒，心里有奔腾不息的洪流，一点一滴撑起这眼界。

无论小说抑或诗歌，笔法不能一味肥厚，必须枯淡，寒山枯水，立于天地之间，愈至后来，愈有筋骨，有阔气，英气，寒气，更见生命的活气。

张爱玲这洋洋大观的八十万言，遍布霜气，经得起时间的折磨，并非自囿于小我田地的局限，分明是一个时代的兴衰哀叹。

六

天欲雪，一切静下来。

我们不该出门，要留在家里，喝茶，重温一些古典的东西。这叫作后退——当今的人不是一味地趋新趋前吗？前面到底是什么呢？

——两极冰川正在加速融化，天空出现越来越大的窟窿。一贯杞人忧天，而倍感揪心忧患，人类赖以栖身的这一颗小小星球，正在加速迈向悬崖……

这些年，作为一个主流价值观所钦定的失败者，还总是忧愤不息，继而失望，颓唐，虚无……或者，忽然想起来读点庄子，暂时宁静下来，颇有了一点安慰。

庄子的伟大，在于他作为一个独一无二且无以匹敌的文体家，以超凡的想象力，对抗这个强悍的世界。实在喜欢他那波诡奇崛的比喻。这么一个贤哲，他也实在是刻薄得很啊。

抄一则《任公垂钓》：

> 任公子为大钩巨缁，五十以为饵，蹲乎会稽，投竿东海，旦旦而钓，期年不得鱼。已而大鱼食之，牵巨钩陷没而下，骛扬而奋鳍，白波若山，海水震荡，声侔鬼神，惮赫千里。任公子得若鱼，离而腊之，自制河以东，苍梧以北，莫不厌若鱼者。已而后世辁才讽说之徒，皆惊而相告也。夫揭竿累，趣灌渎，守鲵、鲋，其于得大鱼，难矣！

白话可以是这样：

> 任国有一位公子搞了一个巨大的鱼钩，还拖着很长的钓线，他用五十条壮牛晾制的肉干作肉饵，蹲在会稽山上，钓竿甩到东海。他天天在那里专心地钓着。整整一年过去，都没有钓着一条鱼。后来呢，终于有条大鱼上钩了，它吞食了肉饵，且牵着巨钩忍痛潜入海底。只见那条大鱼东冲西撞，上下翻腾，奋鳍挣扎。海面上，白浪如山，波涛啸然，宛如神呼鬼泣，声震千里。任国公子捕得这条大鱼后，将它分割成块，制成肉干。制河以东苍梧以北的人们，最后全都吃腻了。后世一些饶舌的庸人们都大惊小怪，奔走相告这么一件奇事。
>
> （然而，画风一转），那些成天拿着短竿细线，跑到小水沟旁，守着鲵鳅小鱼的人，想钓到大鱼，是完全不可能的！

庄子讽刺的对象，何尝不是当下贪欲无度的人类，眼界里唯余小水沟，拿得出的只有小竹竿，连大海也不曾见过，何以实现大鱼梦呢？

眼前这盛世，战车一样轰隆隆向前，大片大片虚无。

天地不仁，以万物为刍狗。

七

骑行至市府广场附近梅林。幽香如雁阵，令人晕眩。索性停车，站在那里，与梅花对望，反正不急的。那一刻，我的心真闲。也只有一个生活的失败者才会这么闲。

与梅花对望之际，同事们或许在咖啡馆与客户签成一笔大单，几十万款项，总之，他们作为成功者的形象，夹着黑色真皮公文包，体面而步履匆匆地与我在楼梯间擦身而过……有时，看着他们的背影，我怎能不生出些自卑呢——比起他们的精明能干，我可真是一个无用之人。在办公室，经常性倒卧于椅上，捧一本书，一只腿叠在另一只腿上，间或颠上那么一颠。有一回，新闻部一名同事打身边过，好奇道：你的心怎么这么静啊。不晓得她是赞美，抑或讥讽，也习惯了。如今，这名同事早已跳槽，许多诧叱风云的同事均跳槽离开了，或独立创业，或高就至更广阔的天地去了。

偶尔，还能在小区碰见他们（单位建的房子），彼此点头，微笑，而有的，早已搬离该小区，换名车，戴起名表，连朋友圈里发出的照片，亦不忘将袖子撩起，将手臂举至恰当位置……

一日，与旧友感慨：忍看朋辈戴名表，怒向刀丛觅小诗……

自记事起，与周遭的主流，似乎均是背道而驰的。

小时，经常得家母告诫：不要与人比吃穿，要比就比肚子里有没有货。

现在回想，觉得我的这位高小尚未毕业的母亲，她真是既仁慈，又高瞻远瞩——她知道自己的孩子未能生就一张美丽脸孔，注定过不好这一生，故趁早灌输与我——要在精神上建立起庞大帝国，来挽回生命里的一次次失去。她一直强调“肚子里有没有货”，不就是让我注重精神广厦的建设么？一个人，只有精神强大了，才能行于俗，立于世，从而少点迷失感，灵魂上自然多存些深厚东西。

愈至中年，愈能体味母亲之用心良苦。

有一个热词“贫穷限制了想象力”，不太同意，清寒的人照样可以到达远方，富有的人以飞机、游艇到达；我们以想象力，以文字，各自抵达。

精神世界的宽广无界，如同星辰大海。活了一把年纪，似一直在践行着母亲的教导——不要与人比吃穿。她这里的“吃穿”，应指代“物质生活”。

第一只手机，尚是初来合肥买的三星，翻盖，银色系，用了七八年，后来，一直坏，五次三番维修。一次，敏感捕捉到师傅修得不甚耐烦，才发狠扔掉；第一辆电动车，骑了数年，内外胎、电池换过无数回，风里雨里，伴了多年——人与物之间，也会日久生情。

人与不同物种，总是情多——比如童年里放过的牛，喂养过的鸡雏鹅鸭，以及给予我滋养的菜地、稻田、山风、月色……梦里总是它们。

这一年年里不同又相同的四季，春风，秋雨，夏花，冬雪，一直这么爱着它们……你没法将它们换掉。永恒的东西是换不掉的，不唯新，亦不唯旧。

八

生活，是这样的平凡平庸，一年年过下去——怎么过得下去？可是，也过下去了。

人也老了，对着一片湖水，闲坐，越发沉默。觉得这一生，甚是遗憾，但，有些时候，午夜梦回，也还总是热血沸腾，激励自己一骨碌爬起，发愤……

好吧，自写诗始。丢了十余年的文体，重新拾起，不，并非重拾，是一个人生命又到了铺陈不可的时段。如若古体诗，更能体现彼时心境，庾信那样的悲哀沉痛、李白那样的风云激荡、李义山那样的情深怅惘……在我的生命里，总是有的。

我以奔跑，缓解蓬勃的诗情，或者疾走，将体内淤积的情绪发泄出去，慢慢地，复归于平静。

濒临年底，坐在南窗前，轰隆隆爆竹声，于巨大空间盘旋着，盘旋着，隐隐不绝，犹如战时利炮，反衬至心间，凛凛然。每一年年关，总是凄惶的心境多些，这或可出于人类潜意识里，对于时间流逝的痛惜与无可挽回的悔愧？

九

随笔集出版，拟赠故友一本，打开扉页，颇费踌躇。

无以落笔，辗转再三，只四个字：

某某存念。

暮冬烤雪，迟夏写长信的日子，不复重来。

原载《天涯》2020年第4期

评鉴与感悟

是在读书，也是在比较。内心的秩序，她省察，不遗余力。他人的世俗，她也不对抗，只是冷眼旁观。总有一股决绝的骨气贯穿始终，那是读书人的底气，人生况味，如戏世情，她看得自在分明。（陈克海）

玲　珑

/胡竹峰

小文章有小文章的意思，这意思长文章没有。小文章意思在小巧玲珑，有庭园氛围；洒洒洋洋的宏阔长文章，没有这种风味。

罗大经说看诗要胸次玲珑活络。少年读过的书，叔齐在岸上徘徊，扬声悲歌。我这一张断弦琴弹得出一声声的哀弄：丁东，琤琮，玲珑，一声声是梦，一声声是空空。

文章是空空事业。

以空为业，有一些玲珑意思就好。鲍照说，白日照前窗，玲珑绮罗中。玲珑未必非要在绮罗中，玲珑布衣，玲珑粗服，更有好风华。

灼灼灿烂

清明前下了场雪。山里花草正好，红一片白一片黄一片紫一片绿一片。枝头积雪花影灿烂，何止明月前身，春花带雪看，又奇崛又中正。次日阳光大好，天气澄和，风物闲美，万物清明里是大地涌动的气息。茶花兰花桃花梨花次第开放，明晃晃闪烁，草木疯长，其状鲜美灼灼。万物有灵，秋叶与霜雪之态，亦灿灿夺目。物华之美，大抵如斯。

旧传奇中的故事。一老狐见人行匣苏黄李杜孔孟老庄文集，称灿灿有光。人以自家诗文示前，狐讷讷良久道：漆漆黑灰气。皮日休诗里说得好，唯书有色，唯文有华。好文章也灿烂，才华灿烂，学养灿烂，识见灿烂，光耀眼眸，穿过时空古旧的窗棂，立虹在野。下笔底色有异，不论落墨如何，得灿烂者得生机也。

游马郢

己亥年腊月二十七，两三友人结伴车往马郢。一路行经处，雾气相随，淡淡地萦绕树林，林中杂木舒朗。饭食的浓汤气息滚滚而来，一时富贵一时吉祥。这是腊月的味道，这是乡村的风致。

农舍俨然，几个村民进进出出，人皆一脸安详，一身文气，斯文在兹，心下一时惊奇。屋边菜畦端端正正，蔬叶鲜气淋漓。鸡不鸣，犬不吠，安如木雕，得了此间水土的静气，自有一番恬淡。

马郢地属长丰，距闹市颇近，人来了却觉得此地远离了尘嚣。感叹不是世外桃源，而且乡居福地，真真丰饶长久也。

马郢可游，更可居也。

中国红

得一串南红古珠，入手细腻，表皮光洁，橙黄中隐隐泛着包浆的晕斑。此串十粒南瓜形，两颗橄榄形。橄榄好吃，南瓜好看。橄榄外圆内刚，味苦且涩，气息却清芳。

南红色彩丰富，锦红、柿子红、玫瑰红、朱砂红、缟红，皆俏丽明艳。中国人爱红，有中国红一说。南红之色颇好，好在红上，红得容光焕发，红得喜气洋洋。小时候过年，家里门框上总要贴“万事如意”四字。当时看了不以为稀奇，现在想起来，觉得熨帖。人生所求无非万事如意。

赠南红珠者，友人王祥夫。祥夫先生以文名世，博物好古，工书画，笔下瓜果蔬菜山川人物得了齐白石意味，自辟笔路，又清净又文气。存有他书法一幅、山水一幅、虫草一幅。虫草画的是风吹高粱，一只蚂蚱伏茎叶做凝神状。展画细看，屏息良久，不敢开口说话，怕此物惊走也。

得铜印记

铜印源自东周，盛于西汉，古称金印，多为官家所用。《三国演义》上关羽快马斩得颜良，曹操即表奏朝廷，封他为汉寿亭侯，并铸送铜印。

铜有好意思，铜郭，铜堞，铜楼，铜山，铜墙，铜头。京剧里还有铜锤，又称净角、黑头，俗称花脸，以唱为主，是我最喜欢的角色。旧小说中常有使铜锤的好汉，骁勇异常。少年时，老家有一铜匠，整日挑担走村过户，补锅修锁，化铜为水，变腐朽为神奇。他是乡村里的闻达。

2020年春月惊蛰，得湖南叶之蓁先生黄铜胡竹峰名印一方，边款尤妙：

> 囿八斗之才于寸方内，快哉。己亥岁末之蓁利刃攻铜。

攻铜如作文，各有艰辛。铜者，金也，得铜即得金。金为五行之首，金为美，好文章是金言。受此铜印，无意多金，但求多得几斗美文。

两株树

非亲到其处，不知《秋夜》一文纪实。八道湾鲁迅旧居的院外有两株树，一株是枣树，还有一株也是枣树。院内有两株树，一株白丁香，还有一株白丁香。《鲁迅全集》二十卷，《野草》月华光洁。

旧居无俗韵，多文气多茶气多酒气多意气。此地宜喝茶，宜饮酒，宜对坐，宜闲聊，宜著述，宜翻书，宜回忆鲁迅，宜回忆知堂。

前院有两个人，一个周树人，一个胡竹峰。后院也有两个人，一个周作人，一个还是胡竹峰。

梅花闲笔

梅树下闲逛。有些花开始露出残相了，他年的花不是今年的花，他年的人亦非今年的人。花下坐着，有风吹来，拂乱地上的花瓣，拂落树上的花瓣。花瓣悠悠荡荡，飘在头发上，有一片贴在脸颊，湿润新鲜。花瓣在空中飘飘摇摇，水面纷纷扬扬一白，红色的鱼银色的鱼黑色的鱼跳起，啪地落下。人定在花雨中，真真觉得落花似雨。莫名伤感了。

塔里叭与麦鱼

江南升金湖畔人家有一种两头尖尖的小木船，小巧灵活，既用于打渔捞虾，又用于水上运输，名为塔里叭。二十世纪六十年代，升金湖流向长江，河湖经年舟楫往来穿梭，塔里叭像落叶一样密布在黄湓河和升金湖的流水上。

其地有种鱼，形小似麦粒，值麦熟时节上市，人称麦鱼，以小鱼、小虫、水中硅藻类为食。农人捧出烤干的鲜麦鱼，颗颗似珍珠，金灿灿、亮晶晶，头尾齐全，鱼眼完整无缺。其鱼自古被人珍之。

村上首香木潭曾是昭明太子垂钓处。

昭明太子的《文选》，我读过，有法有道。

大块文章

北地气息还是厚，味厚。山如一锅大馒头，高低起伏，粗壮着。河流也粗壮，如新炸的油条，横亘在那里，富且贵之。未必一味是富贵气，家常滋味，庭院深深。

近年雨水足，春日欣欣向荣，北方近乎江南。秋天沉下来了，地气下沉，走在街头，市声灯影里有话本传奇，有诗词歌赋，有大块文章。

北国苍茫，大块文章。

人来不惊

山清凌凌只见秀色，不见草木。车走在晨光中，一步步腾挪，山一路上下相随，像抻开明清工笔山水手卷。那山高低不一，起伏数寸而已，绵延不知长短，不知首尾。秋冬之交，叶落树萎，有露珠挂在枯枝上。柿叶衰败，柿子却葳蕤肥硕，喜气盈盈。喜鹊也肥硕，从容啄食，人来不惊。

还神汤

古人多有闲情，充塞胸中，为诗文，为小说，为书画，为兵家，为纵横家，天地有闲情。故史书里有闲情，诗书里有闲情，评书也不乏闲情，攻城略阵、安营扎寨皆为闲情。

近来文气枯竭，今日偶得一片闲情，写出两篇小品。小品之心，到底闲情。文章画龙，闲情点睛。作文不过刻意闲情。游永州柳子庙，见“都是文章”牌匾，都是文章也是刻意闲情。闲情是我的还神汤。闲生静，静有神。

废园

枯叶满地，枝头一空。天气阴沉晦暗，芦苇顾影颓然，残荷亦颓然。绕湖堤漫步，风行水上，忽觉出寒意。草地上黑影一点，瘦石也。瘦石上黑影一点，乌鸦也。那乌鸦也有黑影一点，顾盼自得。众鸟自树间跃下，从容觅食，不惧游人。

园为圆明园，随行者皆索然，觉得冬日废园无味。废园之美在废，废到极处，生机出来了。游废园，借此感触生机，可谓此行之得。

好文章

文章是有味道的，酸甜苦辣咸亦是文章之味。文章以苦辣咸做底色，比酸甜走得远。酸不能多吃，甜也不能多吃，酸甜文章不能多写。

我生活中喜欢甜食，写作上偏爱苦辣。苦不是真苦，辣也非真辣。人生苦中作乐，写作苦中作乐，能作乐就很好。文苦字涩，文辣字壮，这是我理想中的好文章。好文章不是人人都写得，好文章不是人人都读得，好文章是上一代的木石前盟，好文章是这一生的金玉良缘。人生苦短，多读好文章。譬如朝露，多写好文章。

逆行文章之河

先秦文章滋味醇厚，寻常胃口吃不得，非要熟读魏晋文章。魏晋文章精神勃勃，寻常胃口吃不得，非要熟读唐宋文章。唐宋文章高头大马，寻常胃口吃不得，非要熟读明清文章。明清文章兔起鹘落，寻常胃口吃不得，非要熟读民国文章。

逆行文章之河。

走虫

武松醉卧景阳冈大青石上，只听得乱树背后噗的一声响，跳出一只吊睛白额大虫来。这大虫却是老虎。古语里，蛇是长虫，老虎是大虫。

《大戴礼记》有虫分五类之说：禽为羽虫，兽为毛虫，龟为甲虫，鱼为鳞虫，人为倮虫。《礼记》也说有羽之虫三百六十，而凤凰为之长；有毛之虫三百六十，而麒麟为之长；有甲之虫三百六十，而神龟为之长；有鳞之虫三百六十，而蛟龙为之长；倮之虫三百六十，而圣人为之长。

关中地方还把人说成走虫。走的是虫豸，走的也是虎豹，大象缓步是走，骏马奔腾也是走，龙行是走，跬步还是走，穿街过巷是走，游山玩水更是走，我们活着，我们走着。

人往高处走，更上一层楼。水往低处流，有容乃大。流水不腐是走，户枢不蠹也是走。庄子逍遥游是走，孔子游列国也是走，一个走向江湖之远，一个走向庙堂之高。人生如戏，走一个粉墨登场，光阴似箭，走一个沧海桑田。

走南闯北、走州过县、走马到任、走山泣石、走斝飞觞、走蚓惊蛇、走及奔马、走马看花、走漏风声、走石飞沙、走为上计、走为上策、串街走巷、走丸逆坂、走笔疾书、走笔成文。我过去走笔疾书，如今走笔依旧，疾书不再，好在还能走笔成文。其实走笔就好，成文不成文不重要。

五庙

五庙，我在很小的时候已经知道了。岳西有儿歌：又哭又笑，黄狗作跳，花狗抬轿，抬到五庙，五庙不要，往东缸里一掉。

至今也不明白究竟是什么意思。或者没有意思吧。儿歌大多是没意思的，不过朗朗上口，逗得三岁小儿破涕为笑罢了。猫抬轿在年画里见过，老鼠嫁女猫抬轿，那鼠是硕鼠，极肥大。鼠嫁女是有趣的民间故事，小时候见红纸画此场景，贴在窗子上。《虞城志》说，正月十七夜民间禁灯，以便鼠嫁，杭俗谓除夕鼠嫁女，窃履为轿。

五庙距我乡不过百里，却没有去过。那天去了，不过平常一个普通集镇，为何让我生出许多感慨呢？去了五庙，但还有五庙在心里：

灰色的天空下，没有阳光，瓦房青砖，五座小庙依山而建，庙里的木偶积有厚厚的尘土。红披衣旧了。后山上麦田半尺高。

这是三岁时候想象的五庙，过了三十岁，心里还有这样的五庙。

野村所见

众人过得民舍，忽入杂木林。一只松鼠咚然滚落地上，骨碌爬起，纵身隐于树后，再不见踪影。池塘边油菜开花了，水里一片花，地上一片花，眼里两片花。更有老树虬枝探入河潭，花千朵万朵，有红有白。水中和枝头同时开花，一朵化为两朵，千朵化作万朵，顿觉春意大好。白鹭在田间或停或飞，野鸭悠游荡过石桥，阳光照下，野草无言。

天下白

空坐楼头，秋风起山野，自窗口看见。不知风自何来，不知迹归何处。几万万里之外，星辰落在银河。一人独坐，呆若木鸡，心底天地苍茫。秋风星辰是岁月天地的，也是独自一人的。文章是岁月天地的，也是独自一人的。

岁月忽已晚。想起一个老人，布衣葛服，在纸窗下以墨为饮。笔底漫漶，斑斑驳驳是他的年华。年华老去，文章留下。年华不老去，文章也留下，好文章留下。好文章有天数，一段活泼泼天赐良缘。坏文章人留天不留。

淡淡的墨迹淡淡的梦影。梦淡了好，梦里不知身是客，一晌贪欢，醒来惆怅。梦淡了好，文章淡了更好。《二十四诗品》，尤爱冲淡。

鸡鸣枕上，夜气方回。一只公鸡在黎明稀亮的天光里长鸣，决绝、孤寂又一脸烂漫诡谲笼中，毛色灿然。多年未闻鸡鸣了。鸡鸣是徐渭的猿啼、鲁迅的呐喊。

好文章不过一阵风雨一块金玉一方木石一声鸡鸣一天下白。

笔记

时间不早，但我睡觉还早。躺在床头读《四十二章经》，书中有段话极好：

> 佛问沙门：人命在几间？对曰：数日间。佛言：子未闻道。复问一沙门：人命在几间？对曰：饭食间。佛言：子未闻道。复问一沙门：人命在几间？对曰：呼吸间。佛言：善哉，子知道矣！

人命在呼吸之间，好文章也在呼吸之间。文章成败，呼吸之间耳，稳住那口气，不能松下来。文人的积习，世间一切都有文章之道，世间一切皆是人生之道，这是我的痴。

《四十二章经》里还说，学道的人像牛背重物，走在深泥中，非常疲倦了，不要东张西望，走出淤泥之后，才能休息。佛家的说法，从来不只是智慧，还有超脱。一个人有智慧并不难，超脱难。

佛言：如人锻铁，去滓成器，器即精好。学道之人，去心垢染，行即清净矣。我辈学文章之道，亦是学道人也，得学一辈子，庾信文章老更成。

清白

齐白石有幅小品，题为《清白世家》，画白菜，画鲜菇，自辟笔路，线条清净，设色清净，有佛经之美，静对如一卷古人笔记。人间难得清白，清白世家好，清白为人好，清白饮食好，清白文章好。清是清楚，白是明白。文章写得清楚明白不容易，要真本事，要下苦功。这又是痴话了，好在痴话本是说给同道中人的。我辈写作者，众人拾柴，一起烤火，本就是痴人。正所谓：满纸荒唐言，一把辛酸泪。都云作者痴，谁解其中味？

窗外春光大好，天青云白，无数锦绣文章。

质木无文

文章各有所好，所好皆好。肉鱼滋味，蔬菜滋味，瓜果滋味，米饭滋味，面点滋味，都是好滋味。文章也是各色滋味，其实是质，文章之质何止千万。钟嵘《诗品》总论——东京二百载中，唯有班固《咏史》质木无文：

三王德弥薄，惟后用肉刑。
太苍令有罪，就递长安城。
自恨身无子，困急独茕茕。
小女痛父言，死者不可生。
上书诣阙下，思古歌鸡鸣。

忧心摧折裂，晨风扬激声。
圣汉孝文帝，恻然感至情。
百男何愦愦，不如一缇萦。

钟嵘视野所限，这首诗固然语言质朴，没有文采，但恰恰好在此处。后人跟风，认为此诗是“文人初学五言诗体，技巧还不熟练”。写文章是一家言，读文章是一家眼。

班固有修《汉书》之才、之力，宋代苏子美以《汉书》下酒。

离歌

古人离别作赋，今人分离写歌。

明天离开安庆，想写篇文章。前几天作文若干，才思泉涌，应该还有余兴。此番离开，写不出文章，分明枯竭。

江郎才尽是假，障眼法耳，才情如水，江涛汹涌，淹没两岸。“江”“淹”两个字，差不多就是文学的味道。江淹的字——文通，更有文学的味道，只是段位低些，太“昭然若揭”，少了含蓄。

文通只是门槛，好像才华不过门槛。这些年写了一点文章，不少人夸奖有才华，心下惶恐。我知道才华一文不值，门槛而已。傅斯年主政北京大学文研所时，要求新来的研究员三年内不得撰文，要把才气洗净！

在安庆近三年，写了三本书，交了很多朋友。有些朋友是字典。有些朋友是散文集。有些朋友是诗词歌赋。有些朋友是武侠小说、社会小说、谴责小说、言情小说。

南来北往的人生固然痛快，但也痛苦。下午整理书籍，两千来本。三年岁月，存书两千。存书不稀罕，一年读三四百本书，这是我得意的。我得意还能读一点书，读书本是寻常事，只是我辈少文心。越来越知道一己之短。读点书，写点文章，差不多就是这样。写点文章，喝点茶，过小日子，差不多只好这样。差不多，这样很好。

写作不是娱我，写作也并非娱你，写作是我的饭碗，祖师爷赏的，得捧牢了。

忙赋

为赋新词强说愁，忙得没有为赋新词的心境，更遑论强说愁的心情。强说愁要闲，最起码要有闲情，没有闲情，最起码要有闲心，没有闲心，最起码要有闲趣。

如今，闲人多，闲情少；闲情多，闲心少；闲心多，闲趣少。何夜无月？何处无竹柏？但少闲人如吾两人者耳。两人者，苏东坡、张怀民。闲人并不少，大雪之夜的王子猷，湖心亭上的张岱与金陵人，隐居杭州孤山的林逋。

现在没有闲人了，有闲的闲不住，无事生非终成困。

闲人是痴人。友人痴迷围棋，某回外出，棋瘾难耐，上街访同好，遇到一个。不问姓名不问身份，两人对弈三个小时，不告而别。这是当下的魏晋风度。日子是当下的好，风神是过去的好。过去的风神隔了一层，一隔味道出来了，一隔境界上来了，一隔怀想生成了。怀想似乎比憧憬高级，怀想的成本低。

近日忙乱，只好怀想过去的闲散冲淡当下的忙乱。忙乱忙乱，一忙就乱，乱中出错。忙碌忙碌，越忙越碌，碌碌无为。无为很好，碌碌无为不好。人生虚幻，秦皇汉武也罢，唐宗宋祖也罢，现在只剩一片虚无。看《道德经》，读出时间上空的一声巨叹。老子明白一切“为”，不管为有为无，为大为小，都是“无”，都是空。都是空都是空，都，是，空，你得填满它，活着的岁月，总有鸡零狗碎。

木石

偶有文章娱小我，独无兴趣见大人。差不多是文人的通病或者说是文人的个性。我自己偶有文章之外，间或也买一点木头与石头之类把玩。不是大物件，却自娱自乐出好心境。当然这都是以前的事情了，现在没有闲钱，闲情只好搁置。闲情要闲钱做底子。

过去买物件，不是木头就是石头。昨天下午，百无聊赖，把玩木石遣兴，想起《红楼梦》木石前盟的故事。

神瑛侍者每天以甘露灌溉这绛珠草，天长日久，绛珠草脱却草胎木质，得换人形，可惜仅修成个女体，终日游于离恨天外。因尚未酬报灌溉之德，其五内郁结着一段不尽缠绵。后来神瑛侍者意欲下凡造历幻缘，那绛珠仙子道："他是甘露之惠，我并无此水可还。他既下世为人，我也去下世为人，但把我一生所有的眼泪还他，也偿还得过他了。"这里面有让人感动的一片殷殷之情。

读《红楼梦》，读来读去，一情耳。年纪大了，人心麻木，越发无情，读读《红楼梦》，算是给情感补充养料。贾宝玉念念不忘"木石前盟"，最终抛下"金玉良缘"。以前曾替贾宝玉可惜过，现在年纪大了，心想，管他金玉不金玉。很多时候，金玉其外，败絮其中，还是木与石来得踏实。

人生忽如寄，寿无金石固。那些情感都过去了，只留下了一堆沉痛的文字，这是曹雪芹的福分，更是我们的福分。

童年

陆续读过几首描写儿童生活的诗词，最喜欢"儿童散学归来早，忙趁东风放纸鸢"一句。高鼎选写的人和事，为美好春光再添了生机与希望。那样的句子，仿佛一泓清凌凌的溪水展示它最初的模样。儿童诗里随处可拾童心童趣，读来温馨，会自然而然发出微笑。浮躁急切的功名利禄时代，需要安闲自定的心绪。只有这样，一个人才能走出寂寞的困境，保持一份赤子情怀。周作人认为"倘若返本真，应学秋虫鸣"，回瞻自己的童年生活，试图恢复本性。童年、童趣和童戏，清纯且美好，童年的烦恼再多再大，也有欢喜的底色，成年后的快乐再多，随之而来的悲苦常常将其撞个粉碎。

前几天读废名《五祖寺》一文，再三击节，几次沉吟。废名通篇写一个小孩子长大后对五祖寺怀有的美丽记忆和感情，其美丽若"一天的星，一春的花"。这是童真的美丽。

入帖

常读碑帖，有回看得入迷，差点把盛夏看成了深秋。中国书法总是让人颠倒，黑白颠倒，昼夜颠倒，春秋颠倒，冬夏颠倒，幸亏没有男女颠倒。

文章是什么？文即纹，指纹路、纹样；章本指屏蔽，转指外表。文章原义指有纹样的表面。文章的章，从音从十。古人奏音乐，连奏十段才能结束（十，数之终也），十段一章。文章文章，也有段落。文章从音乐里会意而来，用文字表达出来的东西，读起来如音乐一样美妙无穷、悦耳动听，才能称为文章。很多人的文章有音无乐。

以上是胡话。

入帖要古，学习书法从晋、唐开始是对的。写作要新，学习文章还是先从民国起步，这样上手快一些。书法顺水直流，写作逆水行舟。

文章也要入帖，临习民国、明清、唐宋至先秦的文章，学各种技巧法则，接通古人精神，接通中国文脉的水流。学习古人，进入古人，是文章家的基本要求。文章入帖的目的是把传统技法变为己有，成为自己创作的依据。

入帖之后，再谈出帖。

在当下，入帖者，七八个星天外；出帖者，两三点雨山前。

看人

旅客的面孔似乎都是一致的，偶有例外：孩子们总是兴高采烈、活蹦乱跳，恋人们柔情蜜意，大部分人的表情还是千人一面。

去东北看人，看关东大汉。我想，谁是当年的挖参人，谁是当年的流放者，谁是当年的刀客，谁是当年的旗人。

去西安，走在人流滚滚的街头，你们都是先秦子民啊，心里对迎面而来的一些面孔说。我更喜欢看兵马俑，一张张面孔，他们是我们的先人。

去山东，亦步亦趋。当地的朋友吃什么我吃什么，他们看什么我看什么，这里是孔子的故乡。

去一些城，看到很多机器人。不是说他们是真的机器人，而是表情的生硬与木板，有金属的质感与色泽，仿佛机器人。

小镇上，三三五五的阿婆拿个菜篮子，颤颤巍巍走在河岸边，小脚一步一步迈着，一点一点地挪动，顿觉时光温柔了许多。

去香港，看人来人往；在乡下，看负暄闲话。

澳门街头看到写满颓靡的很多张脸，尤其是下雨，走在小巷里的一张张面孔，越发显得颓废，颓废中多了古雅与香艳。

颓废。古雅。香艳。让我念念不忘。

两手空空

弥天大雾，一个人的影子渐行渐远。童年长成少年，少年变成青年，写青年走进中年，倏而就是老年。那人衣衫上密密麻麻有各类文字……

人影垂手而行，两手空空。

《邹书》与《列子》

秋雨淅沥，想起前天晚上的梦：四周混沌仿佛盘古开天辟地之前的世界，迷蒙蒙虚实难辨。一个身穿淡灰色衣衫的青年抱书而行，时行时飞，怀中一本《邹书》、一本《列子》，那情景有些像庄子《逍遥游》。洋洋乎，荡荡乎，梦醒了，窗外天光大亮。

《列子》至今没读过。《邹书》者，此前一无所知。西汉邹阳被谗下狱，于狱中上书梁王申冤，因而获释，后人遂以“邹书”为上书鸣冤之典故。为何入我梦中？真是奇怪。

腕痛帖

手腕忽痛，不知风寒所致还是损伤。关节伸展僵硬一周有余，不便写作，身体告诉我，文章不可贪得。歇歇也好。刚从老家归宜，友人心细情重，赠麝香镇痛贴一盒。今日冻风瑟瑟，白炽灯下读闲书，紫砂壶内泡普洱。晚餐吃的是荠菜鸡蛋面，青绿近翠，黄润似金，白者如玉，入口颇筋道。冬夜回春，一室风暖，体内草长莺飞。饭后轻揉腕寸半小时，痛楚稍止。

湖边

天热，手摸在水里，颇有热意。在树荫下歪着身子摇蒲扇，无所事事地看水，看山的倒影，看湖面蜻蜓乱舞。

摘张荷叶在头顶，眼前一片浓绿如伞。剥几粒莲子，颗颗粉白似米，送入嘴中，甜甜的、脆脆的。风来了，软软的、潮潮的，却又清清爽爽，带来水的气息。偶尔一只水鸟扑至，啄一小鱼，扬长而去，凝成一墨点，消失在蓝天中。

阳光洒下，湖水泛橘红色，迷离而妖媚。天边的云霞，火似的烧起来，风吹得乱乱地蓬松着。太阳终于下山，闷热的一天又过去了。归牧的老人和小孩，赶着牲口，影子映在水中。几户青瓦的屋顶，冒出炊烟，袅袅上升，从浓到淡，从淡到无，渐渐无影无踪。

烟雨记

大雨如注，像筛豆散沙，打在脸上生疼，浇了人一头一身，睁不开眼。湖色空蒙，雨如滚珠，一颗颗砸在水面，激起一个个水泡。一千个滚珠，一千个水泡；一万个滚珠，一万个水泡，亿万个滚珠，湖面数不清的水泡。湖水沸腾，雾气如白纱，罩在湖面上。对岸的山不见了，心头隐隐有水光闪动。

乘一叶渔舟，单桨轻点，小船离了岸，湖水发出哗的一声响。双桨辚辚，生生犁出一条水沟，船刚过，水又弥合得无缝无隙，复归宁静。

一尾鱼从船边游过，伸手欲捉，却打一个水漂隐入深处。水面越发辽阔，山环着水，水环着船，船环着人。索性停了桨，那山、那水一齐向眼前拥来，一片又一片，心头生出无限欢喜。

月下

盛夏夜，沿着小溪散步，溪水明澈晶莹，渐渐变成亮银色。刚下雨，溪水涨了几寸，目光及处，断枝残叶在一个漩涡里，欲前不得，欲后不能。

月亮转过山嘴，光彩幽淡，如镂寒冰，清冷的月光从云端泻下来。恍惚间，身体似乎呈现出一种透明的状态。四周都是静止的。

溪涧的月光经过岸边竹林千枝万叶的过滤，只剩下一小块一小块银白色的碎片，穿过竹梢贴在小溪里，溪水又将月光反射到空中河堤上。溪中闪烁着散碎的月影。身侧大片的原野，融在晶莹澄澈的月光中。小树、水草、竹林、野花也与月光融成一体，镀了一层银边。

上行百余米，有一石潭，浸在水底的月亮银晃晃射出白光，引人入水中。卷起裤腿，伸脚入水，似有鱼儿或小虾游过，水中月化作无数小碎片散开。

河床凸处有一块青草地，碧绿的叶尖上，点点露珠闪烁着清冷的光芒。

暑气消退，阵阵阴凉沁人。人在从竹林里筛下的满地光斑中，全身银光闪烁，明灭聚散。风吹来，竹杪一荡，一片斑驳就在草皮和溪面上稀稀拉拉婆娑相拥。

夜深露重，月色越来越浓，禾苗上飘浮着月光，溪流上跳动着月光，树林里闪烁着月光。溪水声微，似真亦幻。

混沌

夜里下雨，深宵读林语堂《大荒集》，想到“混沌”二字。

世人作文多以线条勾画，如书家，我好用水墨，近禅者。每欲作文，胸中往往混沌一体，渐次行孕有物，龙凤麒麟乎野马尘埃乎，山川河流耶瓜果蔬菜耶，抑或花鸟虫鱼五谷六畜七星八珍。因混沌而入文章，写生写真写心写意，究竟是怎样的山水风物，无从知晓，作文的趣味正在此间。

地气

地是土壤，气是气息气流气脉气场。地气是土壤的气息气流气脉气场，地气是生气。傍晚或者深夜或者清晨，一片白雾贴着田野蔓延氤氲，淡淡的，人说那是地气。

人站在地上才能生活，死了又埋在地下，归于地气。世间生灵的繁衍，生发枯荣都在地上。地气是地中之气。《礼记》说，孟春之月，“天气下降，地气上腾，天地和同，草木萌动”。

在乡下，鸡鸭猫狗受了伤，将它放在松动的地上，说接接地气就好，第二天，鲜活乱跳。猎人打来的猎物，野性不死，狂喊乱叫，人将它吊起来，接不到地气，须臾便死。患有脚气者，打赤脚，多去地里踩踩，脚气自愈。

天气可以预报，地气预报不了。人类至今不能做地震预测，一场地震涂炭无数，掌控着地气的永远是天意。

人要多接收地气，赐人勃勃生机，赐我辈好文章。

原载《山西文学》2020年第6期

评鉴与感悟

《玲珑》写得通透，神游八荒，平常人间，走笔成文，如满树繁花，文句仿佛随意拣选，闲情却是自然涌出，盈千累万，处处坦荡，都是兴趣，无尽欢喜。（陈克海）

辑四

逃离乌尔罗

——读米沃什札记

/杨无锐

一

元和十年（815年），44岁的江州（江西九江）司马白居易（772—846）写了一封长信，收信人是远在通州（四川达州）的好友元稹。这是一封不太像信的信。在中唐人的写作习惯里，信是一种特殊的文体。借助这种文体，作者可以筛选读者。筛选读者意味着，他决意把自己身上公众无法理解的面相展现出来。这些不被公众理解的面相，恰恰是未来读者理解他的真正入口。《与元九书》里，白居易向元稹提交了两部历史。一部，是自《诗经》以来的诗史；一部，是白居易的个人心灵史。对现代读者而言，两部历史都会构成理解的挑战。首先，白居易笔下的诗史，是一部汉语诗歌的衰颓史、堕落史。这种历史图景，会让习惯了进化论的现代读者感到不舒服。其次，白居易笔下的个人心灵史，充满道德紧张。白居易反复申明：自己的诗歌热情，就来自那种道德激情。道德激情与诗歌热情之间纠缠，常常也让现代读者感到不适，或者不解。

在《与元九书》里，白居易为整个汉语诗史划分了等级。划分等级的标准，是时代或诗人的道德自觉。正是依照这个标准，他才把汉语诗史讲述成衰颓史、堕落史。不仅为历史划分等级，白居易也为自己的写作划分等级。“讽喻诗”，表达他对公共生活的道德忧思。“闲适诗”，反复吟咏私人生活中的德行体认。“感伤诗”写思念，写命运，写苦闷，写人间百态，人之常情。“杂律诗”里汇集了一位语言天才的诗艺探险。在白居易的时代，真正为他带来声名的，是“感伤诗”“杂律诗”。人们崇拜那个技艺高超的才子白居易，喜欢那个唱出《长恨歌》的情种白居易。唐代的诗歌消费者，满足于享受诗的韵律、辞藻、巧思，满足于在诗里看见、咀嚼自己的生活。那个时代，白居易可能是最有能力满足消费者需求的天才。但也正是白居易，为自己在诗歌市场上的长袖善舞而羞愧，而痛苦。他告诉元稹，在这个诗歌无比繁荣的时代，人们可能忘了某些重要的东西。一旦忘了这些东西，繁荣，不多不少正是衰颓的标记。所以，他叮嘱老友，写作的等级不可以乱：“感伤”“杂律”要放在后面，尽管它们让作者和读者快乐；“讽喻”“闲适”要放到前面，尽管它们总让作者紧张，把读者刺痛。白居易知道，消费者不需要它们。不需要，不代表不重要。有时候，人会忘记最重要的需要。

二

1908年、1909年两年，刚过三十的王国维（1977—1927）陆续发表了六十几则论词札记。这就是后来著名的《人间词话》。

现代教育体系，不得不把王国维一分为三。哲学家王国维，由哲学教授负责。文学家王国维，由文学教授讲授。史学家王国维，则是史学系师生的偶像。《人间词话》和三年之前的那本《红楼梦评论》，通常被视为文学家王国维的主要成绩。可惜，当文学专家们对这两本小册子施以专业分析时，常会感到尴尬。现代红学家可能很难欣赏《红楼梦评论》。因为王国维借助《红楼梦》谈论的问题，红学家们根本不关心。同样的，当代诗词爱好者也可能对《人间词话》发生误解。《人间词话》文辞古雅。这让很多年轻人误把它当成诗词读写的入门书。可实际上，如果你把王国维的那些警句当成对汉语词史的权威评论，你可能会错过太多真正精彩的好词。敏感而细致的读者会发现，看似古雅的文辞背后，王国维想要表达的是某种让他紧张、兴奋的“发现”。在他的时代，“同光诗”“常州词”的光彩尚未消散。北京、上海的老大师们仍在书斋、诗会里吟咏不辍。那是古典诗词最后的繁荣。就在这个时候，王国维发现，有必要重新想想，什么是诗词，什么是文学。《红楼梦评论》和《人间词话》谈论的是一本小说和几位词人，但不止于此。王国维一再想要触碰的，是大多数人不愿触碰的问题：文学何为。文学何为，这是一个文学问题吗？是，也不是。

我更愿意把《红楼梦评论》和《人间词话》看成王国维十余年哲学求索的收尾。王国维读哲学，主要是二十二岁到三十一岁这八九年的事。触发点，是他自己所谓的“体素羸弱，性复忧郁”。他要找的是人生慰藉，却也在形而上学方面下了十足的功夫。他先读康德的《纯粹理性批判》，如入雾中。遇叔本华而茅塞洞开，又顺着叔本华的复述回到康德。三十岁那年回忆求学历程，他说正准备从康德的认识论进入康德的伦理学。然而三十岁时，王国维的哲学激情已到强弩之末，正准备着“结束铅华归少作，屏除丝竹入中年”。

像康德、叔本华这样的哲人，还保守着一种悠久的工作习惯：建构一套形而上学，顺便建构一套美学，目的是为最幽深的那点德行关切奠基、铺路。这就让他们本来一贯的写作，看起来像是两截。在那些标志着哲学“现代化”的哲学史教材里，他们的“体系”也的确常常被拆成两截分别处理。分成两截的好处是，人们可以放心赞美认识论的“科学”贡献，同时方便地忽略伦理学的道德关切。所以，在更现代的学问生态里，康德、叔本华的形象发生了扭曲：他们似乎是为科学做出了历史贡献，同时又在道德上犯了保守或专断的错误，可以谅解，但不值信赖。只有叔本华才能读懂康德，只有尼采才能读懂康德和叔本华。在尼采眼里，康德是一个老派的基督徒，建了一座大厦，打造了满屋工具，只为捍卫陈旧的基督道德。在尼采眼里，叔本华是在基督道德式微之际抵挡文化衰颓的德性英雄。王国维从叔本华那里领受的馈赠，主要是道德和心灵的慰藉，这很像尼采。

像康德、叔本华这样的哲人，各自建造了让人眩晕的哲学大厦。但大厦的根基和穹顶，仍是《圣经》里的那些老教诲。他们都对救赎抱有期待（即便是叔本华），也都承认救赎的可能就包含在那些老教诲里。只不过，他们觉得有必要用新的词语、句子重新讲述那些老教诲。王国维在他们的哲学大厦里转了几圈，也从哲学巡游里得了些慰藉。更重要的是，他也像叔本华那样，把救赎当成大问题。但是，他对哲学大厦的基督教根基、穹顶不感兴趣。他没办法跟着康德、叔本华走到尽头。关心救赎，却不愿走向信仰，那就只好退守艺术了。

康德和叔本华都谈论艺术的救赎功能。在他们的体系里，艺术不是终极救赎，只是对救赎的预备或操练。写《人间词话》的王国维，几乎把艺术视为救赎的唯一指望，聊胜于无的指望。艺术何以暂时安抚人生之苦？因为艺术创造或鉴赏发生的时刻，人暂时从欲望之网中出来。人以艺术之眼所见之图像，也是从欲望之网中脱离出来的图像。人在这样的图像里找寻的不再是满足欲望的门路，而是生命的本相。观看暂时取代了钻营，认识暂时取代了抢夺，同情暂时战胜了欲望。在艺术中观看人生之苦，这本身就是对人生之苦的救济。艺术关乎救济，因此是在超越教条的层面关乎道德，这是王国维从叔本华那里学到的。他用叔本华的说话方式解释他熟悉的汉语文学。《红楼梦评论》是最有雄心的叔本华式写作。《人间词》《人间词话》则是自愿在最精致的汉语里留下些叔本华的影子。必须在人之救赎这个问题之下，才能理解艺术，才有艺术的位置。这是叔本华给王国维的教益。在王国维看来，叔本华的教诲并不与中国的传统文学生活相矛盾。孔门说诗那样的“比兴”传统，正是时时要从诗里获得提撕人性的救济之力。只不过，在后代诗论家那里，这种力量淡化、模糊成“神韵”“妙悟”“言外之意”一类的技术点拨。王国维说，自己的“境界”论，不是汉语诗学的另起炉灶，只是返本之谈。

王国维从叔本华那里获得的慰藉和启发，只会让他在汉语世界更显孤独。他是二十世纪中国少有的几个想要在文学与救赎之间重建联系的人。可是，他在有生之年已经看到，汉语正在变成一种崇拜“革命”“斗争”、权力、狼性的新语言。在他之后，汉语很快就要“进化”得对救赎丧失理解之力。

三

第一次被米沃什（1911—2004）吸引，还是因为王国维。那首《康波·代·菲奥里》写于1943年。康波·代·菲奥里是著名的罗马广场。乔丹诺·布鲁诺就在这里被处以火刑。米沃什写的是一场现代火刑。广场的一边，人们在欢度周末。广场的另一边，犹太区的房子正在轰炸之下燃烧，粉碎。尽情欢乐的人们对不远处的痛苦毫无感觉。同样的近在咫尺却彼此隔绝的苦难和欢愉，发生在罗马，也发生在华沙：

一个晴朗的春夜
在华沙按狂欢的曲调
旋转的木马旁 我
想起了康波·代·菲奥里
兴高采烈的旋律淹没了
犹太区屋墙传来的炮弹齐发声
双双对对高飞
在无云的天空
有时从火堆吹来的风
把黑色风筝吹过去
旋转木马的骑者
抓住了半空的花瓣
那同一阵热风
还吹开了姑娘们的裙，
人们开怀大笑
在那美丽的华沙的星期天。

读完，我马上想起王国维那首《浣溪沙》：

天末同云黯四垂，
失行孤雁逆风飞，
江湖寥落尔安归。

陌上金丸看落羽，
闺中素手试调醯，
今朝欢宴胜平时。

汉语诗人王国维和波兰语诗人米沃什，用几乎相同的技巧讲述着几乎相同的事情：近在咫尺却彼此隔绝的苦难和欢愉。那些欢愉之中包含着残忍，因为欢愉的基石，是对苦难的不理解，或视而不见。这种残忍，不可能通过道德批判得到纠正或治愈。因为，对他人苦难的不理解，或视而不见，不是某类人的标记，而差不多就是人的标记：人之有限性的标记。人，远不像他自以为的那么善于理解、同情、悲悯。恰恰相反，人往往更乐意适时地丢弃理解、同情、悲悯。唯有如此，他才能安心享用片刻欢愉。人太脆弱，太容易折断。为了保护易断的自己，他必须学会在苦难面前背过身去。这种残忍，不是某个种群某种制度的产物，它是人类生活的背景色。没有这种残忍，人就没法让生活继续。为了维持生活，带着残忍的欢愉有用，也有代价。代价是：分散各处，对他人痛苦闭目塞听的人们，终将被更大的苦难席卷，吞噬。

诗歌专家或许会提醒读者：米沃什关注的是一桩具体的政治事件，而王国维写的是一则哲学寓言。在我看来，这种区分意义不大。所谓的寓言不是别的，只是比纪实报道更为真实的人类肖像。同样的事情，可能毫无新意地发生于人类历史的各个时空角落。每次发生，都像是时空中的一次偶然事件。但若仅仅看到一桩偶然事件，你就根本无法理解它。所有这些不能仅仅被视为偶然事件的偶然事件，就成了一桩更宏大的人类故事的寓言。王国维和米沃什，肯定看见了同一个人类寓言。在这个寓言里，没人有能力消除痛苦，没人有权利谴责欢愉；没人不依恋那残忍的欢愉，没人能逃掉那咎由自取的苦难。

《康波·代·菲奥里》之后，我读了能找到的所有米沃什的诗、演讲、文论、日记、回忆录。起初，我把他当成一个经历苦难、讲述苦难的东欧诗人。读完《乌尔罗地》①和《诗的见证》②，我才意识到，终生困扰米沃什的问题，不是如何写诗，不是如何作为一个波兰人写诗，而是：诗，还能为人做些什么；人，还得为他自己做些什么；还能做些什么，人才能不被权力、资本、技术变成非人。

---

①韩新忠，闫文驰译，花城出版社，2019。

②广西师范大学出版社，2011。

四

西方读者初次认识米沃什这位“东欧诗人”，可能是通过那本《被禁锢的头脑》[①]。这本书写于1951、1952年，出版于1953年。1950年，米沃什任波兰驻法国外交官。1951年，他向法国政府申请政治避难。和那些“标准”的流亡者不同，他并没遭到什么迫害。相反，当局还把他划为“有用的人”。身为作家，他有机会享受较好的生活福利。驻法文化官员，就是福利的一部分。他的流亡，出于自愿。他在很多地方写过，他所谓的“自愿”，包含着复杂得自己都说不清的动机。他不愿“流亡者”身份遭到过度解读，他从来不想把自己塑造成政治上的反抗英雄、思想上的先知。这样的形象，很多“流亡者”梦寐以求，倾力营造，米沃什却不感兴趣。把世界分成两座堡垒，从一个堡垒跳出来，然后加入对它的骂战，这并非米沃什的抱负。米沃什的主题从来不是“我早就看透了它，我早就恨透了它”，而是“我为什么曾经信它，一度爱它，几乎献身于它”。

《被禁锢的头脑》写波兰的人和事。因此最初的读者很容易把它读成一本针对特殊区域、特殊制度的政治手册。作为政治手册，这本书两边不讨好。20世纪50年代的法国，萨特这样的知识领袖正在享受与苏联的精神蜜月。他们不喜欢米沃什对美丽“新世界”的抱怨。在他们对面，那些仅仅从概念上仇恨新世界的人，也不喜欢米沃什。在他们看来，米沃什的书不够干脆，缺乏战斗性，几乎是在为那些爱上“新世界”的人寻找理由。他们看得很准，《被禁锢的头脑》写的正是“新世界”的可爱、可信。原因很简单，没人能在怕和恨中忍受一种强加于他的生活，除非那种生活对他而言变得几乎可爱、可信。

《被禁锢的头脑》共9章。1、2、3、8、9，首尾五章是总论，4、5、6、7章，是四篇人物速写，可以视为支撑总论的个案研究。米沃什在纳粹治下的波兰生活过，也在加入了东方阵营的波兰生活过。即便是在20世纪50年代，他也早已不相信世上存在着单纯的“制度的奴役”或“制度的解放”。没有哪一种制度，可以仅仅凭借自身的权力对人实施奴役，所有深刻的奴役，都伴随着被奴役者心灵上的配合，甚至享受。这样的奴役，看起来反而更像是解放。《被禁锢的头脑》讲的就是看起来很像是“解放”的故事。

---

①乌兰，易丽君译，广西师范大学出版社，2013。

米沃什要研究的是：究竟是什么为人的心灵注入解放感，究竟是什么样的解放感让人甘愿被剥夺，继而兴高采烈地参与对他人的剥夺。

第一章的标题是“穆尔提-丙药丸”。这是米沃什从维特凯维奇的小说里借来的术语。穆尔提-丙是一位蒙古哲学家，他成功提炼出一种可以改变人“世界观”的药物。人们只要吃了穆尔提-丙药丸，就会完全变成另外一个人，安详、幸福、心满意足。原先困扰着他的那些问题，现在看来全都肤浅，无关紧要。不再为大问题而操心而困惑的心灵，会获得前所未有的解放感。这种解放感把他从与世界的尖锐对峙中解放出来，放下武器，归顺此时此地这个唯一的世界，这就是最彻底的解放。为何要归顺这个唯一的世界？因为他已不可能想象别的世界。别忘了，思考世界的可能性，那是没有机会服用药丸的人才会琢磨的傻问题。米沃什在波兰亲身体验了穆尔提-丙药丸的威力。他特别提道：“穆尔提-丙主义对知识分子的诱惑，远远超出对农民甚至对工人的诱惑。”因为，知识分子是命定以提问为生的人。而穆尔提-丙药丸一劳永逸地免除了他们的义务，注意，是免除义务，不是褫夺权利。不准提问，那是对热爱提问者的奴役。穆尔提-丙药丸的功效是，让那些热爱提问的人猛然意识到自己的傻，从此把天命当成负担，最后带着感激把那负担卸下来。

第三章的标题是“凯特曼——伪装”。米沃什从一本讲述波斯哲学的书里借来这个概念。据说，东方穆斯林世界的人们认为“不应该使自己个人、自己的财产和自己的尊严受到某些人迷恋、疯狂追逐和恶意对待”。因此，只要可能，人们必须对真正的信仰保持沉默。有时候仅仅沉默还不够，因为在众口同声中保持沉默，也可能被视为主动招供。这时，高贵的人就该毫不犹豫地否定自己的信条，采取一切手段模仿对方，取悦对方，把自己改装成对方的“自己人”。据说，这种生活智慧就叫凯特曼主义，凯特曼主义者随时准备配合任何人群。他一边做着人群要求的所有事情，一边品咂着内心的高贵。凯特曼主义者的高贵就体现为：让自己变成自己不屑的样子，比所有真心实意的人更像那个样子。米沃什用了不少笔墨描写他在波兰观察到的各种凯特曼。“民族凯特曼”，是那些对自己鄙夷的人群大唱颂歌的人。“革命纯洁性凯特曼”，是那些在人群里假装革命亢奋的人。“美学凯特曼”，是那种拥有良好审美趣味，却在人群里高喊人民即美的人。“形而上学凯特曼”，是那种可以迅速习得新话，并且能比新话的信徒说得更地道的人。“伦理凯特曼”，是那种彻底丢掉顾虑变成新人的人，这个新人，愿意做自己从前不屑不愿的一切，只要人群命令他做。其实，凯特曼主义的重点不是伪装，而是伴随着伪装的心安理得。不是只有凯特曼主义者才伪装，但只有变成凯特曼主义者，人们才学会不厌恶自己，欣赏乃至享受自己的伪装。穆尔提-丙药丸把人从提问和困惑中解放出来。凯特曼主义，把人从“自我”中解放出来。从此，再也没有什么必须坚持的“自我”。兴高采烈、因地制宜地丢掉“自我”，用实际行动羞辱“自我”，这才是最智慧的“自我”。

第八章的标题是“秩序的敌人——人”。讲述了四位故人的故事之后，米沃什写出了全书最有深度的一章。亲身经历和故人故事让他意识到，20世纪人类生活的最大变化，是奴役性质的变化。从前，是人对人的奴役。20世纪之后，人要接受“历史逻辑”的奴役。在米沃什熟悉的基督教传统里，善与恶的载体和主体都是人。谈论善恶之时，人们是在谈论活生生的具体的人，暴君、英雄、功成名就的小丑、一事无成的圣徒。而20世纪的理论贩子和宣传机器，向全人类兜售各式各样的“历史哲学”。所有这些哲学都向人灌输某种“历史逻辑”。当人们谈论善恶时，重要的不再是活生生的具体的人，而是无情的铁血的“历史逻辑”。人，充其量只是“历史逻辑”的脚注或祭品，谁垄断了“历史逻辑”，谁就有权力有责任统治人。这样的统治里，根本不存在暴君和暴政。相反，只要皈依了“历史逻辑”，人们就立刻学会欣赏砍掉一亿颗头颅的善政。再多头颅都不算什么，只要那是“历史逻辑”批准了的。一种依照“历史逻辑”建造起来的秩序里，人——活生生的人，或困惑会提问会怀疑，会顽固地坚持自我的人——可能是秩序最主要的敌人。从前的哲人说，人们需要秩序，因此探索秩序，“历史逻辑”则说：秩序讨厌过分人性的东西，为了秩序，不妨消灭人。

米沃什在一个个故友身上发现了穆尔提-丙药丸的功效、凯特曼主义的便捷、历史逻辑的雄辩。所有这些，都潜移默化地改造着人的心灵。有太多心灵从这种改造里感到解放，穆尔提-丙药丸解除了人对真理的负担，凯特曼主义解除了人对真诚的负担，历史逻辑前所未有地解除了人在苦难面前的恶感和羞愧。一个心地纯良的人不会因此变成恶棍，却可能渐渐失去对事物的辨识力。什么是好的，什么是坏的，他再也无话可说，除了被要求说的那些。

“被禁锢的头脑”研究的正是这些被解放的心灵，被禁锢和被解放，几乎是同义语。

五

1960年以后，米沃什一直保持双重身份。一是波兰语诗人，一是美国大学的文学史教授。除了讲授东欧和波兰文学，他最在意的是两门课程：陀思妥耶夫斯基“恶”的思想史。正如他不打算做一个标准的“流亡作家”，他也不打算做一个标准的“文学教授”。他从不相信有所谓“纯文学”，从不相信有所谓“为了艺术的艺术”。在他那里，诗的韵律是迷人的，但只有当诗担起某些重荷，迷人才不致退化成庸俗。

身为美国大学教授的米沃什，发现了另一类“被禁锢的头脑”：对于我的讲课对象，这些二十多岁的年轻人，我始终抱有怀疑。面对这些或是出于天生愚钝，或是缺乏后天学习的大学生，我的讲述能引起多少反响？哪怕他们当中只有十分之一可以领会些什么，我就已经十分幸运了，对此可要事先做好心理准备。几乎每次开始新的课程，我都会有种失败的预感，我什么也改变不了，他们的“电视大脑”不会有任何改变。每当顺利结束课程，我的欣喜就像成功地从高筒礼帽里变出兔子的魔术师，但是我完全不知道，下次变魔术的时候能否成功（《乌尔罗地》第29页）。

这些被肥皂剧和广告禁锢住的“电视大脑”（在今天，或许该称为“微信大脑”），比他在波兰故人身上发现的禁锢更可悲。可悲之处在于，这种禁锢毫无悲剧性可言。米沃什不打算对这些“电视大脑”布道，他给自己规定的职分，是向学生介绍、描述思想和心灵的诸种可能性。知晓可能性的人，才有自由选择的机会。大多数年轻人，根本不知道那些可能性，即便提醒自己谨守教师本分，只介绍，不灌输，米沃什还是和学生发生了冲突：我们只有一次发生了严重的冲突，那是因为我公开地承认存在善与恶，而他们不屑于这种观点，认为是不可救药的反动。他们认为，人类活动理所当然地是由特定社会和心理学“影响因子”决定的。换句话说，一切价值都是相对的（《乌尔罗地》第252页）。

《被禁锢的头脑》毕竟还是一本以特定制度为对象的政治沉思，自那以后，米沃什始终没有丢掉“被禁锢的头脑”这个主题。他在更广阔的时空范围里辨识“被禁锢的头脑”，针对特定制度的沉思，扩展为对现代心灵状况和人类命运的沉思。

1977年，《乌尔罗地》出版，这是一部米沃什的私人阅读史、心灵史。这次，他从布莱克那里借来一个术语：乌尔罗地。

“乌尔罗”一词源自布莱克笔下。“乌尔罗地”是灵魂饱受煎熬之所，在那片土地上，残损的人类将承受也必须承受心灵的困苦。

“残损”的人类，被剥夺了对神圣事物的想象力，也被剥夺了对具体事物的感受力。他们只崇拜概念，只相信算术，他们对自己仅仅是动物这件事深信不疑，又心怀不满。于是，他们或者万念俱灰甘当动物，或者雄心勃勃想做超人。而在动物和超人之间，除了“力量”的差别，他们想象不出别的，也不关心别的。所谓“残损”，是人之疆域的残损，人不再是在神和魔鬼之间广阔疆域游移的谜，而越来越像一团可以被试管和电脑破解的材料、数据。只在如此狭窄的范围里活动心思的心灵，便是乌尔罗心灵。

米沃什把20世纪人类生活比作一片“乌尔罗地”：乌尔罗心灵的家园。这个说法，肯定要比“被禁锢的心灵”引起更多的不满。因为他想要从比政治制度深得多的地方探究现代心灵疾病的起源，那意味着将会在更多的地方发现更多的病人。

《乌尔罗地》的主题，可以一言以蔽之：在乌尔罗地，文学何为。乌尔罗心灵的特质是，对神圣事物丧失理解力，对具体生命丧失感受力。在波兰的作协机关、美国的文学课堂，米沃什发现了相似的乌尔罗心灵（参见《被禁锢的头脑》4、5、6、7章）。乌尔罗心灵也有文学生活。他们可能成为政策宣传员，用一部小说、一篇杂文论证告密、集中营的正义和美。他们也可能成为严谨的文学专家，像分析昆虫大腿那样分析莎士比亚的性爱偏好。他们可能真心实意地热爱乌尔罗地的生活，成为乌尔罗地的歌颂者。他们也可能深感乌尔罗地的索然乏味，但除了控诉黑暗、发泄绝望，不知如何是好。

在对东欧的政治沉思里，米沃什从未把自己塑造成无辜的局外人。同样的，在对乌尔罗心灵的沉思里，米沃什首先承认，自己就是一个典型的乌尔罗心灵：在从布莱克那里学到那个国度的名称前，我早已住在乌尔罗地，尽管我住得不太舒服。与其他人一样，我屈服于我的时代的观念和想法，甚至把它们放在作品中，但同时知道这一切都是蕴含灾难的假象。……我诅咒的始终是那个幽灵，那个强大到足以使我囚于由理生王国的自我。我被困在那里，只把普遍的、集体的、具有统计意义的东西当作是值得考虑的（《乌尔罗地》第191页）。

乌尔罗心灵肯定比“乌尔罗地”这个词更古老。布莱克发明的这个词语，只是让米沃什这样乌尔罗心灵更清楚地认识到自己的困境：渴望逃离，却无处可逃。

《乌尔罗地》的主要故事，是一个渴望掘地逃生的乌尔罗人的心灵历险。米沃什的主人公，是几位文学前辈：波兰诗人密茨凯维奇，他是《塔杜施先生》《罗马抒情诗》和《先人祭》的作者；奥斯卡·米沃什，他是米沃什的堂兄，他生活在二战之前的巴黎，用法语写作；伊曼纽尔·斯威登堡，主要生活于18世纪的瑞典诗人；当然，还有英国诗人布莱克。在文学史专家眼里，这几个人之间几乎扯不上任何关系。米沃什却认为他们共同守护着乌尔罗地的一个伟大而隐秘的传统。

乌尔罗地的主要生活故事，是让人屈服于概念，把人贬低为数字。乌尔罗地的地表，从来不缺乏歌颂文学，也从来不缺乏仇恨文学。米沃什说，无论歌颂还是仇恨，都是对乌尔罗地的效忠。但是，也有一些孤胆英雄，想要逃离越来越广袤坚硬的乌尔罗地。逃离的办法，不是去往某个“别处”，而是在自己身上克服乌尔罗性。克服乌尔罗性的意思是，在概念崇拜的时代里，重新成为对人性和神性拥有感知力和想象力的人。这当然不容易，绝非赌咒发誓便能办到。生活于某个时代，首先意味着生活于一套语言之中。正是这套语言，把人打磨成时代的土著居民，而抗拒乌尔罗性，首先是要抗拒乌尔罗语言。对于作家而言，仅仅抗拒一种语言毫无意义，他还必须倾尽全力找到自己的语言，在语言被实证主义科学侵染的时代里，密茨凯维奇从民族传说和《圣经》里寻找自己的语言。奥斯卡·米沃什和斯威登堡想要接通某种神秘主义传统，甚至想要构筑自己的形而上学符号。布莱克，则沉浸于自己的直觉和想象，这让他得以用不同于牛顿、笛卡尔的方式看待世界。这些努力回到古老传统的人，不是要在概念泛滥的时代，重拾几个陈旧的概念。他们的雄心，是借助未受污染的语言冲破乌尔罗语言的牢笼。唯有如此，他们才能让文学处理真正重要的事情：开掘和展现人性疆域的广阔与复杂。

这些被米沃什奉为先贤的人，从来不在乎乌尔罗地的文学禁忌。乌尔罗地的文学禁忌之一，是要求文学的纯粹性：文学不可以沾染政治，不可以服务于道德，不可以触碰神圣事务。那些“纯文学”的拥趸，生怕文学遭到滥用。他们害怕政客利用文学，害怕假道学糟蹋文学，害怕偶像崇拜者绑架文学。解决害怕的办法，就是让文学从所有重要的领域撤退，把那些领域捐赠给政客、假道学和偶像崇拜者。米沃什的先贤们不撤退，不捐赠。斯威登堡、密茨凯维奇、奥斯卡·米沃什们，兴高采烈地打破时代禁忌。在诗人和小说家不好意思谈论正义、美善和神的时代，他们认真地谈论正义、美善和神。他们从不颁布真理，他们一直寻找路。对他们而言，文学从来不是什么独立于正义、美善和神的事情，文学该是帮人走向它们的路。不让文学成为路，才是对文学的真正滥用。那些担心文学被政客利用的人，不该让文学撤离政治领域，撤离恰恰是对政客的彻底纵容；那些担心文学变成假道学宣传的人，不该让文学撤离道德领域，文学的撤离才让粗鄙的宣传肆无忌惮，那些担心文学导致迷信的人，不该让文学撤离信仰领域，文学的撤离，让丧失感受力和想象力的人们急着崇拜伪神。米沃什的先贤们，在文学步步撤退的时代里，拓展文学的疆域，拓展文学的疆域，便是拓展人性的疆域。

米沃什从来不曾承诺，读了他的先贤，读者就可以逃脱乌尔罗地。只有政客和假道学才会做这种承诺。米沃什从来不曾宣布，自己逃离了乌尔罗地，《乌尔罗地》只是米沃什的私人阅读史。他告诉读者：这世界到处都有“被禁锢的头脑”，或曰“乌尔罗心灵”，但也真真切切存在一个越狱传统。一个渴望逃离乌尔罗的人，至少得努力接通这个传统。

六

《诗的见证》出版于1983年，这是一组诗学演讲，我把它当成《乌尔罗地》的姊妹篇。尽管不再使用过去的譬喻，米沃什关心的，仍是那个老问题：被禁锢的头脑如何冲破禁锢、乌尔罗心灵如何逃离乌尔罗。

1983年，米沃什已是诺奖诗人，但《诗的见证》的主角不是诗，而是20世纪的人类生活。诗见证了什么呢？见证了乌尔罗地的根深蒂固，也见证了那个逃离乌尔罗的隐秘传统。

《乌尔罗地》比《被禁锢的头脑》更直率，因为它把心灵的残损当成现代人类的疾病，而不仅仅是特定地域、制度的疾病。《诗的见证》比《乌尔罗地》更直率，因为不只想要谈论疾病，还想谈论希望。而希望，正是乌尔罗心灵最不耐烦的话题。

《诗的见证》第六章（最后一章）的题目是“论希望”。乌尔罗地的希望在哪里呢？从《乌尔罗地》到《诗的见证》，再到此后的《猎人的一年》[①]、《路边狗》[②]、《米沃什词典》[③]、《第二空间》[④]，米沃什的写作还有一个隐秘但重要的主题：重获希望的希望，在于重回真实。

《诗的见证》里，米沃什好几次重申那个陈腐得不能再陈腐的论调：诗，是对真实的吟唱。对思想史稍具常识的人就会知道，近现代涌现的所有“主义”都会拥护这个说法。“主义”跟“主义”之间的区别，不在于是否崇尚“真实”，而在于如何定义“真实”。

《诗的见证》第三章，题为“生物学课”。米沃什说，对20世纪心灵影响最为深刻的，要数中学的生物课。据说，生物学教育的目的，在于告诉孩子生命的真相是什么。米沃什说，生物学教育的灾难不在于告诉学生生命是什么，而在于告诉学生生命仅仅是什么。正是因为这样的教育，人们早已习惯把生物事实视为唯一的真实，从西方到东方，都是如此。把生活视为生物逻辑的展开，把生物逻辑理解为生物斗争，把正义美善理解为生物斗争的包装，这是20世纪心灵的基本思维模式。除了生物逻辑，20世纪的基本模式还有“历史逻辑”。前者说，人只是生物规律的脚注；后者说，人只是历史规律的脚注。每种说法都断言，这就是人生的全部“真实”。这样的断言，肯定不真实。因为它们缩减了人性的疆域。

米沃什所谓的“真实”，首先意味着恢复人类生活的疆域。诗，不能只

---

①李以亮译，广西师范大学出版社，2019

②赵玮婷译，花城出版社，2017。

③西川，北塔译，广西师范大学出版社，2014。

④周伟驰译，花城出版社，2015。

服从于贫瘠的“生物逻辑”或“历史逻辑”。“一切放大了人类的书籍，一切描摹出人的多维存在的书籍，都使我们壮大，使我们得到强化”[①]。

在一段随笔里，米沃什记下了他从《卡拉马佐夫兄弟》里读出的“滋味”。卡拉马佐夫家族的四个人，代表人类精神的四位一体：老父亲代表肉欲；老大德米特代表爱恨的激情；老二伊凡是理性和怀疑的象征；阿辽沙是对爱与神性的渴欲；私生子斯麦尔佳科夫，缺乏任何精神能力，连怀疑与肉欲都缺乏，却是实际的弑父者。借助一桩市井命案，陀思妥耶夫斯基展现了人性的疆域。这个疆域，本该广阔到让人类自己倍感痛苦。人，如果仅仅是卡拉马佐夫家族里的一个，定会轻松度日，可惜，他是四位一体。四位一体的意思是，即便一个贫血的弑父者，也会为神的事情而苦恼。

诗，就该吟唱人性的全部疆域。重回真实，就该重新面对人性的全部疆域，而在乌尔罗地，这始终是被禁止的事情。乌尔罗地必须设置禁区，因为乌尔罗地不许人们逃离。米沃什说，逃离的希望，在于看见禁区外面的事情。

像米沃什这样的作者，我没能力一口气读完。这些年，断断续续读，读米沃什，我从未有过那种找到真理或靠山的感觉。越读，心里越涌起兄弟之情。

米沃什讲喝酒，也讲醉酒之后的悔恨；讲情欲，也讲情欲的乏味；讲暴政，也讲人对暴政的依恋；讲钱的好，也讲钱的恐怖；讲自由，也讲人的不配自由；讲魔性，也讲神性。他在诗、文论、演讲、日记、警句里讲的人，正是陀思妥耶夫斯基笔下那种“四位一体”的人。这样的人，我很熟悉。

最近几百年的思想史，有太多宣传家想要用一两个公式解释人。钻研过几个公式我就知道，它们什么都解释不了。反倒是米沃什这样的诗人、散文家，帮我看见自己。所有想用公式解释人的人，都假定人像碳水化合物或蛋白质一样，遵循某个一以贯之的规律。米沃什却固执地捍卫陀思妥耶夫斯基和西蒙娜·韦伊。陀思妥耶夫斯基说，人是个神秘的谜（卡拉马佐夫兄弟，老大德米特里语）；韦伊说，人的真理，不在于解决悖论，而在于接受悖论。在米沃什的笔下，陀思妥耶夫斯基和韦伊也是努力逃离乌尔

---

①《米沃什词典》，西川、北塔译，广西师范大学出版社，2014，第161页。

罗的先贤。

乌尔罗地专家们常常向人类兜售希望。他们的广告语是："相信我，我已经破解了人这个谜；人，只是一个答案。"米沃什说的重回真实，就是重新把人当成一个谜。这恰恰是希望所在：人，仍是一个谜，永远是个谜；不再是谜的人，就只剩下昭然若揭的绝望。

七

写到这里，我还是不知道为何要写这么一篇奇怪的札记。

白居易的诗文，是二十岁左右的读物。王国维的文集，三十多岁才敢读。了解米沃什，是四十岁以后的事情了。从来没想过做所谓"比较研究"。依照现今的学术时髦，再怎么荒唐的研究，也不该把这仨人扯到一处。

可是，二十岁时吸引我的东西，正是四十岁时打动我的东西。读《与元九书》，我隐约看见一个对自己的天赋感到羞愧的天才。读王国维和米沃什，我看见了相似的天才。他们羞愧，不是因为自身的文学天赋，而是因为险些滥用这天赋。文学，本该是一条逃离乌尔罗地的路，太多天才，把天赋用于修造乌尔罗的墙。米沃什说，他的雄心，是在无论多厚的墙上凿出一道门：我想，我现在从事文学行业的动机之一是叛逆：要是我能引用非正统的文本，用既思维清晰又足够形象的语言，说一些我认为迫切的事情，从而给人留下深刻的印象，并以此打破乌尔罗的大门呢？（《乌尔罗地》第194页）

那天读到这句话，我一下子想起白居易和王国维。

原载微信公众号"无锐斋"2020年9月10日

深陷乌尔罗地，对神圣事物丧失理解力，对具体生命丧失感受力，现代人如何逃离？文章不单是讲述人怎么挣脱困境，而是辨析，在时代的语言囚笼中，文学何为？先前买了《站在人这边》，顺手读过几篇，也是随读随忘。这回在高铁上读《乌尔罗地》，关于宗教的分析，也是似懂非懂。倒是记住了一句话，自从有了科学真理，人类饱受理性习惯之苦。人类还能回黄金时代吗？书里没说，但却总有这么多人还在认真求索，也是福音一种。(陈克海)

黄裳文集品藻漫笔

/朱航满

黄裳一生著述甚丰，出版各类文集令人眼花，如若对其了解不多，乃是难以理清头绪的。黄裳的著述生涯，大体可分为三个阶段，其一是早年文章，大体在20世纪50年代之前，代表作有《锦帆集》《锦帆集外》《金陵杂谈》《旧戏新谈》《关于美国兵》等；其二为20世纪七八十年代之交，在经历“文革”十年之后，黄裳虽已近花甲之年，但仍以井喷式的写作激情，完成了其一生最主要的著述，代表作有《榆下说书》《翠墨集》《银鱼集》《珠还记幸》《负暄录》《惊弦录》《花步集》《晚春的行旅》等；其三是20世纪90年代，大体延续第二阶段的写作，但写作激情则有所降低，主要代表作有《妆台杂记》《榆下杂说》《春夜随笔》等；其四则是进入新世纪之后，黄裳的写作大体进入退潮期，虽然仍写作不缀，但多是随心所作，专题性的写作较少，其文集也多是随写随编，代表作则有《海上乱弹》《来燕榭文存》《来燕榭文存二编》等。以上所列，还不包括黄裳所编的自选集、专题性文集以及重复收录的一些集子。

也可以按照所作内容的主题来进行划分。黄裳在2010年的文章《巴金和李林和书》中，对于其20世纪七八十年代之交，“重新获得发表作品权力以来”的写作曾有过总结，且认为“的确写了不少东西”，他将这些作品分为三个方面：“一是写杂文和游记零篇，多发表于‘大公园’，荣幸地追随

《随想录》之后以‘特约稿’的方式出现；二是写较长篇的记人、记游文字，多发表在《收获》上；三是在《读书》上的连载‘书林一枝’。当时‘拨乱反正’，被抄没的藏书，陆续部分地发还，这意想不到的旧物重归，在我是一种大欢喜，也触动了旧有的读书灵感，在写了一些论辩文字之外，也随意地说到有关访书的种种琐事。”这段回顾，既有对其写作内容的分类，也谈及自己主要刊载文章的园地。大约第一种文字，主要结集在《花步集》《惊弦录》和《负暄录》之中；第二种文章，主要集中在《珠还记幸》《晚春的行旅》以及收录在《妆台杂记》中的“故人书简”系列；第三种文章，主要代表作则是《榆下说书》《翠墨集》《银鱼集》《来燕榭书跋》等。

似乎还可以按照出版社的方式，对于黄裳的文集进行分类。北京的三联书店曾列出“三联版黄裳著述”目录，主要如下：《榆下说书》（1982年，1998年）；《银鱼集》（1985年）；《珠还记幸》（1985年）；《翠墨集》（1985年）；《珠还记幸（修订本）》（2006年）；《来燕榭少作五种》（2009年）；《来燕榭文存》（2009年）；《来燕榭文存二编》（2011年）。可以说，黄裳在三联书店出版的著述最多，且多系第一次结集出版，故而最值得重视。以上也可看出，黄裳与三联结缘最深的，主要在20世纪80年代范用主政时代。值得注意的是，晚年三联出版《来燕榭少作五种》，结集黄裳早年出版的《锦帆集》《锦帆集外》《金陵杂记》《旧戏新谈》《关于美国兵》，这样算来，三联其实出版黄裳著作共计十一种，占黄裳初次结集的著作的半壁。另外，经范用介绍，黄裳还在三联书店的香港分店出版过三册著作，且在他看来是“漂亮的小书”，分别为《珠还集》《山川·历史·人物》和《晚春的行旅》。对此，黄裳在一篇文章中特别感慨：“我对三联是充满感谢之情。”

以上三种对于黄裳自编文集的分类，并非特别确切，但也是认识黄裳创作的一种途径。其实，黄裳有一些主题性著述在读者中颇有声誉，但多系后来梳理同类文章结集而成的。诸如他的《金陵五记》，则是分别集结《锦帆集外》《金陵杂记》《花步集》几个集子中和“金陵”有关的文章；再如《笔祸史谈丛》，则结集了《榆下说书》《榆下杂说》等几个集子中与“文字狱”有关的文章。颇有声誉的《来燕榭书跋》在出版之前，则已在

《翠墨集》中就有收录，分别为“藏书题跋”“云烟过眼新录”等；而在《榆下杂说》中，又收录有“来燕榭书跋”多例；后来黄裳又在岳麓书社出版过一册《梦雨斋读书记》，系其新录的书跋文字的结集。也由此可见，黄裳生前在出版文集时，时常会将在文集中辑录自己所写的书跋，可见其对此类文字的偏爱。他的另一册文集《掌上的云烟》，也收录他的“来燕榭书跋”五十七篇，其他文字则多又分散在各个文集之中。还有一册“书话”自选集《书之归去来》，文章多出自《榆下说书》《珠还记幸》《榆下杂说》等多个集子。

黄裳作为藏书家，其书话写作自是最为上乘。读黄裳书话作品，最应关注《榆下说书》《翠墨集》《银鱼集》和《榆下杂说》四册。《榆下说书》初版于1982年，1998年、2006年、2019年先后三次再版，可见其影响。此书有几篇文章，写得十分扎实和漂亮，堪称名篇，诸如《关于柳如是》和《杨龙友》。此类文章多以黄裳收藏的古籍旧本为资料，能别开生面，娓娓道来，其中《关于柳如是》，对于柳如是这个明清之交的女性人物给予独到的评价，可谓笔底有风云矣。而《杨龙友》一文，则是一篇针对《桃花扇》中予以丑化的人物形象，给予翻案，难得黄裳在钩沉冷僻史料中能发微，言他人之未能言，可见其独立的思考能力。此两篇文章，足以奠定黄裳在文史学界的地位，也是其利用藏书而作文章的代表之作，此后，黄裳也再难作出这样的精彩文字了。《榆下说书》中的系列文章《谈善本》《谈题跋》《谈集部》《谈禁书》《再谈禁书》，均是以其藏书为根底，颇值得一读。其中《谈禁书》与《再谈禁书》两文，可为互补，亦有独到之见。

《银鱼集》初版于1985年2月，2006年曾再版。此书有几个系列文章，都是很扎实的，延续了《榆下说书》中一些风采，但略有不及，主要包括有谈张宗子的三篇，谈余谈心的两篇，谈吴梅村的三篇，另有“访书记”三篇。这其中，谈张宗子的文章最能见出黄裳对于晚明散文的传承，同时也可以看出黄裳除了对于古籍珍本有很高的鉴赏能力，其对于散文这一文体亦有很高的艺术鉴赏水平。但黄裳对于张宗子，也并非一味称赞，诸如谈及张岱的《扬州瘦马》，黄裳称赞作者对于“挑选货色”过程描写，“一切全都像活得一样”，但“也暴露了他的立场与低级趣味。”《张岱〈琅嬛文集〉跋》写得非常漂亮，从他的两则题跋入手来写，看出藏书家和文章家的功底，令人想起周作人介绍其收藏陶渊明文集的随笔，这其中是否有着某种影响，或许是值得深究的。在文章中引入书随手所作的古雅“题跋”或“题记”，乃是黄裳读书文章的一个特别之处。《海滨消夏记》亦是如此，谈钱锺书和陈垣的文字，乃是“需要细嚼慢咽”，又评价为“像青果似的很有余味的读物”。

《翠墨集》初版于1985年12月，2006年曾再版。此书前半部为读书记，后半部则为文化杂感。这其中，《藏书题跋》《残本九种题记》《云烟过眼新录》《题跋一束》等又占了很大篇幅，这些文字乃是黄裳随手而写，但又分外有情，其中可见藏书家的身影，在黄裳来说，也是一种散文，而非版本目录学的体例。黄裳自述，他的这种“题跋”，承接藏书家黄尧圃和傅增湘，多谈得书的过程、书籍的外观、阅书的心情等，令人赏心悦目。这些文字，后来黄裳结集并以不同形式出版，分别有《来燕榭书跋》《惊鸿集》《前尘梦影新录》《劫余古艳》《梦雨斋读书记》等多种，由此奠定其藏书家之地位。在《梦雨斋读书记》中，黄裳就对其一段题跋而予以阐述：“跋中所记得书经过、书坊情状、板刻纸墨、个人感慨，有如日记，与旧时藏书家的著作，颇异其趣，其实只不过是另一种散文而已。”黄裳此类文字，声望甚高，此处不赘。《翠墨集》中有短文《怀素〈食鱼贴〉》，介绍新刊的唐怀素《食鱼贴》真迹，乃是颇得晚明小品神韵之作。

《榆下杂说》初版于1992年8月，2006年曾再版。此书其实水准堪和前几册读书文集相论，但影响稍逊，实属憾事。此书与1994年10月出版的《春夜随笔》可参照来读，《春夜随笔》亦于2006年再版过一次。此两书中，黄裳有意为古今的藏书家和贩书者作文，先后有收录于前者的《关于祁承㸁》《关于张缙彦》《老板》《爱书者》《叔弢先生二三事》等，收录于后者的，则有《悼风子》《弢翁遗札》《记郭石麟》《记徐绍樵》等。尤其是谈及其熟悉的藏书家和贩书者，可谓“文情俱胜”，令人唏嘘。《榆下杂说》还收录一组谈“笔祸”的文字，如《雍正与吕留良》《查·陆·范》《清代的禁书》《几乎无事的悲剧》《避讳的故事》《明教罪人》《禁本小记》等，这些文章皆不是泛泛而谈，乃是从收藏的清代禁书中读出历史的血腥和残酷，其中《几乎无事的悲剧》一篇，可谓代表。另有《读画记》一篇，亦值得留意。此文本系对戏画家马得画集的序言，写得非常从容，从中可以看出论者对于中国古典戏曲和绘画的熟稔，非大家作手不可为也。

黄裳“记人”的文章，上述与书有关的几篇之外，主要集中在《珠还记幸》一书中，其他则分散在各类集子之中。《珠还记幸》堪称黄裳又一名作，初版于1985年，曾两次再版，又多次重印。黄裳在此一系列记人文章中，又开创了一种散文写作的范例，乃是图文互补，既有文人雅趣，又有独家资料，令人赏心悦目。《珠还记幸》谈及郭沫若、朱自清、茅盾、许寿裳、乔大壮、冰心、冯至、废名、曹禺、李广田、浦江清、俞平伯、郭绍虞、张元济、沈尹默等现代文史名家。他通过回忆收藏这些名家的手迹的过程，来追忆与他们交往的情形，并以此勾勒人物性格，兼及命运，并由此也折射出一些特别的时代气象。其中《茅盾印象》《冰心的手迹》《海内存知己》《槐痕》等几篇，写得最为从容，也最能见出其非凡的笔力，论者心底的情韵也均展露。这其中，有对于所谈对象性格与品德的点染，有对于其学识的理解，也有对其书法的玩赏，故而能显出特别之处。《宿诺》一篇，谈及一段佳话，涉及沈从文、卞之琳、靳以和张充和，读后令人口齿留香。

“珠还记幸”系列之后，黄裳又曾作“故人书简”系列，先后有《故人书简——怀念叶圣陶》《故人书简——叶圣陶二通》《故人书简——沈从文》《故人书简——钱锺书十四通》《故人书简——忆汪曾祺》《关于王昭君——故人书简·忆汪曾祺》《也说汪曾祺》等多篇。这些篇章再开一种写作范例，乃是由“故人书简”引发记忆，谈师友风貌，又是别具一格。黄裳的这种写作，一方面抄录独家珍藏书信，加以补充、发挥、追记，形成了一种共同书写的文章，且又能特别融合，连接一体，而不给人以造作之感。《钱锺书十四通》一篇，可谓其中的佳作。黄裳录钱锺书十四封珍贵书信，可谓光彩夺目，又加以补记和追忆，有些甚至不加任何评注，但却最终浑然一体，勾勒出钱锺书与杨绛的个性与神态，堪称妙文。谈汪曾祺的一组，亦好。特别是《也说汪曾祺》一篇，乃便有作文炫技的感觉了。黄裳在数谈老友汪曾祺之后，就余下的一篇未曾示人的“故人书简”，展示了老朋友的深情厚谊，而这篇文章，又以书简的形式写成，形成了一种多声部的特别效果。

黄裳“记人”之作，最为集中的应是关于巴金的。巴金是对黄裳的写作有知遇和提携之恩的。这些记巴金的文字，分散在黄裳的诸多文集之中，近亦有编者汇集为《记巴金》一书，收录《记巴金》《思索》《关于巴金的事情》《请巴金写字》《琐记》《伤逝》《李林先生纪念》《巴金和李林和书》《关于〈随想录〉的随想》《萧珊的书》《草根宗庙》《海内存知己》《“干扰”》《〔〈锦帆集〉后记〕附记》《〈晚春的行旅〉序》《西行书简》《一封信》《忆黄河清》《曾祺在上海的时候》等。其实，《南开忆旧》中也有黄裳关于巴金兄长李尧林的零碎回忆，似不应错失。这些文章中，多文质并美，不少文章甚至很有沉郁顿挫之感，尤以收录于《负暄录》中的《记巴金》和《〈晚春的行旅〉序》两篇，堪称其中翘楚。《记巴金》有时代印痕，其中写十年灾祸后的巴金，谈及1976年10月下旬与巴金在淮海路公园转角处相遇的场景，写得极简洁而又极传神，颇得沧桑之味。《〈晚春的行旅〉序》中谈及和巴金一起访问江南的片段，与一些风景闲笔，是相得益彰的。

游记文字亦是黄裳所偏爱的。虽然黄裳生前出版各类有关旅行的文字不少，但以文集来论，似应关注《花步集》和《晚春的行旅》两册即可，《妆台杂记》中收录两篇长文《昆明杂记》和《五日长安》自然也不可错过。他在香港出版的游记《山川·历史·人物》和《晚春的行旅》两册，原本是想用《富春集》这样的名字出版的，终于未果。而他的又一册此类文集《一市秋茶》，原本拟名《游踪》，也是未能如愿。关于黄裳的游记文字，用他的书名“山川·历史·人物”来形容，乃是最为妥帖的。《晚春的行旅》初版于1986年10月，乃是记录他在“文革”后访问江南的笔记，“晚春”二字，颇可玩味。此书中的《淮上行》和《好水好山》两篇长文，很见功夫，又写得摇曳多姿。《好水好山》写安庆，这里的长江和浮山，乃是兵家必争之地，也曾是太平天国少帅陈玉成和湘军厮杀之地，为突出这场厮杀的残酷，以及太平军的勇猛，黄裳采用了旧藉野史中的一个闲笔，可谓点睛之处。虽是闲闲写来，却是惊心动魄的：“战斗结束，地面上到处都散落着清军将佐的纬帽，帽上红蓝顶子闪着清冷的光泽，就像窗外盛开的秋菊枝头的花朵。”

关于黄裳的杂文作品，多系随感杂谈，有鲁迅风味，相比其书话、记人及记游文字，则远不及后者的从容与“回环咀嚼”。不过，其中也有佳作妙品，诸如收录于《惊弦集》中的《好快刀》和《如梦记》便是，前者泼辣，后者蕴藉，均是十足难得的。特别是《如梦记》，犹如一部极短的电视纪录片，有背景，有故事，有画面，而背景极特殊，故事极平淡，人物极困顿，画面又极饱满，真可谓如梦如尘矣。黄裳晚年写了不少“打笔仗”的文字，似也可归入这类杂文范畴，乃是颇有“攻其一点”“嬉笑怒骂”的毫不留情。他晚年出版的《来燕榭文存》和《来燕榭文存二编》中，就颇多此类文字。在2004年所写《答董桥》一文中有如下一番自况：“不妄今年亦八十五矣。一直不记得自己的年纪，亦未尝以老人自居。近仍不时动笔，说些怪话，以之自娱。婆娑度日，不敢言老。仍不失少年凌厉之气，可以告慰于知人。”黄裳此类文字，多将罪责归于人性之丑恶，然此中亦有认识的局限，诸如现在看其早先批判“文革”中的政治丑行，就颇觉隔膜了。

黄裳早年的文字，有三联汇集的《来燕榭少作五种》。黄裳少有才情，此中可见，而此一时期文字，也应再做专文论之。倒是《海上乱弹》中收录黄裳的日记《五十年前的十月》，虽是摘录日记，杂事碎语，但却颇有滋味；另外，《来燕榭文存二编》中收录其1950年1月14日写给巴金和萧珊的《一封信》，颇见雅趣和才情。此处，特录下部分内容如下：“北京太可爱了，越住越不想走。大约还得等十天。前两天东奔西跑，拜客请客，今天才空下来，可以自己玩了。去看沈从文一次，不在，未遇见。在玉华台请客一次，来者二十许人。自府委、部长至大学教授，济济一堂，谈到两小时才散。老舍大喝酒，大谈林语堂、胡适，还当场唱大鼓，甚妙。圣陶兴致亦好。遇见冯至，《杜甫传》将杀青，不知‘平明’仍需此稿否？东安市场详细巡视一遍，《屠格涅夫全集》只有一本。法文图书馆尚未去。酒在哪里买，请告。”极短的信件，告知赴京情况、老友现状、所托事宜，散淡有味，令人神往。由此亦可见，作为文章家的黄裳，其日记和书信亦是别有滋味的。

原载《开卷》2020年第9期

黄裳的文章，年轻时候读过一点，时隔多年，印象漫漶。这回看同龄人一一说来，竟也动了心思，想着先把他推荐的几篇文章几部作品下载下来。从来都是这样，喜欢看信任的作家如何读书，好像如此抄一番小路，也能得速成门径，管窥其中堂奥。至于到底获悉多少，却又不知从何谈起，剩下的全是一路上的雀跃，按捺不住要和人分享的欣喜。(陈克海)

致无尽空间
——读常玉的画

/草白

女体

裸体艺术一直痴迷于对空间坐标的寻找。那些褪去衣物的身体，自诞生的那一刻起，便开始了艰苦卓绝的自我探寻之旅，就像古希腊神话中奥德修斯的还乡之旅。女神维纳斯的形象，经过贝利尼、波提切利、提香及安格尔们之手，逐渐嬗变成不同时期的符号，一个让人腻味的符号。

19世纪下半叶，裸体画家们准备将维纳斯搬出古希腊小庙，搬出喧腾的海边和幽静的密林，搬到一个众人谈笑风生之地。1863年，印象派画家爱德华·马奈画了一幅名为《草地上的午餐》的布面油画。在这幅画里，马奈第一次让裸女和衣冠楚楚的绅士席地而坐。这不是神话里的场景，也非现实中的特殊场景。画家表现的是日常生活中最普通的郊游主题，不同的是，这一次，马奈让拉斐尔的女神和乔尔乔内的仙女成了女模特，其中一个全裸，另一个半裸。

这一幅裸体画，最终引来轩然大波。

16世纪的人可以接受神话里的裸体出现在画布上，到了19世纪下半叶，人们的接受水准依然徘徊在几个世纪之前。但这幅画成了分界线，裸女走下神话的祭坛，走出密闭空间，来到日常生活中。

两年之后，马奈又画出《奥林匹亚》。这一次，他以“妓女”取代“维纳斯”，并且以希腊神话中的名山“奥林匹亚”来命名。从马奈开始，传统的观看方式被颠覆了；他将裸女置身于尘世的环境中，抛弃了由文艺复兴时期的艺术家们所建立的空间幻觉。

当裸体艺术的接力棒传到保罗·高更的手里，新情况随之出现，高更画布上的女神从来就不是高贵、典雅的维纳斯，也不是城市生活里的女模特，而是伊甸园里的夏娃。为了给他的夏娃找寻到一个最好的伊甸园，或者为了修正画布上那个夏娃的形象，后印象派画家、荒野生活的热爱者保罗·高更带着回到人类童年的想法，去了塔希提。

在那里，他遇见塔希提的女人、塔希提的风物。他将那些色块一手抓住，掷在画布上，试图将它们永久地凝固住。在高更眼里，塔希提的精髓就在于一个个身体，他以自己的方式让它们“变形”，赋予它们尊严、自足和神秘。从此，高更笔下的夏娃们开始置身于荒凉的岛屿、棕榈树、葡萄藤和热带的安宁与忧郁之中，而不是被沙龙里的丝绸、天鹅绒和黄金所包裹，它们不在贝壳里或繁丽的锦树下，也不在绿草地的晚餐会上；后者是贝利尼、波提切利、提香、安格尔及马奈笔下的女神们所待的地方。

当时间行进至20世纪上半叶，马奈和高更们的困境，不再是困境。巴黎画派的画家们不必再面对神圣、庄严的宗教和历史场景，甚至日常表达也成为一个陈旧的话题。艺术家们所要处理的是身体与自我的关系。意大利的莫迪里亚尼以处理身体“变形”的方式完成了对自我的审视，法国的巴尔蒂斯擅长画少女僵硬而静止的身体，画面中充满不祥之兆。而中国画家常玉，擅长用极简的线条和造型，勾勒出裸女形貌，朴素而梦幻。常玉的特色显而易见。在常玉的人体画里，蕴藏着一种旋律，即使剔除色彩、构图等因素，那种统合性、流动的东西始终存在，就像大地之上冉冉升起的雾霭。

常玉很少正面描摹人体脸部，那作为人体画中最具有辨识度的部分，却被他有意忽略了。他画女体的轮廓、背部、侧面或臀部，以准确、充满力量的线条，勾勒出人体疆域。线条以内，全是他的国土。

简洁并非是一味省却的结果，而是高度浓缩、提炼和萃取的产物。那些横向构图的裸女画，重要的不是色彩、线条，而是“结构”。画面中水平线的设置，以及特意减弱的色彩对比关系，模糊了抽象和具象之间的边界，形成了常玉式的“梦幻”风格。这里的梦幻不是唯美、离奇和空妄，它不是对现实的纠正，而只是一种补充，甚至是削减。

常玉让他的女体始终处于悬浮状态，悬浮是它的坐标，是它的生存状态，不在大地上，不在现实中，而在回忆的荒野里。

巴黎

人们通过巴黎圣母院、波德莱尔、塞纳河、罗丹、毕加索、埃菲尔铁塔、罗浮宫、左岸、加缪、存在主义哲学、花神咖啡馆……这些符号来认识巴黎。在此，还可以列出更多与巴黎有关的符号。

在所有关乎巴黎的符号中，有一个最为核心的符号：梦幻之城。波德莱尔在写给雨果的名为《巴黎风光》的诗歌中，提到这是一座“熙熙攘攘的城市，充满梦幻的城市”——它吸引了来自世界各地的艺术家、诗人、音乐家、传教士、冒险家、流浪汉和罪犯。

1920年，中国画家常玉也来到巴黎的蒙帕纳斯。一年之后的秋天，美国芝加哥郊区出生的海明威，带着他的第一任妻子哈德莉也来到巴黎。而早在二十年前，十九岁的毕加索就从西班牙启程前往巴黎。

在电影《午夜巴黎》里，一个叫吉尔的美国作家来到2010年的巴黎，并穿越回到20世纪20年代的巴黎，在那里，他见到海明威、毕加索、菲茨杰拉德、达利和斯坦因，并爱上毕加索和莫迪尼亚里的情人阿德里亚娜。

透过伍迪·艾伦的镜头，我们想象20世纪20年代那个甜蜜的疯狂的巴黎，想象香槟色的塞纳河，巴黎街头湿漉漉的街景，迷人的爵士乐，酒吧里的邂逅，一场场充满欢乐的派对，世上所有的相遇与离别。时空交错，人群往来，短暂的相逢之后，很快便不复相识。这一切就像是一座“流动的盛宴”，它是流动的，不确定的，从而也是虚幻的。

是巴黎，而不是伦敦、马德里或斯德哥尔摩，巴黎是一切，是所有城市的中心。当年，维克多·雨果被迫流亡至格尼塞岛，被人问及是否会怀念巴黎时，雨果却说，巴黎只是个概念。

对异乡人来说，巴黎却是一个可以无限敞开的空间。门扇开启，人们陆续进入其中。它是所有城市的模板，但别的城市绝不能通过模仿而成为巴黎。问题在于，没有哪一座城市可以给人提供那种空间，让艺术家和罪犯、音乐家和传教士都能隐身其中的空间，一个“让时间变得模糊”的空间。它不仅是有形的实体，是房间、街道和广场，是咖啡馆、旅店、公园和剧院，它还是头脑里那些不具形的意念和想法，保持着柔软、易变和可生长性。

我想象着那些异乡人，他们离开故土，抛弃熟悉的道路，走在巴黎的林荫道上，走在塞纳河畔，走进花神咖啡馆。他们敏感而孤独，却对脚下的道路一无所知。巴黎的日子，他们依然活着，却好像从这个世上消失了般音信全无。巴黎让他们短暂地遗忘了时间的存在，好似烂柯山上看仙人下棋的樵夫，时间流逝，人事更迭，他仍站在那里——站在一个抽离了时间的空间里——他站在山上，而那些人走在巴黎的街道上。

巴尔扎克说过，一个人若有天才，在巴黎街头溜达时，他只需看上一眼，便能立刻识别出来。

空间

初到巴黎的常玉，在大茅屋画室以毛笔画人体速写，并留下“千把张的人体临摹”——徐志摩在《巴黎的鳞爪》一文中，写到此事。

“我在巴黎苦过这十年，就为前途有一个宏愿：我要张大了我这经过训练的‘淫眼’到东方去发现人体美。”

经过十年的整体观察与训练，常玉的眼光逐渐炼成，对人体各部位之美也熟稔之极，自此开始了裸体油画的创作。

那些简净而写意的画面里，他将一种罕见的对音乐的感受方式融入其中。那些空间里，充斥着静默的旋律，充斥着暗示、停顿和不确定性。那些粉红色的人体，或站或躺，姿势各异。有单个裸体，也有群像。那些身体所在的地方，或者是一块块具有装饰意味的毯子、花布，一道与身体相近或相异的色块，一把孤零零的椅子，或者是在抽象的沙滩上、月夜里，有的干脆位于一处白色的虚空里，室内或室外，都有可能，但都不确切。

常玉为这些裸露的身体创设了一个“另类”空间，一个不标明位置、没有固定地盘的空间，一个无法被归纳和辨识的空间。他以对时间的过度敏感，取消了空间的特性。在那些画面中，没有具体物品的摆放，没有处于生长或衰落中的事物。从而，常玉的空间是一种极度抽象化的空间。这些空间彼此连通，通向某个隐约的地方，通向过去的生活。那些生活没有被封存起来，它们仍像泉水一样汩汩流淌着。

法国哲学家米歇尔·福柯发明了一个叫“异托邦”的词，他把墓地、博物馆、图书馆、军营、监狱以及镜子所通之地，都归于“异托邦”的范畴。无疑，“异托邦”是一个另类空间，它是对日常生活空间之外另一种空间的想象和补充。

福柯还提到“船”。“船”作为飘浮空间的一部分，没有明确的坐标和地点，它自我封闭，又自给自足。它在前进，将自己投入茫茫大海之中，从一个港口到另一个港口。可相对于那封闭空间里的人，它又是静止的。

常玉的画作，也给人一种强烈的静止感，好似所有的流动都业已完成，再没有什么理由，可促使生活其中的人必须去获得自己的位置。在那样的空间里，人的一生可以像一天那样流逝，也可以夜以继日、循环往复地走下去。

那些裸体所置身的空间及其陈设，它们不是被省略或简化，而是被彻底地虚化掉了。就像中国舞台上的表演艺术，不设置逼真的布景，只以抽象的道具呈现——因为戏曲的布景都在演员身上，他们以强烈的、充满剧烈变化的肢体语言，阐释着故事情节的发展。

毋庸置疑，这些裸露的身体都来自一个叫中国的古老的国度。在这些毯子上、花布上，装饰着古典的吉祥符号与图案，它们是钱纹、长寿纹、历朝清供、年年有鱼、鹿、梅花、麒麟神兽、塔楼等等。

这些符号和图案，时有时无，若断若续，始终环绕在这些身体周边，表明它们的身份，或者隐秘的来处；它们又如画面中的背景音乐，重复而压抑地流淌着，充满着巴黎的韵律感。常玉的人体画，其构图有一种低回的音乐感。那些裸女群像，或站或躺，相互构成身体轮廓，头脚勾叠，彼此依存，动静合一，虚实相生。

徐志摩在《巴黎鳞爪》里写道：“那肉的浪纹就比是——实在是无可比——你梦里听着的音乐：不可信的轻柔，不可信的匀净，不可信的韵味。”

如果说，马蒂斯的裸女给人一种鲜明而强烈的动感，这种动感所抵达的却是一个宁静而纯粹的世界；而常玉在近乎静态的画面中，表达了一种飘忽的、不可捉摸的情绪，一种迷离而恍惚的情欲。他赞美虚空，赞美那些模糊的、轻微的事物。他笔下的女体，有一种浩荡而无所畏惧的孤独感，它们不在空间的无常流转中，而是处于亘古不变的时间的汪洋里。

在此，我想到一个词语：搁置。人们通常将不知道该怎么办的物什放置一旁，不予理会。常玉笔下的这些身体也是如此被“搁置”在时间的深处，当观看者的目光无意中触碰到时，惶惑与不安也随之而来，好似那个经年的伤口虽已愈合，但身体对疼痛的记忆依然存在。

在常玉已知的画面中，还叠藏着许多个未被线条和色块所描绘的画面，它是需要观者用想象去完成的。不用说，常玉深谙中国传统文化的精髓，懂得处理虚实之间的关系。在中国古代辉煌的绘画和雕刻艺术中，来自汉代的画像石和画像砖无疑属于这个民族童年时代的馈赠。那些从石头上长出的人像、神像和动物像，删去了背景的渲染和刻画，呈现出脱离物质形态的优美与飘逸。

常玉将人类的情欲安置在一个虚空而恍惚的背景里，这个背景不是一无所有，而是计白当黑，包含了更多的可能。这是他对人体画做出的贡献；就如高更将巴黎沙龙里的维纳斯，转移到蛮荒的塔希提。在这样的背景中，常玉画布上的裸女被不同程度地“变形”了，好像那并不是出于画家本人的意愿，而是画面本身的需要，比如它们的脚是鳍状，手是梳齿形的，脸部表情模糊，缺乏细节描绘，常常以独眼视人；身体比例显得突兀，头很小，髋部很大，腿形粗壮，被徐志摩戏称为“宇宙大腿”。

这样的场景，这样的身体，既不是东方的，也不是巴黎的。这样的“乐园”只能由常玉自己建造；现实中并没有这样的身体、这样的场景，他只好自己创造一个。

这些身体好像只适合在裸露的状态下观看，它不会引发任何的羞耻和罪恶感，那是一些模糊的、神秘的身体，在一无所知的背景里，安静地陈放着，完全放弃对现实世界的表现。常玉想要表现的是很久以前的事，那是一种回忆，一种震颤——来自遥远的身体内部的共鸣。

这就是常玉，他经历过最好的年代，与最高尚的灵魂交谈过，也经历过困窘、饥饿和身无分文。海明威在《流动的盛宴》里描写过饥饿。

在巴黎，你如果吃得不够饱，就会感到饥肠辘辘，因为所有的面包房在橱窗里摆着那样好的东西，而且人们在外面人行道上的桌边吃喝，因此你既能看到又能闻到食物。

深夜灯下翻看常玉的画册，看他所描摹的身体——那些万籁俱寂的身体，很像他自己在人世的遭遇。

乡愁

因为对一些遥远的、不可抵达之空间的怀念，他开始一步步、一天天地去往那里，他所有的努力都是为了回到那里。他开始画那些动物，画豹子、斑马和猫，画长颈鹿、小象和乌鸦。当然，他所置身之地，并没有那些东西。它们在遥远的地方，在故国的旷野、森林和荒漠里，在月光底下，在池塘边。他画那些奔跑的形状和色块，他画深红色的大地和黑蓝色的夜晚，他真正想要画的是那片广阔的、像装饰画一样永恒静止的空间。

那不是眼睛所能看见、手指所能触碰到的地方，为了永远记住它们，唯有将它们画下来；他要将它们转化为手的语言、布面上的音乐。于是，棕红色的土地上流淌着葡萄酒一般的色泽，枯萎的树枝重新获得绿意。月光下，池塘涨满绿水，大地变成深红、墨绿、红棕和明亮的黄。他的乡愁埋藏在那些色彩里，它们丰盛而饱满，缤纷而肃穆，向着遥远的往昔一路奔驰而去。

常玉创造了那些风景，那是由回忆、欲望以及隐秘之物混合而成的风景，一片写意的风景，没有任何人类活动过的迹象。那里大地空旷，飘荡着黄金一般的色泽，风景里的动物变得很小很小，小得随时可能消失。这些小而灵性的动物，让我想起那些孤零零的裸露的女体——有时候，我居然会忘记它们也是有生命的。它们的生命力似乎被这些色块吸附掉了，成了那些色块的一部分，并融为一体。动物和女体成了同一空间里平等的物。那幅《毡上双马》图，白色双马交颈而立，蹄脚踩在松软、温暖的毡毯上，如入幻境。那毡毯，毯上的纹理与图案，那些长寿纹和钱纹，是常玉一再删减之后所增加的部分。

为了找到那些东西，他必须去往异乡，并且永远留在那里。他的作品是从对遥远故土的回忆中产生的。一再重复的题材，不断翻新和扩充，只为了回忆和唤醒。他要把所有梦中的形象和故事一一变成现实，他要触碰到它们，至生命的最后一刻，他几乎做到了。他从未刻意寻找素材，它们都是现成的，那些女体、花卉、动物和风景都是现成的，在他的眼皮底下，在他的呼吸和渴望中。

他所做的不过是唤出它们，然后给它们一个空间。他一直致力于对那个空间的建造，从来没有停止过。他不断地变换和扩充那个空间，删减或增加一点什么，直到它们自成一体，无可增减。

生命中最后几年，常玉画了一些梅枝。运笔老辣、苍劲。粗壮、黝黑的枝条，铁一般冷硬，且枝丫交叉，几乎撑满整个画面。白色的红色的花瓣儿，像米粒，像嫩芽，稀疏地缀在枝上。密布的黑色枝条的间隙里，透出明亮的新绿、柠檬黄和赭黄。一个自足、完满、内向的世界，昭然若现。

常玉也画盆景，那些色彩艳丽的花卉，它们花团锦簇，生长在浅窄而局促的空间里，"头重脚轻"，有随时可能萎谢之感，但一种促使其平稳的力量始终存在。

所有这些空间里发生的一切，并不总是平静的。

早年，他的人体和静物还处于悬浮状态，显得轻逸、恍惚而超脱，沐浴在白色粉色的雾霭里。后来，那些人体的轮廓线被加粗了，无端地重起来，肉身厚沉，却不是一味地往下沉坠。金陵八家之一的龚贤，晚年"黑龚"时期积墨渲染，浓密苍茫，神致大于形态。常玉也是如此，从粉色到黑色，不全是人生际遇使然，他只是一步步向着那终极走去，去接近它。里尔克写罗丹时，说他的内心始终有一种静谧指给他智慧之路。巴黎的最后岁月，年龄、身份、职业，甚至故土，之于常玉，都不存在了。他遗忘了一切。他只是一个手握画笔的人。除了风拂过脸颊的声音，他什么也听不见，什么都不知道。

一只孤单的小象站立在蛮荒的沙地深处，好像从无尽的金黄色的时空里，奔突、跳跃而来。他丢开画笔，走进去，走到那小象所置身的空间里，走入那永生的金色的光芒之中。

原载《福建文学》2020年第3期

这是草白的观看之道。先得厘清一些概念，譬如，空间坐标，悬浮，异乡人的巴黎，异托邦，如此，方能跟着她的描摹，想象那“永恒静止的空间”，切近的理解人，走近手握画笔的人，走进画中物所置身的空间里，理解“发生的一切”。喜欢她营造的那种静谧，好像也约略明白了常玉笔下“平衡的力量”。（陈克海）

辑五

邵燕祥先生的身世、学历与文笔

/韩石山

我打算一长溜写下去，不分节了。

与燕祥先生相识，在二十五年前《太原日报》办的一次笔会上。会期两三天。某日下午，谢泳告诉我，他陪邵去山西大学，看望了常风先生。问两人是什么关系，说是北平解放前夕，常风办报，采用了邵的一首诗。将发而未发，北平解放了，报办不成了，常仍将该发的稿费给了邵。邵记着这点情义，一到太原就说，要去拜会常风先生。我听了，觉得像是《世说新语》里的故事，不意竟重见于当今。由此便对这个清秀儒雅的老头儿，有了好感。

再见是隔了一年，传记学会在张家界办的一个笔会上。会议期间，年轻人乒乓球比赛，大概是见我和邵都还风趣，便委任我俩当了裁判。我对球事一窍不通，说一切都听邵先生的。我的晋南普通话，这个“邵”字，读音如“勺”。正在一旁笑眉笑眼站着的邵先生，当即纠正说，是“邵”，不是“勺”。我听了，当即认错。比赛开始了，当然是胡乱裁判。有次两边起了纠纷，旁边还有人故意起哄，说是让韩先生评判。我说，都听邵先生的，邵先生放个屁都是香的。我这里话音还没落，邵抬起手臂，朝了我这边，往他那边扇扇，说好香啊，等于将那个屁话的恶谥，原封不动地还给了我。风趣，机警，我对此老的印象更好了。

也就是这次，会议期间，听他发言，看着他那清秀的面容、安闲的神态，还有匀称的身材，由不得就想，此老必是个有身世的人。

二十多年过去，终于有了一个验证的机会。

疫情暴发前，去过邵府两次，承蒙不弃，送我大作数种。防疫期间，闲来无事，取了一种翻看，一看就看进去了，且让我起了探究此公身世的念头。

书名叫《昏昏灯火话平生》，是一位叫萧跃华的先生给他编的。选的都是记述身世经历的文章，因此有个副标题，叫“邵燕祥话旧文选”。书是北京三联书店2019年4月出版的。

“身世”这个词，现在不多说了，常说的是“出身”。细品一下，两者还是有所不同。“出身”重在经济与阶层，“身世”更注重文化上的传承、品格上的熏染。

书中写母亲的多，写父亲的少，而我们说的身世，主要在父亲这面。

老家在浙江萧山县。《借书》里说：“祖父是个乡村塾师，所以经史子集也有一些。”这就明白了，祖上是个读书人家，或者说是个耕读传世的人家。说老家而不说祖籍，是因为书中有一照片，下面的文字说，1985年春，他以“望五”之年，首次回浙江萧山临浦镇下邵村，祖居老屋被日本侵略者焚毁已近四十年，至今只剩断墙。可知这是真正的老家。

这样的人家，儿子多半不会是农民。同一文里又说，他父亲是学西医的，家里的书柜，摆的全是父亲精装铜版纸大部头的外文专业书籍。他呢，除了偷偷翻看动物学著作的彩色插图，欣赏一下画得极精致的珍禽异兽以外，对别的没有兴趣。一句学西医，说明不了什么，另一处的说法简略些，却便于判断。《父亲的迷信》里说：“父亲也不信基督教、天主教。他学德语、学西医，他迷信西门子电器和拜耳的药，不迷信别的。”

这样的人，求学就业，只会是在大都市了。

哪儿呢？《父亲的迷信》里又说：“他从十几岁离开清寒的家门，到十里洋场上去觅出路。”中国的洋场是不少，当得起“十里”这个量级的，只有上海。老家在浙江的萧山，父亲是塾师，孩子去十里洋场谋生，最自然不过了。不过，看样子不是去了德国人办的医科大学，多半是去了德国人在上海开的医院，从最基本的医疗事务做起，一步一步成为医生的。

这边的身世，这样单薄，只有从母系那边找了。

仍是《父亲的迷信》里，有句话，引起我的警觉。说到父亲去十里洋场觅出路之前，还有一段文字，说他父亲除了迷信德国人的电器与药物外，还迷信医卜星相中的“八字”和《麻衣神相》。燕祥少年时，认为这些属于迷信，而父亲却说这是哲学。待到年事稍长，理解了父亲人生的坎坷之后，由不得对父亲起了同情之心，而这同情之心，隐隐地暗示出来，竟是父亲的“姑老爷”身份。这个意思比较隐晦，不是我这么刁钻的人，多半会一晃而过。且将原文引了出来：

> 我还没有到为自己的命运和前途提心吊胆的年纪，对这类文字游戏没有多大兴趣，对于八卦的演算更没有钻研的劲头。读曹禺剧本《北京人》里姑老爷江泰对着镜子端详自己的鼻相，因为算命先生预言他快走鼻运了，他仿佛发现新大陆那样欣赏起“鼻子！鼻子！”一方面想起果戈理的人物寻找失落了的鼻子之可悲，一方面不免凄然地想起我的父亲。

有这个提示，就不能不说到邵先生的母亲。

母亲也是个有文化的人。《望月》中说，母亲是农历丙寅年（约当1986年）年底去世的，年初知时日不久，写了《自挽词》，其中一句是“一生坎坷”。说到这里，不能不发一句感慨。邵先生对自己的文章，那个珍惜，可说是篇篇都视若拱璧，而对高堂大人的《自挽词》，却如此惜墨如金，就说了这么四个字。我倒是以为，若将高堂大人的《自挽词》全文披露，加以笺注，至少比他这本书里的好些文章，给人的感触要多些。对他来说，也省事得多，不用费心去谋篇布局，不用临了还要想着，该发怎样的感慨才恰如其分。

这个母亲，不光是有文化，还是个大家闺秀。证据有二。

一是她的母亲，即邵先生的外祖母，是旗人，且有贵妇的做派。

《信佛的外祖母》里说：“按照满族的习惯，外祖母叫太太，太太属马，比我大六十三岁。”还说，太太有个佛堂，在里院的西厢房，且是套间。太太住里头，外面供佛。这个外祖母，也是有文化的，至少是识字的。文中说，他还记得太太坐在向阳的台阶上，“饶有兴味地看一本哥哥从学校借来的画儿书，指点着告诉我，画儿上那叫鳄鱼”，此时的邵先生，只有五岁的样子。

二是她的妹妹，即邵先生的四姨，是个很有身份的女人。

《幽冥之间》里说：“中元，也称鬼节。本来是盂兰盆会，放河灯，给迷魂指路的仪式。而在世俗中，尤其对孩子，竟转化为玩莲花灯的节日。住在西华厅的四姨儿活着的时候，每年七月十五必给我们送个莲花灯来。只是随着物价的飞涨，生活的拮据，一年比一年的灯小了。灯虽小，规模还在，总有几瓣粉白的莲花捧着灯芯里的座。”接受长辈送灯的年龄，当在十岁之前。一年一年过去，手头紧了，灯小了。这是拿后边的灯，跟前边的灯相比，若是拿前边的灯，跟后边的灯相比呢，不就是一年比一年大了吗？可见灯大的那些年，四姨家是很富足的。这里说的西华厅，就是后来中南海里周恩来总理的办公处。邵先生是1933年生人，其幼年，正当抗战前的民国时期。这个时期，住在西华厅的女人，其夫君身份之显赫，是可以想见的。若是事变之后，住在西华厅，也非寻常人等。

邵先生的父亲，并不是一开始就在北京城里做事。

前面说，其学习与就业，是在十里洋场的上海。做事呢，有一个时期，是在烟台。《纸窗》里说：“儿时，四五岁，父亲在烟台，家中只有母亲带着我们三个孩子。”而他上小学的时候，就可以翻看父亲精致的医学书上的插图，可见在他六七岁的时候，父亲就来北京做事了。家庭生活，也随之改观。

住的院子，颇为讲究。《花》里说：“小时候院里有一棵洋槐树，是棵大树，年年初夏以后，枝叶长齐，能荫盖住大半个院子。”院里摆着富裕人家多见的盆栽，“小时候家里有四盆石榴，长得比我高”。庭堂的地，方砖漫的。《我也养过蚕》里说，他的姐姐哥哥养蚕，曾捉了树上的毛毛虫，“在厅堂的方砖地上摆列成行”。且是前后院，前面说了，外祖母图清静，单独住在后院。

这一段岁月，他自己的生活呢？完全是“小少爷”的模式。《火柴》开头一句便是：“那一年，我在大会上说：‘到我参加革命工作那一天，我还不会划火柴……’”接下来，详细地说明这是为什么，“没有点火做过饭，饭来张口衣来伸手。”小时候管火柴叫“取灯儿”，点灯总该用一下火柴了。没有动过，为啥？家里有规矩，“火烛小心”。这里的“在大会上”，不是什么庆功会，乃是他被划为右派，给他正式戴上帽子的群众大会。大概是为了博取同情吧，才说这些“少不更事”的话。他参加工作是1949年，虚龄已十七岁了。

话说到这儿，还要再往深里考证一下，说说邵先生父母的年龄。

《父亲的迷信》里说，他出生的那一年，父亲已四十三岁。能记事的时候，印象中父亲就是年近半百的人。邵先生1933年降世，则他父亲是1890年生人。到他六岁上学的时候，其父四十九岁，可不就是年近半百了。

《望月》里说，母亲1908年生人，则母亲生他的时候是二十五岁。

书中多次提到哥哥燕平，长他五岁。又有文章，提到他还有姐姐。当姐姐与哥哥并提时，常是姐姐在前哥哥在后，可见姐姐比哥哥还要大些。按最小的年龄差计算，姐姐比哥哥大两岁。再按结婚当年生下孩子算，则他的父母结婚时，母亲是十八岁，父亲是三十六岁。

这样的年龄差，是可能引发多种想象的。随口能说出的，就有两个，一是父亲有前妻，邵母为二婚；二是母亲为二婚，姐姐哥哥乃与前夫所生。——这个问题，按说邵先生还活蹦乱跳地活着，去个电话，或是见了面问问，不就全结了？可我不愿意这样做，这样做了，我就是新闻系毕业而不是历史系毕业的了。此文发表后，若错得离谱，我倒是希望邵先生拍案而起，怒斥荒唐。

不管是哪一种可能，有一点可以肯定，这对夫妻，可谓传统意义上的老夫少妻。而这样的年龄差距，生下的孩子，是会有点异秉的。著名的例子有好几个，就不举了。

说了这么多，只是印证，实情与我最初的猜测是相符的，这是个有身世的人。只是其身世，不在父亲这边，而在母亲那边。

再说他的学业。

少年时候，家在现在的灯市口大街附近。小学，上的是不远处美国基督教会办的育英学校。

《老校门》里说：“我站在灯市口路北的老校门里，因为重修过，漆色还是新的。依然一对红漆立柱，敦敦实实树在台阶旁边高高的基座上。我仿佛看见傍着西边那根柱子，有个七八岁的小学生，不时向西眺望，等着哥哥从骑河楼过来，接上他一起回家。那小学生就是五十多年前的我。”又说：“每天一下课，我抄起书包，跑出油房胡同二院的小学部。”

旧制小学分两部，一部是初小，一部是高小，高级小学，即五六年级。高小，据《宗教外围》文中说：“因为搬家到崇文门内的船板胡同，我转到另一所教会学校，盔甲厂的汇文第一小学，这是在北平内城的东南角。”

这一节的前面，说他三年级的时候，一个现在已是有成就的古文字学者的小学同学，曾送给他一本《日内瓦的木刻家》。据此有理由认为，转学在三年级结束，还没有上四年级的时候。1939年上学，1941年冬，正是小学三年级的第一学期结束。

看一下房子的变化，或许能找到一些线索。

在灯市口那儿住的时候，至少是两进的院子，外祖母独自一人，住在后院的厢房。那么这个院子，很有可能是邵先生外婆家的，若是父亲来北平做事，不会租下那么大的院子，让丈母娘独自住后院。是外婆的，若外婆没有儿子，那就是女儿的了。

转到船板胡同，住的地方也不差。据《上路——回忆我在汇文中学的两年》文中说，1945年暑假，“大约八月十日，我从家里二楼北窗，看见后面小报房胡同院里住的日本人跪了一地，原来他们在听天皇宣布无条件投降的诏书”。在二楼，要么是个独院有两层小楼，要么是一个单元楼房的第二层，无论哪一种，在当时的北平，都要算好住处。

从住处的变化推测，定然是外祖母死了，没必要住那么大的院子。变卖之后，买下或租下一个更适合一家五口住的房子。《信佛的外祖母》里说，外祖母比他大六十三岁，六十八岁上死了。也就是说，外祖母是1939年死的。那么隔了一年搬家，就更为确实了。

搬到船板胡同，上的是汇文第一小学，待他毕业时，这个学校又叫了盔甲厂小学。这是因为，汇文是美国基督会办的学校，抗战初期，日本与美国还是盟国，不会进占美国的学校，待到1941年底，太平洋战争爆发，日美开战，学校被日军接管，原来的汇文一小，也就改名为盔甲厂小学。

1945年暑假，盔甲厂小学毕业，考上了北平中学。待到开学时，北平中学又恢复了原名汇文中学。汇文初中，原本三年，只上了两年，就以同等学力，考上育英中学的高中部，即育英四院。

看起来像是“跳级”，实际上是“逃学”。

《上路——回忆我在汇文中学的两年》里说，由于将主要精力用于课外活动和课外练习写作，加上学业上偏科，1947年暑假得到的分数单上，化学不及格，自忖补考也难补救，不如转学。便去找了育英中学教高中语文的刘曜昕先生，请刘先生介绍他以同等学力，报名投考育英高一。经过考试，暑假后便转学到育英上了高一。

育英的高中部，是很有名的。

《老校门》文中说，初中部的东邻，隔一条油坊胡同，就是育英的四院——高中部。那门没有高台阶，但显得更开阔也更敞亮，进门以后，一重重的院落，格局严谨，果然是严嵩相府的气魄。图书馆的匾额为胡适所题，院里还有个小花园，花木清幽，甚是宜人，教务主任黄先生住园里一间小屋。

高中三年，若没有初中的跳级，原本1950年毕业，这一跳级，1949年夏天就毕业了。上学还是做事，几乎没有犹豫，是想上学的，且想上的是北京大学。于是便参加了北大的招生考试。没考上，没考上的原因，有一半是“堵车”误了。

《国会街忆旧》里说，这个有着国会大厦的院子，当年是北京大学四院。1948年7月24日，他曾在这里参加北京大学的入学考试。上午第一节考数学，他迟到了半小时。那时他家住崇文门内的船板胡同，要走到东单乘（有轨）电车，西行经过整条东长安街、西长安街，到西单下车。车少，也不正常。早晨出门，宿雨初晴，原本心情还好，没想到在东单左等右等，车也不来，好心情化为一片焦灼，又化为无可奈何。步行，根本来不及了，只有死等。终于来了，登上车，西单下来，赶进考场，脸上发烧，额头冒汗，数学大概考了零分。

落榜后，受进步同学怂恿，便报名参加了革命，先去设在石家庄正定县的华北大学集训。

人的学历，不能光说他在学校的经历。还有一种经历，也应当算在学历里面，就是青少年时期，对某种技艺的潜心练习。《上路》文中说，“由于将主要精力用于课外活动和课外练习写作”，致使期末考试化学不及格。

可见他在“练习写作”上，是投入了大量的时间与精力的。

写作上，邵先生成名之早，说是个天才，都不为过。

《上路》有一副题，名为《回忆我在汇文中学的两年》，合在一起是说，他在初中一二年级时，便走上了文学写作之路。最初发表作品，跟那位介绍他以同等学力报考育英高一的刘老师有关。刘老师教过他哥哥，在他还没来上高中前，从他哥哥手里拿到他的一篇文章，给了一位在锦州编报纸的大学同学，这位同学将燕祥的文章发表了。这便是1946年6月7日，发表在《新生命报》副刊上的一篇杂文。

这一年，邵先生只有十三岁，初一学生。

此后便开始了投稿。1947年9、10月间，沈从文编的《平明日报》副刊《星期文艺》上，陆续刊登了他的几首诗，这是他在报刊上发表诗作之始。十四岁。

1948年3月，《星期文艺》刊出了他的“散文式的小说或小说式散文”《窗花》。十五岁。

写作之初，他就明确地师法沈从文。《负疚的怀念——关于沈从文先生的断忆》里，说了他的这个情结，承认自己是沈先生的私淑弟子：“我算不上是他的学生，我没听过他的课。不过我也可以算是他的一个学生，我小时候读了他不少书，偷偷学过他。”他曾向沈从文编的《文学周刊》投过稿，“行文有时也生硬地学他的简古，当然，不像”。他的《窗花》，自己说是“散文式的小说或小说式散文”，正是初学沈从文笔法的人，惯常显示出的模样。

此时他还没见过沈从文，见到是在1948年，由他的好朋友吴小如引荐，去了当时沈先生在中老胡同的家里。缘由是沈编的一个文学副刊，刚刚发表了他的《沙果林记》，而这篇作品，“分明能看得出《边城》的影响”。正好沈先生家里，有开明书店才送来的几种书，便从样书中拿了六本，一一题签，送给了这个新发现的年轻作家。其中《从文自传》上写的是：“一介顽童自传，送给燕祥弟存。”

华北大学集训结束，分配到北京广播电台。这个电台，可不是现在的北京电台，乃是中央人民广播电台的前身。往后，就是一次一次的运动，终于在“反右”中被戴上了帽子。万幸的是，戴上帽子之前，他已是一个广有影响的青年诗人，诗集就出了五本之多。改革开放后，调到《诗刊》，当过副主编。再后来，就是一个老诗人，又是一个著名的散文作家。

该着说他的文笔了。

燕祥先生参加工作后，也曾红过几年。比如曾参加中国新闻代表团访问苏联，并蒙赫鲁晓夫接见，书中有文章忆及。还有一篇，写去吉尔吉斯斯坦访问东干人农庄，想来也是这次。好日子很快过去，戴上帽子后，便开始了无休止的下乡、去干校、劳动锻炼。我以为，这类回忆文章，最见此公文笔之妙。

不必条分缕析了，我看书时，曾在书页上随手批了一段话，可见其大概。话批在《北京的城墙》一文的空白处，说的是：

> 邵的文字，极为精致。多读他的文，你才会知道，什么叫文学，什么叫优美。读汪曾祺多了，会发现汪是“碎句”的能手，写碎的句子，又能将不长的句子碎化了，有时一字就是一句。在这上头，邵也会碎，但不像汪那样，稀碎，或碎个稀烂。汪的碎，有时让人惊异，难免会有刻意为之的嫌疑。邵的碎，碎的自然，碎的精妙。更绝的是，邵不光会碎，还会连，将本该断开的地方，连在一起，显出别样的气韵。比如此文开头的一段。

这只是其文笔的外形，要说底，还得看具体的文章。不多说了，且引两段。

《狗》这一篇里，先说他读了王世襄的文章，得知“狗”与“犬”的不同在脚趾的数目上。接下来回忆他刚上班，去甘肃乡村参加“土改”，夜晚回来的情景：

> 到皋兰白茨滩土改的时候，在这个村开会开到半夜，回另一个村的住处。有月亮没月亮，走过一片荒坟我没有什么怕的，还没进村，看家护院的狗们早就察觉了，一只狗叫起来，多声部跟进，你才懂得什么“十犬吠声”。说时迟，那时快，我必得条件反射般掏出手电壳，捻亮，然后在夹道的狗叫声中，用手电光前后左右闪着照着，像节日

天安门上空的探照灯那样，虚虚实实，迷惑狗们。狗们也进进退退，犹疑不定，从谁家门口走过，那家的狗心放踏实，就不叫了，直到我走进村子那头，推门进屋，一场止于虚声恫吓的心理战才算终止。大地复归宁静。估计想来偷鸡的黄鼠狼或狐狸，也让一阵子狗叫给吓回去了。

千万别以为这样的叙事，算不得什么，须知，多少人遇上这样的事，也就两个成语带过去了。能铺排得开，这绝对是好文笔。

再一个例子，在《琉璃河忆旧》里。“文革”后期，曾一度与侯宝林等人，在琉璃河农场劳动锻炼。这事太神奇了，不是他说，简直不敢相信是真的：

某一天近中午，队部通知我们，原单位打电话来叫我们回去。自然大家都很高兴，马上一边打包，一边计划着：吃过中午饭马上出发，背上行李赶一个多钟头的路，上火车，不耽误回家吃晚饭。大出意料之外的是，侯宝林以我从未见过的果断，指挥我们说：“立刻就走，不吃饭了！”不容置疑，没有商量的余地，侯宝林一改温良恭俭让的姿态，不知从哪儿来的劲头；除他以外的几个人，连我在内，一向都是听从人支配惯了的，见他如此坚决，也就无话，跟队部都没打招呼，悄没声地匆匆“起旱”，告别路村，告别琉璃河。

回到北京，才知道，大约就在我们离开十分钟以后，原单位来电话叫我们先不用进城，继续待命，因为其他的人去干校以前需要安顿家中老小，放假做准备，我们只需临走前两天再叫回来，眼下还得照旧出工干活！路村的队部还派人追了我们一程，没追上人影，我们也就得以多在北京城赖了十天半个月。不能不佩服侯宝林料事如神，他算把单位领导的心思琢磨透了。

所以抄录这么长两段，还有一个缘由，就是为了佐证下面一个话题。

该着说我写这篇文章的缘由了。

2019年春夏间的一天，我和老伴去邵府看望，送去他为我题签的一本书。此前去看望，他曾有书赠我，于是说起读后的感受。我说，你这么好的文笔，这么丰富的生活经历，真该写小说。他说，你这个话，跟王朔的说法有些近似。我问，王朔也跟你说过这个话？他说不是，是王朔在一篇文章里，说那些专写散文的人，当不起作家这个名号，只有会写小说的，才称得上是作家。言谈间，有些自嘲的意味。我当时就说，近代作家里，周作人、梁实秋就是专写散文的，能说不是作家吗？同时说，你是诗人，在外国人眼里，诗人是顶级称号，比小说作家还要贵相。后来谈起别的事，这个话头也就断了。

这些日子，翻看《昏昏灯火话平生》，看到一篇文章里，说起他过去写的小说，让我又想了这个话题。

《焚稿忆旧》里说，“文革”初起之际，他曾专程跑到东城他母亲的住处，将过去写得好些稿子烧了，有什么有什么，“还有一篇尚未标定题目的小说，写一个在令人窒息的氛围中自我封闭的人，当然色调是灰暗的，使人痛苦的”。在别的文章里，他说过他喜欢契诃夫的小说，可以想象，这是在戴上帽子后，写下的一篇抒愤懑之作。也就是说，50年代后期、60年代初期，他曾有过写小说的冲动。

以邵先生如今取得的成绩，可说是此生无憾了。但不知为什么，总觉得还是有憾的，其憾在于，没有把他经受的人生苦难，浓缩成一部长篇小说，或是一部文学性的长篇自传，而是随手写成了这么多的零碎文章。说到这儿，还得插一句，应当说，他是写过一部自传专书的，名叫《我死过，我幸存，我作证》，厚厚的一大本，作家出版社前几年出的。也曾送我一本，扉页上题了两行字：“请审视一个小人物走过大时代的足迹和心迹。”我翻看过，真的多是那个大时代的大事。不知为什么，我觉得，他这个定位，先就错了。应当是个人无所谓大与小，时代也无所谓大与小，“相看两不厌”就好了。比如侯宝林一声断喝，命众人即刻动身回城那一刻，又是谁大谁小呢？

我曾有个创议，是在一次为“老干部”辅导写作时说的，就是，写下真实的东西，叫成小说，写下半真半假的东西，叫成散文，这样你的小说也好了，散文也好了。记得这个意思，也跟邵先生说过，他哈哈一笑，说你这是在忽悠老同志。我当然也是哈哈一笑，等于承认是在胡说。这里要为自己辩白一下，我这样说，也有真诚的一面。且以邵先生的文章为例，看看怎么拼凑一下，就是上佳的小说章节。

前面说的躲闪狗叫，放在哪儿都行。而在路村农场，在侯宝林的决断下，毅然回城，简直就是长篇小说里的一个大情节。加上《椅子》里写的，单位领导来了，以为会提前回去，没想到人家带了几把椅子走了。两件事，铺排开来，五万字就过去了。几宗这样的事情，糅合在一起，就是三四十万字。改正之时，才四十五岁，静下心来，三年五载，不难完成。

不是很难的事，为什么没有做成呢？

原因种种，别的不好说，有一点是可以说的，就是邵先生的晚年，太热闹了。约稿的人多，游玩的地方多，也就难以静下心来，写这样既见才情又见心志的大作品。原因的原因，则是我在文章开头感觉到的，在文章中论证了的：这是一个世家子，就该享这样的福，就该是这样的命。

原载《文学自由谈》2020年第4期

评鉴与感悟

读过一些邵先生的杂文，对他的身世却并不了然。韩先生这篇文章，是求证，也是在理解。邵氏的家学渊源，文笔的妙处，行文的简古，甚至关于他的活法，文章里都有细致的考证，精湛的分析和判断。写作的人总是讲究真诚，下笔也力求准确。汉语有意思的地方是，看上去寻常地方，普普通通的句子，宕开一笔，铺排开来，好像又暧昧了，有让人会心的深意在里头。（陈克海）

话说老钱

/赵园

钱理群，除正式场合外，人称老钱。甚至王瑶先生，偶尔也脱口而出，让老钱暗笑。研究生期间，第一次在学术讨论与日常应酬之外与老钱交谈，似乎是在北大图书馆前。当时已入夜，老钱背后，是图书馆明亮的灯火。那或许是不只作为同学，也作为朋友交往的起始。

研究生班除玫珊外的六个同学中，王先生似乎认为其他几位有点“偏离”马克思主义。我和老钱之所以被摘了出来，大约也因时不时地引用“马克思主义经典著作”——我较早的学术文字的确如此。王瑶先生虽对时政有敏锐的洞察，却将早年形成的“左翼”文艺倾向保持到了晚年。并非刻意——我们读研的那会儿，因“文革”中思路的“轰毁”，读马列更像是过时的姿态。对马列，我确实认真地读过，由“文革”前读马、恩两人的卷集，到“文革”中读当局推荐的马列的六本书。对马克思某几篇的中译，倾倒备至。老钱则对毛主席的著作应当较我更熟悉。同学中，我和他都关心所谓的“社会问题”，只是关注的点不尽相同。我对贫困、城乡差距之类社会不平等更敏感，至今仍能为杜甫的《茅屋为秋风所破歌》动心。老钱虽曾长期生活在经济社会落后的贵州，却始终聚焦在与“民主”有关的议题。我想，倘生活在“旧俄”，他会是“贵族革命家”的吧。而我若生长在20世纪三四十年代，多半会像我早年的父母，投身于共产革命。尽管由今天看去，难免会与老钱殊途同归。

那个研究生班内部关系和谐。从事中国现代文学的几位，因有老钱、老吴（吴福辉）这样的老大哥罩着，更为亲密。六人中锋芒稍露的，或许是我与凌宇。尽管我往往因过于直率，或更是骄纵、任性而得罪人，却并非不通世故，知道即使是亲人、知交，也并非都可以直来直去，必有不能说、不敢说之事。这一点世故却不适用于老钱。或许也因摸准了他的脾气，欺他能忍，知道无论如何冒犯，都不会反目成仇。也有过一两次他没能忍住。一次是在北大29楼他宿舍门前，盛怒之下我摔门就走。第二天早餐时想到有可能撞见，不免惴惴，却见他刚买了饭，端着碗若无其事地笑着迎面走过来。我有四十年的朋友，也有近五十年的朋友。五十年的，是在郑州那所中学结交的朋友。或许证明了即使骄纵、任性，也仍然不但能交，且能久。相互迁就，并非就是久交之道。

老钱不装。即使是缺点，也都在明处，不藏着掖着。20世纪90年代也曾有过“危机时刻”，似乎没想到“公关”，因此免除了朋友的道义压力。他终是福将，沟沟坎坎平顺度过，不曾伤筋动骨，应当有得自北大的庇护。虽然总有某种传闻，却始终不曾成真，写的书在境内也一本本出版。

我很少读老钱的文字。这一点老钱也知道，但并不介意。我则因太熟，读他本人就够了，不必再读其书。少读他的文字，也因不大能接受他的表述，疑心已然形成的表述方式反转来影响了他对外部世界的感知。老钱的文字汪洋恣肆，虽不免泥沙俱下，却酣畅淋漓，想必有写作中的快感。有人评论我的《想象与叙述》，一再使用“快乐”的字面，说读得快乐，我也一定写得快乐。我不敢说我快乐，却相信写作中的老钱肯定比我快乐。

网络时代我们的写作越来越“小众”。老钱的言论引起持续的关注，证明了确有需求。他关于公共议题的议论，呼应了相当一部分读者（包括在线阅读的读者）的期待，影响了他们对现实的认知，培养了他们对严肃议题的兴趣。尽管他们中的一些人会离他而去，但一段时间里的陪伴自有意义。我的影响很可能未出专业范围。当然，这不意味着我需要改变自己。我们因各自的选择，也因各自的局限而成其为自己。

老钱的“语录”，引用率最高者，或许是批评有些青年的“精致的利己主义”。据说在一次会议的场合说到，会议尚在进行中，这句话已在网上疯传，可见针砭之精准。老钱的观察，自然由他与“青年学子”切近的接触中来。所谓“精致”，或许指善于投对方的所好，以足够的耐心“曲线”达成利己的目的。这目的既包括“票子”，也包括“位子”。为达此类目的不惜借与名人周旋，借师长的揄扬为晋身之阶。老钱是鲁迅信徒，所说亦出自鲁迅式的痛。只不过鲁迅的时代未必像今天这样滔滔皆是的吧。

老钱的上述洞见的确是“现象级”的。我遇到的某年轻人，利己主义毫无“精致”可言，不过是不加掩饰的对你的利用。你看着那张冥顽不灵的脸，会想：是何种环境、风气造出了这种无可救药的畸形品性。我对青年无所谓期望，即失望也不过对某个人。老钱始终保有的与青年的联系，对青年有期许，也就难免于鲁迅曾有过的失望。这失望与期许同等深切，以致对自己造成伤害：被算计，被利用，被诓骗。恶质的社会环境使人格扭曲。对于教育，这实在是灾难性的。

老钱较早的《丰富的痛苦》，讨论“堂吉诃德与哈姆雷特的东移”，晚年以梁漱溟、晏阳初、卢作孚等人作为分析材料的《志愿者文化》，都是好题目。只是我不知梁与“志愿者文化”有何相干——或许只是在“乡建”这一脉络上？冯友兰挽梁漱溟，有所谓“廷争面折一代直声为同情农夫而执言”，已非当今“志愿者”所能。对老钱的书，包括上述两种，我均不曾读。不是不屑，而是太熟——尤其表达方式、语气口吻。我辈大半生掉弄笔杆，难免写得熟、滑，我自己也未见得能逃脱。

在我看来，老钱的问题，是好做全称判断（包括所谓的“大判断”）；另一问题，则是对“天下”“国家”关心太过，对周边的小事会视若无睹。后一种问题，或许倒因了骨子里的软弱。像那支歌唱的，“我只是心太软，心太软”。他一再要我不要管文学所的事，我谢不能。管不了国家大事，对身边的不公不义，却不能不管。老钱能激烈地抨击时政，却不愿意得罪身边认识的人。对此也不宜苛责，只能说各人有各人的活法。他是战士，只不过战场较大、较不切身罢了。他不介入单位的人事，不蹚这类浑水，未必出于精明，而是有种种忌惮。我形容自己身陷其中者为“蚁斗”。你何苦要别人也搅在蚁穴里？

朋友中可称“公知”者，唯有老钱，尽管他本人从不用此名目。对于粉丝众多，也不大以为然，认为有人不过跟风，人云亦云。我知道他的言论确有影响力，有吸引人“跟”的磁力。用有人关于梁启超说过的话，老钱亦“笔端常带感情”（大意）。虽不便拟之于梁，却可以认为与梁相近的，是“青春气息”。我们都在已步入中年后，被称作“青年评论家”。适用这一指称的，却是长我六岁的老钱。由我的老眼看过去，难免有对老钱文风的挑剔，却明白那些文字，出自一个尚有力量抗拒衰老的心灵。这种活力，锐气，何尝易得，更何尝易于保有！

名满天下，谤亦随之。随便的一句话，即在网络上传布，确也可怕。所幸老钱在这一点上也如我，对网络的依赖有限。因了粗心，被老伴限用手机（或许他自己巴不得如此）；电脑则除打字外，赖老伴打理，外界的毁誉不大能造成更多伤害。且用了流行语，老钱的神经“大条”，也不那么容易被人言所伤。有些方面（包括电脑技术）的无能，未始不成其为自我保护。我也不与时俱进，只不过无论生活还是电子产品的应用，较老钱稍有能力罢了。友朋中，平原有大将风范，长于策划、组织，能实际操作。老钱自以为可充当谋士，在我看来，因感觉比较夸张，思谋难以周全，有时不过快意一谈，出的不免是馊主意。

老钱标志性的大脑袋，招牌式的笑，有很高的辨识度。我曾不止一次在公众场合遇到别人认出他。那人可能是饭店的侍者。老钱的读者遍布不同阶层。对社会热点问题的敏感，使他的思想触角随时伸出，即使住进了养老机构，也绝不封闭，仍有自己的信息渠道，与外界呼吸相通，未失去与年轻一代的沟通能力。他自己却感慨已难以与更年轻者（95后、00后？）对话。我不能断定是否如此。老钱在安顺，是一伙青年知识分子的精神领袖。承认与更年轻的一代不再相通，想必是痛苦的事。这种失落，是较之学术评价更让他在意的吧。对此我不太能感同身受。因为从不曾有过号召力，没有被青年拥戴的经历。

尽管声望日隆，老钱仍然是朋友中变化较小的一个，尤其丰沛的激情，与言说、书写的方式。难以避免的自我重复则是高产、快速写作的代价。自我更新既赖有不同的资源，也须适时停下来清理，反省。但惊人的是，他由一个议题转向另一个议题的强大动能。即使论证尚薄弱，也能不断开启新的研究思路。那种进取的强盛意志，至老不衰，毋宁说令人称奇。大半生燃烧自己的生命，直至油尽灯枯。文字也如其人，铺张扬厉，气势如虹——那也是老钱之为老钱。直到老、病，仍然饱满、旺盛，一泻千里，沛然莫之能御，岂是常人所能！

至今老钱仍然是友朋中我可以当面以至当众“怼”一“怼”的一个。有小友说赵老师批评钱老师不分场合。这自然要赖老钱的宽容、宽纵。这样的朋友不可再得。“直”“谅”乃交友的高境界。有能受诤言的朋友，才可能“直”。我应当自问的是，能以诤言对人的我，自己能否受诤言。活到这年纪，还真没遇到以剀切中肯的批评令我感受震动的朋友。小友听钱师母说，老钱最怕他的小师妹（即我）。是否因了使人怕，才听不到直言、诤言的？

曾有过中国现代文学研究者“第三代”的说法，已不大被人说起。发生在几十年间的种种变化，确也不宜于再做整体描述。曾被归为一“代”者，渐由“世代”中抽身而出，重新成为单个的人。

盛年的老钱，精力弥满。好胃口，好兴致。集体出游，与同伴打牌，热火朝天。还自诩善于猜谜，即鼓动大家来猜。王先生在世时，方城之战、牌戏、猜灯谜之类，应与少年时的家境有关。在这方面，老钱算得半个世家子弟。说“半个”，是因时局变化，家庭离散，也就习于粗粝，不大可能保有精致的品味了。

老钱好游，游兴至老不衰，直至住进了养老院。有一段时间他迷上了拍照，用的是普通的“傻瓜相机”。他声称摄影成就在学术之上，由自己的作品中筛选出得意之作，放大了挂在墙上。他的摄影作品已结集出版（《钱理群的另一面》，作家出版社，2019）。我对他受访时的“出世/入世”的说法不大以为然，尤其“出世”。“出世”岂是那样容易！这种痴迷到手机流行即告中止：手机使人人都自以为是摄影家。这类插曲之于他，意义或在总能找到生活的乐趣，随时随地处在兴奋状态。

朋友中同游的机会最多的，是与老钱、老吴。即如山西（晋城、平遥、壶口），另如四川（成都、九寨沟）。前后三次到张家界，端赖凌宇的安排。在我，最难忘的是，某年的西北之行——回到我的出生地（兰州），抗战期间我家的停泊地（天水—清水）。其间，有由樊锦诗接待、安排的敦煌游。游客稀少的荒漠上的嘉峪关，怪石嶙峋且有岩画的贺兰山，都令我怀念不止。我的经验，倘旅游，或与亲友同行，或索性与全然陌生者一道，都令人松弛。你可以专注于体验，不必、无须应酬。

老钱生活能力之差，在朋友中传为笑谈。他非但不以为忤，且以此自嘲。幸有能干的妻子，将家中种种全包了下来。其妻医科出身，擅长烹饪，品味精致，略有民国上海名媛风范；却又因在“新社会”受了磨炼，吃得苦，受得累。以其才干，工作中能应付繁剧，理家自绰绰有余。崔大夫充当了老钱周围许多人的医学顾问。常常听到后就向她咨询，她则不厌其烦，倾其所有地答疑解惑。

写作是老钱的生活方式。即使老妻病危，也仍然利用陪伴的间隙写作，亦以此纾解心理压力，转移注意力。为病妻作纪念集的想法很棒，是一段婚姻最好的落幕。收入其中的有几篇，出我意料的好。范智红的一篇，据说网上有相当高的点击量。玫珊的一篇也很有味，既可令人想见崔大夫的风采，且将玫珊体情之细心，呈现纸上。小我们一截的玫珊，很可能如此细致地观察了我们每一个人。而我则太粗心了，与崔大夫同游不止一次，甚至同在一间卧铺包厢，却不记得聊了什么。记忆较深的，是她任职于联合国儿童基金会资助的全国妇联中国儿童发展中心期间考察所见。因了工作的需要，崔大夫在国内游踪之广，或许超过了我们所有人；且因每到穷乡僻壤，更有寻常游客所不可能想见者。即如少数民族地区云上的县城，另如居民均近乎裸裎的地方。云上，我也见过。在广西或云南，在一片高地，看到低洼处白云涌动。崔大夫所见，却是云层上面的一座小城，自不能相比。若崔大夫写游记，想必会令人惊羡的吧。翻看纪念集，后悔同行时沉湎于自己的思绪，不曾更多地倾听旅伴的故事。

旅途中老钱也如平原，自己不能唱，却喜欢鼓动他人唱歌。崔大夫却不待鼓动即会一展歌喉。我有时与她同唱。我们有共同的歌，也有崔大夫早年在海上学得的歌，以及外国歌剧的选曲，是我不熟悉的。她将这份爱好保持到临终。病逝前的春节，还在养老院的晚会上盛装演唱，不但将坚忍的形象留在了那里的老人中，也将她的歌以音频的形式被所有爱她敬她的大小朋友保存。

小小的朋友圈子中，最先罹患恶疾的，却是崔大夫，证明了那句俗话——医可医病，不可医命。崔大夫应对噩运之冷静理性，足为我们所有人的榜样。到她的病床前心情不免沉重，却会想到当你自己面对此种时刻，能否做到如此坦然，不失尊严，且头脑始终清醒，甚至思维依旧敏捷。生前为自己安排葬仪，崔大夫是我所知少有的一例。身后家人谨遵她的遗愿，告别厅沿墙有素色花木，播放着她生前所录歌曲，摆放、循环播映着精心挑选的照片。我难免想到自己：是否可能连这些也一并省去？

2018年流年不利。亲友一再有坏消息传来。这一年我全年赶工，也仍然会分心关心夏天的足球世界杯、高层的北戴河会议，网上网外种种真伪莫辨的消息，一惊一乍。这样多私人的公共的事件挤在一起，其他年份少有。老钱却很狼狈，陪老妻辗转奔走在京城大医院。这种时候，你知道你能为别人做的很有限。总有一天，你的困局也要自己面对。2019年春节前，与平原夫妇看望老钱夫妇。病床上的崔大夫似乎一如往常，除苍白外并无想象中的病容。老钱则全无异样。携手大半生而从容面对老、病与死，是勇敢者所为，却处之如此平静、平淡，令人起敬。

原载《随笔》2020年第3期

评鉴与感悟

知乎上有个话题：如何评价钱理群教授？其中一个回答是：一位真正的导师。说的应该不单是在大学做学问，他晚年诸多言论，学术著作，一针见血，振聋发聩，用别人的评价是，这是智慧的力度，其深刻的程度远远高于高声喧哗的义正词言。什么是知识分子的良心？或许读读这篇文章，能约略体察到钱先生一贯的热血，对时代的清晰思考，当然这一切都源自他的学养，自幼养成的理想，还有信仰。（陈克海）

陪何锐先生去南阳

/李洱

1997年的一天，我意外地收到何锐先生的信，告知某日到郑州，望能见到我与耿占春。何锐先生时任《山花》杂志主编，因为倡导先锋文学，我一直以为他是个年轻人。到了那天，我与耿占春到机场迎接何锐先生大驾。我们虽然都没见过他，但却相信能在人群中认出他来，所以也没带上什么接人的牌子。后来还是他先认出我们的。他拎着一只掉了皮的黑包，朝我们晃过来，周身无一丝赘肉，近乎嶙峋，笑起来有点像哭。他说："我是何锐。"这个事实说明，编辑家在识人方面可能有着更敏锐的直觉。何锐先生接下来就说："我要去南阳，一起去。"

文学界的人去南阳，通常要见的是乔典运或者二月河。这两位也是神人，我与他们虽然没有很多接触，但对他们印象很深。乔典运先生是南阳西峡人，林斤澜先生有句话，说西峡人杰地灵，人是乔典运，地是恐龙蛋。现在知道乔典运先生的人好像不多，其实乔典运先生是很重要的乡土小说家，在我看来，他的文学史地位应该与高晓声持平。我甚至觉得，他用小说的方式提供了一个人类学读本。乔典运有一句口头禅："我是草木之人。"能说出这种话的人，当然不是草木之人。他的另一句口头禅是："我是癌症专业户。"他一生患过四种癌症。谈起身上的癌症，他的口气有点像谈论自己养的宠物。二月河先生本是山西人，后来转业到了南阳，以"清帝系列"

出名。看似平和，内心却是孤傲的。有次在南阳吃饭，有一道汤是银鱼汤，二月河说，只有南阳才有银鱼。还有一次开河南作协理事会，一位获得全国奖的作家讲述自己创作的不易，刚开了头，二月河就打断了他："啰唆个啥，还是天凉好个秋吧。"外地朋友托我找二月河先生签书，每次我都感到头痛：二月河先生有个规矩，须先给南阳的希望工程捐款，拿到条子才有签名的资格。何锐先生是不是也想见见二月河？我就问他，南阳之行，都要见谁？何锐先生说："南阳有个写小说的，叫行者，小说很先锋，我要见见他。"

南阳远在250公里之外，坐中巴要走四五个小时。这期间，何锐先生纵论先锋文学。只要谈到"先锋"二字，他就两眼放光，手舞足蹈，某人的小说已发在《山花》几期，某人的诗歌将发在《山花》几期，某人的评论将和哪篇作品一起发表在明年几期。谁的小说被他退掉了，别急，再观察一年，如果有进步，可以发在后年的某一期。我见过不少敬业的编辑，但我从来没见过如此敬业的编辑。后来，因为提到了一个武汉作家，他开始讲述1967年在武汉参加"百万雄师"的故事。一些熟悉的历史名词被不断提起，纷乱人世亦从窗外的苍茫暮色中浮现。当年，他曾一次次扑向汽车，然后被揪起来扔到一边。他佝偻着身子，在中巴车里比画着扑、揪、扔的动作。耿占春对那段历史非常感兴趣，鼓动他写下来，说那比大多数小说都有意思。但他的兴趣却是先锋文学。我依稀觉得，他是带着当年搞串联的热情，来搞先锋文学的。他拉开了那只掉了皮的黑包，从里面掏出一瓶茅台，说："狗日的，我们要为中国文学好好喝一杯。"

到南阳喝酒，可不是闹着玩的。南阳这地方，是长江、黄河、淮河的自然分水岭，南秀北雄集于一身，千年文脉从未断过，茅坑和猪圈上都贴着工整的对联。南阳的酒文化，在汉代画像砖中早有描绘。南阳人张仲景在他的《伤寒论》中，最早区分了黄酒、清酒和苦酒。苦酒是什么酒？有人认为，应该接近于现在的果醋；也有人认为，接近于现在的料酒。南阳的酒文化从历史深处走来，一屁股坐在每一桌酒席上面，让每个人都变成了酒葫芦。从入席，到斟酒，再到敬酒，都有一套严密的程序。身临其境，除了入乡随俗，乖乖就范，喝个酩酊大醉，你几乎没有别的选择。这主要是因为南阳人太会劝酒了。每一杯酒，他们都有几套理论。那几套理论平时或有冲突，但在酒气氤氲中竟然辩证统一了。他们会从猿人造酒谈起，谈到“人法地，地法天，天法道，道法自然”，然后再谈到“仁义礼智信，天地君亲师”，谈到“醉里乾坤大，壶中日月长”，谈到“莫思身外无穷事，且尽生前有限杯”。南阳人的劝酒辞，是历史诗学的有机组成部分。你若不把那杯酒一口闷了，不仅是不逆大道，不仅是听不懂人话，不仅是看不起人，而且简直不算个人。你要是说，这杯酒下去，我可能就醉死过去了，他还会情真意切地安慰你：“没什么没什么，还可以重新投胎做人嘛。”此前，我去过两次南阳，每次都醉得不省人事，苦胆都差点吐出来了。

我问何锐酒量如何。何锐说：“能喝几两，再多就不行了。”我赶紧提醒何锐，到了南阳，千万不敢这么说。你要说能喝二两，他们就以为你能喝一斤。你要说能喝半斤，那么他们不灌你二斤，会觉得对不起你，以为没让你喝好嘛。何锐拍着黑包，说：“就这一瓶，喝完为止。”耿占春连忙劝何锐，千万不敢这么说，不然非醉不可。何锐问耿占春，应该怎么说才好。耿占春介绍了自己的经验，就是用手捂住胸口，表一声自己在信教，教规不许饮酒。耿占春说：“谁也搞不清你信的是什么教，运气好的话，他们就放过你了。”耿占春如此操作，我以前确实见过，效果很好。只是，这事耿占春可以做，别人不可以做，做了也没人信。为什么呢？耿占春神态安详，轻声细语，还留着大胡子，看上去就像个教主，由不得你不信。

何锐那天见到行者，只用一句话，就把公事办完了。他对行者说：“写个短篇给我，发在第×期。”接下来，我们就随着行者前往一个饭店。在饭店门口，看到了已经等在那里几位南阳作家，无论男女都带着一瓶酒。在包间里，他们把酒掏出来，放到桌子上的时候，我觉得那不是酒，而是手榴弹。当何锐先生掏出那瓶茅台的时候，他们纷纷表示，茅台留着，先喝别的，最后再用茅台染嘴，好带着茅台酒香回家。接下来，就进入了南阳酒局的程序，各种理论再次跑上了桌面。忘记说了，南阳有个吓人的规矩，叫“端三杯”。意思是，他和你先碰一杯，然后，他再给你端三杯酒，他笑眯眯地看着你喝下，而他本人却不喝。这三杯喝完，他再和你碰上一杯，总共五杯。同桌七八个人，每个人给你端三杯，几十杯酒就进肚了。每道菜上来，都有说头，比如上来一条鱼，鱼头要朝向贵客，以示尊重。贵客呢，必须喝三杯鱼头酒。同来的客人正感到侥幸，规矩又来了，说头三尾四，腹五背六。意思是，尾巴朝向谁，谁喝四杯。鱼腹和鱼背朝向谁，各喝五杯六杯。菜还没上齐，酒量不大的人，此时肚子里定然已经翻江倒海了，已经误把南阳当襄阳了，不知孔明就是诸葛亮了。何锐先生看到这个阵势，竟然稳如泰山。几杯酒下肚之后，他把杯子一放，不喝了。不管你说什么，他都像没有听见一样，脸上毫无表情，果真就像一块嶙峋的山石，沉默中带着坚毅。他从包里掏出了一打稿子，又撩起衣襟，擦擦溅到镜片上的酒珠，开始当场办公。他还拿起钢笔，在稿子上改来改去，旁若无人。改完一篇，再举到眼前，认真地校对一遍，随后又拿出第二篇稿子。他如此敬业，如此认真，酒葫芦们也就不好意思再打扰了。

那天我是怎么回到宾馆的，已经忘得一干二净了。我只记得，第二天早上，当我从宿醉中醒来，看到何锐先生正搂着电话在约稿。他每打通一个电话，只说一句话就挂掉了："我是何锐，你的小说给我，我发第×期。"他面前的那叠稿子，已经编完。房间里酒气冲天，何锐先生说："你昨天吐得一塌糊涂。"那瓶茅台还在他的包里。他催我起床，要我们陪他回到郑州。然后呢？他是要去北京，还是上海，还是南京？我记不清了。

原载《中华读书报》2020年7月2日

评鉴与感悟

是一篇人物速写，也像是一个时代的世说新语。那些或详或略的印象，最终汇成一个人的文学史记。编小说的人认真，像传说中的人；写这篇文章的作家也热情，寻常一次来访，换作他人两笔就能总结，他洋洋铺陈，笔底涌荡的感怀，总感觉意犹未尽。（陈克海）

狗子善哉

/于一爽

《西湖》杂志的李璐在十月前后说要我找一个作家，然后我写他他写我，我说好。挂掉电话，我一个作家都没想起来，或者说认识一些作家，但我不知道写什么，然后我就想到狗子。反正怎么写狗子都不会生气。狗子也说好，写就写吧。几天之后有一次在饭桌上我说，我要写一个作家然后我竟然一个作家都想不到了。当时饭桌上还有一些其他作家在低头吃饭。但我这样说的时候真的忘了他们都也是作家。那天的饭桌也有狗子，他醉了之后说，今年年底最重要的事是写小于。在场的其他作家翻白眼说：你以为这个时代文字还有力量吗?

我想很多人可能都没听说过一个作家叫狗子，光听这个名字觉得就不是什么作家，像胡同门口的李狗子这类游手好闲的人。狗子很多年前说自己是一个行将成名就过气的人（大意），不过这真的是很多年前了，可见狗子很多年前是一个沾沾自喜的人，不沾沾自喜怎么能这么说呢？所以我很好奇，狗子现在觉得自己是谁？有一次吃饭我们聊到婚姻问题我问他，小柳（小柳是狗夫人）怎么看你呢？狗子说，她不知道我是谁吧。

其实我写狗子并不是因为他是作家，作家是怎么回事儿呢。后来也一直拖着没写，十一月前后我和狗子在种子站遇见，他抓住我问，小于你写了吗？我说，我还想多见你几次再写（拖延症）。狗子说，咱俩见得还不够多吗？又过了几天我在厦门收到狗子微信说：小于你要没写咱们就书信体。他说看了好几期《双重观察》觉得也就那么回事儿，他说要给我写信情书家书遗书都不一定，后来又几日，他说看了蒋方舟和李诞的书信那咱俩就别写了。我说是写得好吗？他说不可能好，现在小孩儿太精明了，我们就老老实实写吧，别再被说成抄袭。

和狗子认识十余年，有时常见有时不常见，有饥一顿饱一顿的感觉。有时候连着几天都见也觉得很烦。见狗子可以通过很多途径，就是说可以在各种各样的饭桌上见到狗子。以至于大家经常说：狗子怎么没来啊。好像狗子不来就不能开饭。我和狗子说，只要有你参加的饭局就显得非常民间。我的意思是只要有你在这个饭局就高档不起来了，狗子好像也看不上那种高档。最多的是张弛饭局，狗子曾经说张弛是压垮他的一座大山。如今依然没有摆脱。想起一件小事，有一天我和老公还有狗子在他家楼下的饺子馆坐了一夜，期间老公睡着了，我给狗子讲了一个故事叫《紫色激情顶点》，他觉得好得不得了，后来我才想起这是我看的一个小说，紫色激情顶点说的是一个女人告诉一个男人你想知道什么是紫色激情顶点吗，男的说想知道，女的说那你先洗澡，后来男的洗澡的时候摔了一跤，这个故事就结束了。狗子在饺子馆吃着三鲜饺子和韭菜三鲜饺子说，太好了，真的太好了。我对他点了三鲜又点了韭菜三鲜觉得很有障碍，我这样的强迫症肯定不会这样点菜。那天我还给他讲了一个顾前的小说，但他觉得顾前的小说也没有《紫色激情顶点》好，后来我实在没有小说可讲，就给老公叫起床，我们三个人拉着手走出来的时候，外面天都亮了，大家开始七点上班，后来我想说的重点是：他在早晨七点给张弛打了几个电话问要不要一起吃早饭啊，张弛正在玉渊潭晨跑，半个小时之后两个人在庆丰包子铺会面了。除了张弛的饭局，还有艾丹的饭局南京作家局四川诗人局手稿局音乐生活报局发小局南城朋友局话剧局，数不胜数。让这样一个工作不忙的人成了最忙的人，有一次和冯唐几个人吃饭，在座的都是一些每天飞来飞去的文学精英各种社会精英，到了十点钟，闲人狗子忽然说：咱们散吧。我明天还得开会呢。

狗子在一家法律援助机构上班，他说也没有什么需要他援助的。他感觉自己是单位吃空饷的。

2016年，李世石和阿尔法狗大战围棋，当时狗子正思考爱情和死亡的问题（或者说这种思考一直存在2016年达到高峰），然后找了高山、沈山、赵博三个人组成一个叫比尔狗的访谈小组，前后对十六个人进行了关于爱情和死亡的提问。因为爱情问题在当代被过分放大死亡问题在当代被过分回避。甚至爱情也没那么重要，重要的是死亡。当时我在搜狐聊天内容做成了视频节目，后来社科出版社给编辑成书《爱与死》。狗子还给王朔快递了一本（估计没看）。那段时间我们经常见，狗子喜欢问别人你还会谈恋爱吗？你怕死吗？当然还有他的终极问题人生的价值是什么。一般这样的终极问题出现狗子已经大醉了。为了弄清终极问题，他和陈嘉映、简宁还出了另一本书《空谈》，里面的目录是：我们该如何期待一种新型的两性关系？众声喧哗文学已死？不关心政治是正常的吗？当代人有死亡观吗？我们如何决定是不是生孩子？没有信仰的生活是亏欠的吗？何为“智性”谈话？可见，狗子是一个非常较真的人。这算不算是一种务虚？

因为死亡只有一个事实就是我们都会在本世纪死去，聊太多于事无补。所以我想不出来还有什么样的朋友关系这么严肃。狗子给自己的访谈小组起名叫比尔狗就是啤酒狗的意思，有阿尔法狗自我学习深度学习的考虑，啤酒是因为他喜欢啤酒，号称啤酒主义者，出过一个啤酒主义者的独白两本，尤其喜欢热啤酒（常在小饭馆拿一个盆温酒）。会喝啤酒的人只喝冰镇啤酒，所以我觉得狗子根本不会喝啤酒（简直是糟蹋啤酒）。但他就一步一步被变成了啤酒狗子。这一两年狗子喜欢日本啤酒，尤其是他和唐大年老狼拍摄完大宰治的电影《三味线》之后，片子还没剪完预告已经公映，预告里面狗子说老狼我觉得你特别可怜，老狼说我愿意！狗子喜欢太宰治，他说太宰治是给他托底的。太宰治的名言说家庭幸福是万恶之源。其实有时候看上去狗子家庭很幸福，他还有一个小狗，有一次我问他小狗喜欢你喝酒吗？他说那摊上一个喝酒的爸也没办法，那要摊上一个上补习班的爸呢？我说你让小狗上补习班吗，他说那肯定不上有两点原因，第一点是没钱，第二点是，嗯，主要还是第一点。

和狗子相识十几年从来没聊过文学的问题，有时候他问我最近写了吗，听上去就像最近喝了吗一样。我每次出书都吃饭的时候给他拿一本。有一年做新书分享会的嘉宾找了陈嘉映和艾克曼，然后请狗子帮我主持，狗子主持的第一句是，你们都看过小于的书吗？现场本来也没有几个人，后来更加鸦雀无声。狗子接着第二句是那你们干吗来呀？

和狗子从来不聊文学是因为在饭桌上聊文学多傻啊。而我们又很少在其他正经的场合见过。有一年他和同人杂志手稿的几个人聊死亡叫上了我，不知道为什么聊死亡狗子总叫我，我在旁边听着可是也没听出他们聊了什么，这些人平时都文学着，后来自然就只剩醉了。酒桌上倒说出一些佳句。可以说，所有的问题都是文学的问题，只有文学不是文学的问题。甚至光吃饭就已经是全部的文学问题了。偶尔狗子会说一句小于，你还得写啊，但是后一句又说，不写，也行吧。他总是后一句否定前一句，但连否定的一句也那么勉强还要加一个吧字。大概十年前的一天夜里，他跟何勇在我家楼下打电话说小于下楼待会儿吗？我当时已经上床睡觉，便说你们是人吗？狗子犹豫了好半天才说——是人吧。也可能是双子座的缘故连自己是不是人都表示怀疑了。因为狗子那段时间对星座特别着迷，但他的着迷还停留在非常外行的阶段，可以说随便一个懂星座的人都比他懂，感觉狗子着迷只是给自己的行为找一个出口，或者说给自己不合理行为找一个出口。但是这几年，他不说了，可能也没找到出口，可能也根本就不想找出口了，可能根本就没有出口，事到如今他最多说一句：小于你和我爸一个星座。或者再加一句：你们水瓶座啊。

然而他爸已经去世了。

狗子说自己长了一张阴森怪异的啤酒脸，可像我这样看了他至少十年也觉得非常温柔，笑起来的时候腼腆，喝多了就不像人了。狗子冬天的衣服总是在夏天的衣服外面套三层，里三层外三层，大家说他可能就那几件衣服，还有老头儿鞋。狗子有时候醉了会把手套围巾帽子之类的零件落在我家，我每次都和老公的衣服一起用香喷喷的东西洗干净下次吃饭带过去，感觉狗子就像家里人一样。我和老公也去过狗子家，多半是吃饭之后还想再去坐坐，记得有一次在狗子家，我躺在床上，老公躺在沙发上，狗子躺在地板上聊了一会天后来睡着了。十分钟之后我醒了决定自己下楼开车回家，回到车里发现给狗子的东西还在车上，然后我就放在楼下的传达室了，好像生怕上去会打扰他们两个人，那天狗子送我一本书叫《夫妇善哉》。我刚认识狗子的时候他的脸蛋上有一个痣，后来不治自愈，他说是因为过了几年正常生活长的，后来又继续过不正常生活就没了。那段时间有痣的狗子总说，自己最多再活五年，有时候也会被说成四年六年，比较随意。醉了他就说自己活149岁，比150岁少一年。因为张弛要活150岁。

最近几年，狗子频繁出现在一些舞台上（可能是因为他阴森怪异的啤酒脸）。我第一次见狗子就是和老全等人去方家胡同看话剧《泄密的心》，他演一个死人一直躺着。去年入夏的一天我和啤酒狗在百子湾吃潮汕火锅，相毅给我打电话说他和马条在川子酒吧，我说我和狗子们在一起，过了一会儿黄燎原的弟弟来电话说要见狗子，然后我们就换场了。因为是一个音乐酒吧有舞台，狗子醉开心了拉我上去，我翩翩起舞，他说不要你一个人转，拉着我也转转，后来又坚持要教我读诗。工作人员也没有拦住。于是读了但丁《神曲》地狱篇一部分。他说小于你就看看天，然后读得慢慢的就是诗了。接着我试了一下，头顶没有天只有闪烁的镭射灯，觉得自己滑稽得要命。

次日，朋友微信说：昨天我们走了，舞台上碎了两个价值近一万的显示屏。

认识狗子的人都知道他喜欢美女，看不上的人都说他重色轻友，年轻的时候他有一个名篇叫《中国美女带》，结论是宁德美女最美。看那篇的时候我特意查了一下宁德在哪儿。记得有一次吃饭尾声，狗子醉了说：小于，咱们聊一些深刻的问题。你觉得自己算美女吗？我觉得这个问题非常深刻，刚要认真作答，大辛说：差不多了，咱们也就散了吧。

原载《西湖》2020年第3期

还是2000年左右，上大学，读过狗子《一个啤酒主义者的独白》。那时候自己饭都吃不饱，竟有人声称啤酒主义者，我看了，自然也是没看懂，里面描述的世界，在一心求进步的我看来，混乱，甚至堕落。但那些关于爱情的故事，谈禅说玄一样的对话，还是让人着迷。隔了二十年再看，轮到自己也脱离不了酒精，还是不敢说就理解了他笔下的人间。话题扯远了，我是说挺喜欢于一爽的这篇文章，那些看上去迷离的生活，好像让我约莫意识到了这世上还有另外一重空间，另外一种活法。我还是认定，他或者她，狂放不羁的背后，对待生活自有非同寻常的真诚。（陈克海）

声　明

本套“北岳·中国文学年选系列丛书”收录了2020年度众多优秀文学作品。在编选过程中，我们及各选本主编已尽力与大多数作者取得了联系，但仍有部分作者因故未能取得联系。见此声明，烦请来电，以便奉送薄酬及样书。

联系人：王朝军

电　话：0351—5628691